商女發威

1

清風逐月 著

風文創 477

目錄

自序

清風逐月

如果人生可以重來一次，我們是不是會沿著不同的軌跡，走出另一條自我滿意又自我肯定的道路？

對於大多數人來說，答案當然是肯定的。

人的一生不如意之事十有八九，若是能夠去掉那些枯枝爛葉，抹去陰暗，迎向陽光，我們一定能夠茂盛茁壯地生長，甚至長成一棵參天大樹！

有了這樣的想法後，我便抑制不住內心的激動，急於想將心中的故事完美地呈現出來，讓大家能夠與我一同去認識故事中形形色色的男女老少，一同見證他們的經歷和成長，一同感受他們的嬉笑怒罵，一同分享這種感動。

當故事的輪廓在腦中成型之後，我便迫不及待地開始擬大綱、定角色、塑造人物性格和關係，再將故事脈絡細細理清，甚至精細到每一個細節的銜接都要思慮周全，整個人就像旋轉的陀螺，忙得不亦樂乎。

就這樣，歷時半年的時間，我寫下了這本書。

這是一個不同背景與經歷的男女，基於某種巧合而相識、相知的故事，而它在我心中可說是一個無比美好的愛情故事。不是一般情況下的一見鍾情，女主角有她的小缺點，甚至因為以前的種種經歷，有種潛在的自卑，年紀輕輕便自覺今生愛情無望；而男主角的身分、能力都是首屈一指，前途無限光明，他瞭解她那些不為人知的過去，心疼她的堅強、憐惜她曾受過的磨難，外表冷漠無情，實則是個腹黑又深情的男人，一旦認定了對方便會勇往直前，將原本不屬於他們的紅線，硬是綁在了一起。

文中女主角的成長是有目共睹的，若是從前的天真爛漫換來只是無盡的算計與欺騙，那麼重生的她已是大徹大悟——能夠認清形勢，做出對自己最有利的選擇，冷靜而機智，聰慧而果敢，只對自己在意的人付出關愛和真心。

而女主角與男主角的感情是在一次次的接觸中穩步發展，細膩而溫馨，有驚天動地的生死相隨，也有細水長流的脈脈溫情，他們是有默契的一對，就像注定會相遇的兩個半圓，契合得恰到好處。

我很喜歡他們兩人的對手戲，就像看到了現實生活中的男男女女一樣，活色生香，有滋有味。

每寫一本書，我通常會在電腦面前堅持好幾個月的時間，更長的甚至能寫上一年。這樣漫長的寫稿日子是很多人不能理解的，有時孤寂而空乏，有時寂寞而壓抑，但因為有了文中滿滿的角色生活，感受著他們的喜怒哀樂，與他們共同成長歷練，所以我才能熱情不減，直到最後落下圓滿的一筆。

如果你也有所期待，那麼就與我一同來開啟這個故事，感受另一種不同的人生！

第一章 新生

早春四月，院裡的梨花掛滿了枝頭，白白的一朵朵猶如藍天上飄浮的雲。

蕭晗無力地倚在窗邊，瘦弱的身軀罩在寬大的衣裙裡，就像一片隨時能被風吹起的紙片，看著便讓人覺得心疼。

風起，吹落的花瓣飄搖而下，蕭晗探出手接過一瓣，聞到那芳香的氣息，她不由深深地吸了口氣，想起從前母親還在世時，命人在大興田莊裡栽種的一大片梨樹，此刻梨園內怕是早已經梨花盛放，鋪就成一片白茫茫的花海。

蕭晗蒼白的面容漸漸綻放出一抹淺淺的笑意來，可這唇角還未扯起便引來一陣重重的咳嗽，她趕忙用帕子捣住了唇，卻掩不住那一聲聲的壓抑和痛苦。

院門被人從外打開，一陣急促的腳步聲響起，緊接著房門被人推開，一個穿著藍色碎花布裙的女子快步而來，伸手便扶住了蕭晗，有些焦急地說：「小姐，您怎麼又往窗邊去了？這早春風寒，您吹不得，若是這病再犯了怎麼辦？」話語中不乏擔憂。

蕭晗搖了搖頭，感覺到舌間湧出的那抹腥甜，趕忙用帕子抹了去，又將它不著痕跡地握於掌中，這才抬頭笑看向眼前的女子。「枕月，妳回來了！」瞧了一眼枕月手中拿著的藥包，那濃濃的藥味刺得她鼻頭微酸，不由將頭撇向了一旁。

枕月一邊順手掩了窗，一邊扶著蕭晗落坐在靠牆擺放的架子床上，又到簡陋的四方桌旁倒了一杯溫水遞給蕭晗。「小姐，喝杯水潤潤喉，奴婢去廚房熬藥。」說罷就要轉身。

蕭晗抿了一口溫水，覺得口中的腥甜淡了幾分，連胸腔中似乎都多了幾分暖意，忙拉了枕月坐下說話。「先別走，陪我說說話。」

枕月微微一頓，止住了腳步，轉過身便坐在床邊的小杌子上，擔憂地望向蕭晗。

「枕月，跟著我倒是苦了妳。」蕭晗頗有歉意地看向枕月。為了湊齊她的藥資，這些年來枕月沒日沒夜地為街坊做著零活，這樣的忙碌也只能換來她們主僕勉強度日。

時至今日，她悔不當初！

從一個官家小姐落魄到如今的地步，她真的好悔！

若不是當初聽信了繼母劉氏之言，認為她是真心為自己的幸福打算，她也不會跟著柳寄生做出了「私奔」那等糊塗事，乃至被蕭家當成棄女，讓人頂替她的身分「重病而亡」，就連聽聞哥哥戰死沙場的消息，她都不能回去為他燒一炷清香。

到最後，她卻淪落為被人休棄的下堂婦。

蕭晗不甘地咬了咬牙，手中的血帕被她攥得更緊了。

枕月趕忙搖頭。「奴婢不苦，只要小姐能快些好起來，奴婢做什麼都甘願！能夠離開柳家便是咱們的福氣，小姐，您一定會好起來的！」說罷重重地握了握蕭晗的手。

蕭晗牽唇一笑，如落日的霞光，雖因病消瘦了許多，卻另有一種柔弱堪憐的美。

她知道自己長得很美，若非如此也不會讓柳寄生一見傾心，甘願冒著誘拐官家小姐的罪名與她一道私奔。

可好景總是不長，初時的迷戀過去，他們要面對的只是最平淡、最樸實的生活，而那時的她卻不知他們的感情竟然會脆弱得不堪一擊！

想到過往，難免牽動情腸，蕭晗只覺得喉嚨一陣發癢，那撕心裂肺的咳嗽聲便再也止不住，一口鮮血吐了出來，濺濕了她白色的裙裾，留下一片刺眼的紅。

「小姐！」枕月嚇了一跳，看著那滿目的鮮紅，一下子沒了主張，慌亂地站起來。「奴婢、奴婢這就去請大夫！」

「別……咳咳……」蕭晗趕忙揮手阻止，又咳嗽了一陣後，這才緩緩止住，再看她手中那方潔白的帕子竟已被鮮血染紅了過半，不由苦澀一笑。

她的病她自己知道，這樣斷斷續續地拖了兩、三年，如今恐怕已經沒有多少時日了。

「小姐！」枕月焦急地看向蕭晗，眸中有著掩不住的擔憂和氣惱。「定是大夫抓的方子藥效不夠，根本就沒有治好小姐的病！」

「我這病是治不好了……」蕭晗搖了搖頭，苦笑道：「積勞成疾，妳我都知道……我身子太過嬌弱，那幾年又被婆婆柳氏變著法的折騰，早已經破敗不堪……」說罷緩緩閉上了眼睛，眼角滑落一滴清淚。

到底還有許多的不甘，她怎麼能就這樣赴死?!

這病若生在富貴人家或許還能用人參、補藥來養著，可如今在蕭家她只是個已死之人，再也無顏回去，與枕月更是過著朝不保夕的日子，她又怎麼能讓枕月為了她這病，活得更累、更苦？

「小姐！」饒是枕月再堅強，此刻也忍不住抱住蕭晗嗚嗚地哭了起來。

若是小姐沒有遇到柳寄生這個混蛋，若是她們沒有離開蕭家，如今小姐也不會得了這重病，眼下更不會是這樣的光景！

想起在柳家的那幾年裡，她們主僕更是彼此唯一的依靠！

主僕倆抱頭痛哭了一陣，卻突然被門外的敲門聲給驚醒過來。

枕月趕忙抹乾了眼淚，又將蕭晗安頓在床上，從床角的箱櫃裡取出一套乾淨的衣裙交到她手上，略帶哽咽道：「小姐且先換套乾淨的衣裳，奴婢去看看是誰來了。」

「好，妳去吧！」蕭晗抹了抹眼淚，眼眶雖然泛紅，但被淚水洗過的雙眸看起來卻更加清澈明亮。她笑著對枕月點了點頭，看著枕月的背影跨過門檻，這才垂了目光，瞧向手中那套漿洗得有些泛白的冰藍織錦長裙，天空一般碧藍的裙身上點綴著朵朵杏色的小花，那麼清新嬌豔，充滿了少女的夢想和期待。

她記得，這還是她從蕭家離開時穿的那套衣裙，雖然如今已洗得泛了白，雖然破損的地方都被她一雙巧手給縫補了起來，也沒有顯出一點彆扭寒酸，只是看著老舊了些，卻是她如今唯一的念想。

將那套衣裙抱在懷中，蕭晗隱隱約約想起母親還在世時的情景，她還記得他們母子三人坐在亭中嬉笑的畫面，而這一切再也回不來了！

淚水無聲滑落，將她手中的衣裙慢慢浸濕……

院門外，正有一年紀四、五十的婦人探頭向屋裡張望著，她穿著一身細布灰裙，頭髮梳得一絲不苟，隱約可見夾雜在黑髮裡的花白，不過她看起來神采奕奕，倒是能讓人忽略了年齡，只記得那張圓圓的笑臉。

「李大娘，妳怎麼來了？」見著來人，枕月眉頭微微一皺，忙側身而過掩住了院門，儘量壓低了聲音不讓屋裡的人聽到，又將李大娘給拉到一旁去。「大娘可是來收房租的？前兒個我不是請妳再拖延幾日嗎……」

「哎喲，枕月姑娘，我也是不想的，只是……」李大娘為難地看向枕月，其實她已經在院門口待了好一陣，也聽見了裡面主僕的痛哭聲，可是同情歸同情，自家的事情也不能耽擱，猶豫了一會兒她還是敲響了院門，此刻聽枕月這樣一說，不禁又是一嘆。「妳家小姐這病可有進展了？妳又要請大夫、抓藥，又要付這房租……不是大娘我苛刻，實在是沒法了，我這出嫁的閨女如今新寡要回娘家暫住，我是她娘總不能不給她屋子住，眼下這院子，只怕就得收回來了！」

「大娘，我家小姐的病又重了些，眼下妳可不能攆我們走啊！」枕月一聽立刻變了臉色，小姐身子的狀況一天比一天嚴重，若她們又沒了住處只怕會更糟。她不由抓緊了李大娘的手苦苦央求道：「大娘，求妳再給我三日！不，就兩日，我一定湊齊這房租給妳！」眼中已是蓄滿了淚花，面上的哀求之色更濃。

「我知道妳們主僕也是可憐人，若非如此，我當初也不會這般便宜就賃給妳們，如今也快過三個月都沒交租了……」李大娘心有不忍，可想到自己的閨女卻只能硬起心腸來。「這餘下的房租我也不要了，這幾天妳們就搬走吧！不然我那閨女回家可得怪我了！」見枕月又要再央求，李大娘趕忙轉身就走，還不忘遠遠補上一句。「不是大娘不幫妳們，只是家家都有本難唸的經，妳們快些搬走就是！」說罷便匆匆離去。

看著李大娘飛快離去的背影，枕月不禁揪緊了衣角，滿臉的心焦，如今她們手頭確實是沒什麼銀錢了，可若是離開這個住處，她們主僕倆又該何去何從？

懊惱地在門外站了一會兒，枕月也只能無奈一嘆，心中盤算著自己該趁這兩日再多做幾份零活，湊夠了錢能在客棧將就一下也是好的，但這些煩心事自然不能說給蕭晗知道。

進屋之前，枕月已是抹去了滿臉的愁容，儘量讓自己顯得高興些，一邊往桌邊走去拿藥，一邊道：「小姐，奴婢這就去給您熬藥，剛才是李大娘來了，也沒什麼，就是來瞧瞧咱們怎麼樣了……」

枕月自說自話了一陣，卻沒有得到蕭晗的半點回應，不禁有些納悶地轉過了身去，而這一轉身，她的目光便定住了，手中的藥材應聲而落。

只見在那張架子床上，蕭晗正穿著那件洗得泛白的冰藍織錦長裙，靜靜地躺著，美得如沈睡中的仙子，她略顯削瘦的臉龐上甚至還抹了些胭脂，帶著淡淡的紅暈，唇角微微揚起，就像作了什麼美夢一般，只是那雙漂亮的眼睛再也不會睜開了！

枕月的眼淚倏地便奪眶而出，三步併作兩步地撲倒在床邊，哭喊著搖晃蕭晗的手臂，大聲喚她，可任憑她的嗓子喊啞了，也沒再得到半分回應。

天邊一聲驚雷乍響，烏雲瀰漫了天際，湛藍的晴空不知什麼時候已變得陰沈一片，狂風吹得窗櫺呼呼作響，捲落了院外一地的梨花。

蕭晗是被一陣雷聲給驚醒的，四月裡打幾聲悶雷也是常見，她略有些疲倦地揉了揉眼睛，想起自己剛剛作的美夢，唇角不由露出一抹笑來。

竟然會夢到已經去世的母親與哥哥，看來她真是太想念他們了，在人間不能相見，在地府他們一家子總能團聚了吧？

蕭晗緩緩地坐起了身子，長長的睫毛微微顫動著，她目光還有些茫然，鼻頭卻是微微翕動起來。

屋裡有股淡淡的熏香，是梨花的清甜味，再加了一點檀香，有些陌生，又有些熟悉的味道……好似是她十三歲離開蕭家以前最喜歡的香味。

蕭晗猛地一怔，原本茫然的目光陡然變得清明了起來，飛快地朝屋裡掃了一圈。

一溜的楠木家具擺在房中，只在各個角邊包了卷草紋的金邊，繡著千樹梨花的絨面屏風正立在不遠處，隱約可見內裡那張雕工精緻的象牙拔步床，淺綠色的帳幔輕輕擺動著，上面的纏枝花紋若隱若現。

蕭晗不可置信地瞪大了雙眼，一雙手不由攥成了拳頭。

這……怎麼可能？

她不過是睡著罷了，怎麼一轉眼會回到她在蕭府時的閨房？

這是在作夢嗎？

蕭晗伸手用力地掐了掐自己的胳膊。

疼！不是在作夢！

低頭一瞧見搭在自己腿上的波斯絨毯，蕭晗怔住了。

從絨毯上精緻繁複的花紋看來，絕對是珍品中的珍品，而這條波斯絨毯她還記得是外祖莫家給她捎來的海外舶來品，當時離開蕭家她並沒有一同帶走，可如今卻……

不，這一定是夢！

蕭晗搖了搖頭，正要穿鞋下榻，不遠處卻有人撩開水晶珠簾快步走了進來。

青色繡碧荷紋樣的裙襬在眼前晃動著，蕭晗抬眼看去，頓時吃驚不已，眼前之人分明就是枕月少女時的模樣。

「枕月……」蕭晗無法抑制地喚出聲來，震驚中又帶著濃濃的疑惑。

「小姐，您醒啦？」枕月快步上前來扶住蕭晗的手，清秀的面龐帶著幾許焦慮，又猶豫地看了蕭晗一眼，這才輕聲道：「小姐，咱們明兒個真的要去上靈寺嗎？」說罷又拿過軟榻上秋香色繡團花紋的引枕，墊在蕭晗的腰後，讓她坐得舒服些。

「上靈寺？」蕭晗頓住了，這一幕何其熟悉，就像在記憶中曾經發生過一般，可她神思還有些恍惚，一時之間想不起來是在哪裡見過此刻的情景。

枕月沒有察覺出蕭晗的異樣，只壓低了嗓音道：「小姐，那柳公子雖好，可您……您若是與他就這樣走了，老爺知道只怕會震怒的！」話語中夾雜著幾分擔憂和勸阻的意味，就盼著蕭晗能及時清醒。

蕭晗張了張嘴，眸中神色變幻，她想要說些什麼卻發現語不成句，再一閉嘴卻是一口咬在了舌尖，直到嚐到那抹腥甜的味道，唇角才浮現出一抹苦笑。

她記得了，這是在她與柳寄生私奔的前一日，枕月曾經對她說過的話。

而那時的她卻輕而易舉地駁了枕月。「沒事，太太說了她會在父親跟前為我說話的，等著父親氣消了，咱們就能再回蕭家了！」眸中全是對未來的憧憬與欣喜，全然沒有瞧見枕月眸中的擔憂更甚。

當時的她是那樣全心全意地信任著繼母劉氏。

她當真是瞎了眼！

聘則為妻，奔則為妾！這麼一個簡單的道理她怎麼會不懂？

可拗不過劉氏與姊姊蕭昐的一再勸誘，說是這世間女子求的也不過就是一生一世一雙人，話本裡不都是這樣寫的嗎？如今有這麼個人出現了，她就應該好好把握、好好珍惜，雖說柳寄生沒什麼家世背景，但人品貴重又至情至性，這樣的男子已是世間少見，至於其他的……等著父親消了氣，憑著柳寄生的秀才功名，只要再努力考上了舉人、進士，總能得到蕭家的認可，為他尋個好的前程！

劉氏舌粲蓮花、口若懸河，將私奔說成是這世上最美好的愛情神話，而蕭盼又適時地在一旁添油加醋，母女倆一唱一和的，就這樣將她給糊弄了過去。

她那時怎麼就糊塗地相信了這樣的話？

若柳寄生真有那麼好，蕭盼又怎麼會看不上眼？劉氏不是更應該歡欣地允了這個女婿人選嗎？

思前想後，蕭晗早已經醒悟過來，劉氏的一切舉動，不過是想將她趕出家門罷了。

她不在了，二房裡哥哥一人孤掌難鳴，又有她們母女兩個在父親跟前討好賣乖，哪裡還有他們兄妹的位置？

劉氏當真是好算計！

見蕭晗久久不語，眸中光芒卻是閃爍不定，枕月不明所以，只得壓下心中的疑惑輕聲喚道：「小姐，您這是怎麼了？」

「我很好！」蕭晗定了定心神，朝枕月露出一絲淺笑，她無法解釋眼前發生的這一切到底是怎麼回事，卻又不敢貿然說出來嚇壞了枕月，只能不著痕跡地掩飾內心的激盪，緩聲道：「今兒個哥哥可在府中？」

私奔的前幾天，蕭晗都沒有去留意過蕭時的近況，也許是心裡也想要刻意隱瞞這件事，她不敢想像蕭時知道這件事會如何看她，她受不了哥哥的指責與喝斥，只想著先瞞過去，日後若有一天兄妹相見，再慢慢地解釋清楚。

誰知道她那一走，他們兄妹竟永無相見之日！

蕭晗眼眶發紅，藉著掀開絨毯的動作給掩飾過去。

正如她心中所猜想的那般，絨毯下果然是一雙纖瘦細長的小腳，那雙白色的綾布襪上是她十二歲那年一時興起隨手繡出的玉簪花，因沒有提前描畫樣子，那花瓣還被她多繡出一瓣來，眼下看著特別顯眼。

伸出手細細地撫摸著那朵玉簪花的紋路，蕭晗不免有些哽咽。

是上天給她重活一次的機會嗎？讓她別再重蹈覆轍，讓曾經發生過的悲劇不再重演！

「二少爺在六天前就去了軍營中當職，眼下還未歸府呢！」枕月納悶地看了蕭晗一眼，這幾日小姐都在躲著二少爺，眼下又怎麼會主動問起？

「立刻找個妥當的人去軍營裡找我哥哥，讓他今兒個不論多晚都要回來見我，我有要緊的事情和他商量！」微微一頓，又道：「記住，絕對別讓府裡的其他人知道，讓他悄悄地來見我！」

蕭晗說完便趿鞋下榻，匆匆向內室走去，只留下一臉不明所以的枕月。不過蕭晗的吩咐她自然會盡力完成，遂也不再多想，轉身出了門去。

此刻，蕭晗的面色一點點地沈了下去。

若她記得沒錯，明日便是她與柳寄生約好要私奔的日子，而劉氏則會以她去廟裡為亡母做法事為由送她出門，等到三天之後法事結束，蕭家的人想來接她回去時，她的人早已經不知去向。

而一眾隨行的婆子自然都是劉氏的人，到時候只要劉氏一番說道，那些婆子們再跳出來作證，父親怎麼樣都會相信幾分。

可前世她又怎麼知道自己離去之後，劉氏是怎麼跟父親說的？只怕不是為她解釋開脫，而是要將她打入十八層地獄！

蕭晗唇角一抿，眸中升起一抹冷意。

重活一世，劉氏的算計和陰謀可沒那麼容易得逞！

第二章　算計

屋內香氣繚繞，蕭晗坐在鏤空雕花的梳妝鏡前，神情微微有些怔忡。再看到自己少女時的模樣，她有種恍如隔世的感覺。

蕭晗有著一雙漂亮的桃花眼，只在眼尾微微上翹，不笑時顯得清麗可人，一笑時又嫵媚溫柔，她鼻梁挺翹、嘴唇嬌豔、肌膚賽雪、眉目如畫，完全承襲了她母親精緻的容貌，而眼下正是如花蕾般綻放的年紀，美得如夢似幻。

「當真……已是隔世了啊……」伸手撫著鏡中的容顏，蕭晗不由輕輕嘆了一聲。突然她想到了什麼，目光一凜，彎腰在鏡下最底層的櫃子裡取出了一個胡桃木描金的長匣子。

纖長的手指沿著匣上雕刻的紋路輕輕撫過，彷彿是在確定著什麼，蕭晗深吸了一口氣，緩緩打開了匣子。

匣子裡放的是一疊散發著墨香的信箋，她一一打開看了看，無非是那些男歡女愛的詩詞，那麼熱情奔放、言辭露骨，當年的她看時是懷著欣喜與羞澀，而如今只無端地生出一股厭煩來。那些你儂我儂的甜言蜜語到底抵不過生活的磋磨，在現實面前不過是鏡花水月，一碰就碎。

看著那一疊信箋，蕭晗緩緩瞇了眼。當年她還算是保留著幾分矜持，沒有以同樣熱烈的詩句回應柳寄生，頂多就是做了一個荷包及扇墜，讓丫鬟綠芙送去。而這些信箋也是通通沒有署名的。

經過了前世的種種，她終於明白名聲對於一個女人有多重要，即便她是官家千金，可沒有了榮耀的家世背景，就連柳母那個鄉村老婦都可以對她頤指氣使，並且拿那些不堪的過往來指責、羞辱她。而當時的她竟無從反駁，更無言以對！

啪！蕭晗重重地合上了裝著信箋的匣子，目光冷中帶煞，口中銀牙緊咬。

重活一世，這一切再也不會發生！

門外傳來一陣響動，便聽著有丫鬟向內通傳道：「小姐，二小姐到了！」

蕭昐來了？

蕭晗抿了抿唇，放好匣子，又緩緩整理了衣裙，這才若無其事地繞過屏風走出去，果然見到一個穿著粉藍色衣裙的俏麗女子正亭亭而立，一旁還有個丫鬟點頭哈腰地立在一旁，若是旁人不說，還以為這才是一對主僕呢！

嘲諷的笑意自蕭晗唇角一閃而沒，對面的丫鬟似乎有所察覺，這才隨意地向她行了一禮，神色中毫無恭敬謙卑之意，態度也很是輕浮。「小姐，奴婢回來了！」說罷又從袖襬裡拉出信箋的一角，對著蕭晗意有所指地示意了一番。

蕭晗心中冷哼一聲，面上卻是不顯，前世她怎麼就沒有看出綠芙背主，還讓她作為自己與柳寄生之間通傳信物的紐帶，如今看來這綠芙早就已經聽從劉氏與蕭昐的吩咐，一心為她們母女倆辦事了。

「三妹？」見蕭晗沒有如過去一般親熱地上前與她寒暄，蕭昐先是愣了愣，再看向眼前穿著一身半舊杏色長裙仍難掩清麗之姿的少女，總覺得有哪裡不大對勁。

蕭晗極快地恢復了過來，唇角勾起一抹笑，這才走上前挽住了蕭昐的手，一邊往臨窗的榻邊帶去，一邊道：「二姊怎麼過來了？」

「想著妳明兒個就要去上靈寺為妳母親做法事，便先過來看看妳。」壓下心頭的那點疑惑，蕭昐親熱地拍了拍蕭晗的手，又對綠芙道：「還不趕緊將信拿出來，省得妳家小姐惦記著！」蕭昐竟是一點也不避諱地說起這事，彷彿稀鬆平常，說完還摀唇一笑，好似在打趣蕭晗一般，實則那眼底卻是幸災樂禍的笑意，以及一抹極其隱晦的期待與得意。

只要蕭晗這一離去，從此蕭家二房便只有她一個嫡小姐，蕭昐怎麼能不高興？

將這一切看在眼裡，蕭晗不動聲色地接過綠芙遞來的信箋，卻不如往常一般欣喜地立即拆閱，而是收進了袖襬中，又看向蕭昐。「明兒個我走得早，就不去向太太與二姊辭行了，等……等妹妹回來之時，咱們姊妹再聚也不遲！」說罷眼角一彎，笑得意味深長。

蕭昐卻自以為是地會意過來，又忍不住摀唇笑了起來，佯裝親密地碰了碰蕭晗的肩膀，對她眨眼道：「如此，我就等著妹妹歸來的好消息！」

兩人又寒暄了一陣，蕭昐這才起身告辭，綠芙熱情地送她出了門，轉回蕭晗跟前時卻有些奇怪道：「小姐怎的不看看柳公子的來信，今兒個他可是特地託人送來的。」

雖然對蕭晗今日的行為有些不解，但綠芙並沒有深想，橫豎蕭晗離開後她便會跟了蕭昐去，她哪管這位主子今後是好還是不好。

蕭晗淡淡地掃了綠芙一眼，目光清清冷冷，彷彿看透了一切，唇角微翹，似笑非笑。

被這樣清淡的目光瞧著，綠芙無端地生出一種心虛的感覺，有些不敢與蕭晗對視，遂垂下了目光，揪了衣襬道：「小姐這樣看著奴婢做什……」想想就怪嚇人的。

「綠芙，妳跟在我身邊有幾年了？」蕭晗姿態閒適地靠坐在軟榻上，就在剛才那一會兒，她心裡已經有了主意，不過具體要怎麼實施還需要再琢磨琢磨。

「奴婢跟在小姐身邊快六年了。」綠芙偷偷抬眼瞥了瞥蕭晗，又極快地低下頭去，心中更是納悶非常，蕭晗這是要問什麼？

「六年了啊！」蕭晗感嘆了一聲。「想當年，妳與枕月都是母親替我挑選的丫頭，一晃眼都過去這麼多年了。」說罷微微一頓，又看向綠芙道：「妳當真不與我一同離去？」

「奴婢還是在府裡待著，也能隨時為小姐通風報信不是？待他日小姐歸來，奴婢還能在小姐跟前服侍左右。」綠芙仰起一張笑臉，這是她早就想好的託辭，也就枕月那傻丫頭一根筋地要跟著蕭晗，她可沒那麼傻。再說，出了蕭家還想回來，有那麼容易嗎？要知道如今二房當家的可是劉氏，又非蕭晗生母，若說劉氏會真心幫蕭晗，她是打死都不信的。

「好，妳這般忠心，我會記著的。」蕭晗閉了閉眼，事到如今她也談不上有多失望，只是對綠芙死心罷了，既然這是綠芙的選擇，就別怪她手下無情。她揮了揮手道：「妳去收拾一些細軟，我的衣物就不帶了，咱們身量相仿，挑些妳平日裡常穿的衣物給我包上，再帶些散碎銀子，橫豎這一走也不會多久，夠用就行了，以免惹人懷疑。」

「是，小姐！」綠芙笑著答應，剛才心中的那點納悶與懷疑一掃而空。

想來蕭晗還是打定主意要與柳寄生私奔，帶的東西不起眼也是應當，不過這一離去蕭晗必定是要後悔的，到時候可就什麼都晚了。再說只要辦成了這事，那些不值錢的東西二太太自然會補償給她，她所得到的只會比如今的更好。

懷著期待又興奮的心情，綠芙腳步輕快地走出了門，卻沒留意到身後那一雙浸滿了寒冰的雙眸。

夜已深，萬籟俱寂。

蕭晗獨自坐在臨窗的軟榻上沈思。若不是這幾日要為了她母親的法事做準備，劉氏也不會免了她的晨昏定省，而眼下她也不想過早地讓劉氏發現她的不同。

不知不覺，母親都已經過世三年了，除服之後，再做一場法事，她也算是圓了子女應盡的孝道。而上一世她卻只顧著與柳寄生的約定，對母親的法事沒有盡心，就那樣一走了之。

眼下再回想起來當初的種種，她都覺得羞愧難當！

咚咚……窗櫺被人輕輕敲響，蕭晗神情一凜。「誰？」手下不由自主地抓緊了擱在方几上的燭檯。因約了蕭時相商，蕭晗並沒有留枕月在一旁侍候，再說她也需要消化一下重生這件事情，獨自一人將記憶裡的脈絡給重新梳理一遍，此刻只有她一人在屋裡，自然要更加小心。

「妹妹，是我！」窗外傳來蕭時刻意壓低的嗓音，窗戶隨即被打了開來，他一躍而進。

「哥哥！」蕭晗已經適時地退開了些，看著那記憶中熟悉的面容，她忍不住淚盈於睫。

哥哥還活著，真好！

「妹妹，妳這是怎麼了？」蕭時生得俊朗高壯，是心性堅毅的男子漢，卻最見不得女人的眼淚，此刻見著蕭晗一副想哭的模樣，不禁有些手忙腳亂。

蕭晗搖了搖頭，忍住了眸中的淚意，這才拉起蕭時的手，略帶哽咽道：「能再見到哥哥，真好。」

「傻丫頭，妳想見哥哥就讓伏風到營裡尋我便是，何必這般躲躲藏藏？」蕭時有些不明白蕭晗今日的舉動。今兒個枕月央了伏風來傳話，他還心生疑慮，兄妹見面還要這般遮掩，讓他有些不適應，不過蕭晗既然說了不讓人知曉，他也就悄悄地回了府。

蕭晗深吸了一口氣，輕聲道：「哥哥，明日我要去上靈寺為母親做一場法事。」

「三年孝期已滿，應當的。」蕭時聞言面色肅穆，緩緩點了點頭。「我明日便讓人去營中告假，陪妳一同去。」

雖然他八歲時便上山學藝，可每年也會回府探望親人，母親對他雖然嚴厲了些，可那也是望子成龍，他心裡是極尊敬母親的。

「哥哥，我做了一件錯事，可眼下我想要改正過來，你一定要幫我！」蕭晗懇切地看向蕭時，她是真的知道錯了，而這個錯誤曾經讓她付出了慘痛的代價，讓她一生都不得安寧。

如今，她要親手改變這一切！

蕭晗目光誠摯，一雙桃花眼中晶瑩閃爍，讓蕭時不禁看呆了，半晌才回過神來，只點頭道：「妹妹，如今母親不在了，妳便是我最親的人，無論妳做錯了什麼事，哥哥都不會怪妳的！」

聽蕭時這麼一說，蕭晗心中大定，重活一世，她唯一想見又怕面對的人便是蕭時，可卻沒有想到，原來最親的人才能夠包容、原諒她的一切過錯。

柳寄生的事情蕭晗並沒有打算對蕭時隱瞞，這的確是她做過的糊塗事，眼下只能想著怎麼補救、怎麼挽回。

蕭晗遂將她如何與柳寄生相識，劉氏與蕭昐母女倆又是如何在一旁推波助瀾，還有綠芙背主的種種跡象，以及她心中的猜測都說給了蕭時知道。

蕭時聽後眉頭緊鎖，這讓蕭晗心裡有些拿不定主意，交握的手掌微微有些發汗。

若是蕭時想要罵她一頓也是應當，誰叫當初的她那般糊塗，錯信了劉氏母女，竟然還疏遠了自己嫡親的哥哥……

一想到這些，她便悔不當初！

「妳啊妳，讓我說妳什麼才好！」蕭時的心中閃過萬千複雜的情緒，最後卻化作重重一嘆，又伸手撫了撫蕭晗的額髮，沉聲道：「不過妳能及時醒悟過來，知道誰心存歹意、誰真心為妳好，哥哥很是欣慰！」

從前的蕭晗在劉氏入門後也排斥過一段日子，但拗不住劉氏有手段，極快地便籠絡了蕭晗，在人前對她關心備至，扮演著一副慈母的模樣。

可蕭時不一樣，彼時劉氏入門，他已是十五歲的少年郎，面對著這樣一個長成的繼子，劉氏自然不好親近，遂將目標轉向了蕭晗，從此教得蕭晗只信任她這個繼母，甚至漸漸疏遠了自己嫡親的哥哥。

蕭時看在眼裡也很是痛心，幾次對蕭晗勸說無果，他也不好再說些什麼，橫豎是後宅裡女人們的事，只要今後蕭晗嫁得不差，他也能對劉氏睜一隻眼、閉一隻眼。

卻沒想到這個女人如此心狠，趁蕭晗還年幼不懂事，竟然騙著她與人私奔，這是硬生生要將蕭晗置於死地啊！

蕭時氣得握緊了拳頭，若此刻劉氏母女站在跟前，他保不定會幾個大拳頭招呼過去，把她們打傷、打殘了他也不怕。

「哥哥！」蕭晗感動地看向蕭時，這世間果然只有蕭時對她最好，這才是一母同胞的兄妹，這才是剪不斷的血緣。

「既然劉氏與蕭昐都知道這事，那麼這後面的推手很有可能便是她們母女，不然妳怎麼好端端地出個門也能被那小子給遇到……」蕭時說到這裡一頓，又氣惱地捏緊了拳頭。「既然是這樣，那妳明日就不要再去上靈寺，給母親做法事隨時都行，不急在一時……明日我便找人直接把那小子攆出京城，再也不讓他出現在妳跟前！」

「不，哥哥！」蕭晗拉住了蕭時的手，眸中光芒一閃。「我有一個想法，你看看可行不可行……」她將心中的打算一一說給蕭時聽，至於需要的人手便要蕭時幫忙安排佈置，畢竟二房如今被劉氏一手把持，劉氏大權在握，除了枕月與伏風之外，又有幾個人是真心為他們兄妹辦事的？

「妳當真要這樣？」聽了蕭晗的主意，蕭時頓時眼睛一亮。「怪不得從小母親便說妳是個聰慧的，只是一時被那些歹人迷了心眼，如今能夠撥開雲霧，心中自然通透。與妳比起來，哥哥倒顯得笨多了。」說罷，他有些不好意思地撓了撓腦袋。

「那明日就按計劃行事！」看著蕭時這樣稚氣的舉動，蕭晗不禁會心一笑，只要他們兄妹能好好地在一起，她便什麼也不怕。

清晨雨霧朦朧，馬車行進在有些濕滑的路面上，發出「咕溜」的聲響。

蕭晗正坐在車裡假寐，昨夜她睡得不好，一整晚都在心中推演算計，不過眼下精神卻是不差，甚至還隱隱有些雀躍。

她要改變命運，便要穩穩地踏出這一步，而一切都將從今天開始。

枕月與綠芙也跟著坐在馬車裡，只是一個神情擔憂，一個容光煥發，綠芙甚至還好心情地挑起簾子向外望去，對一路上的風景讚嘆連連。

「看來綠芙今兒個心情很好！」蕭晗唇角一翹，緩緩睜開了眼。

「奴婢這是為小姐高興呢！」綠芙笑著看向蕭晗。「今兒個是小姐的好日子，奴婢只盼小姐幸福美滿、福壽綿長！」

「倒是個會說話的丫頭！」蕭晗牽了牽唇角，眸中卻無半點笑意，她能不能福壽綿長還未可知，不過上一世綠芙卻不是個長命的。

前世即使離開了蕭家，過著顛沛流離的日子，可蕭晗仍然關注著蕭家的一舉一動，託了人層層打聽，輾轉得知綠芙在她離家後，便被劉氏給送到了莊子上，聽說沒過一年便死了。

可憐的綠芙，原以為自己投了明主，卻沒想到轉眼間便被人當作了棄子。

「小姐！」枕月挪了挪位子，坐得離蕭晗近了些，壓低了嗓音道：「您真的決定了？」

昨兒個蕭晗讓她派人去尋了蕭時回來，雖然不知道這是為了什麼，但枕月隱隱覺得或許蕭晗已經改變了主意，可今兒個一早蕭府的馬車還是朝上靈寺前進，她心裡便又愁上了。

「放心，我自有打算！」蕭晗安慰地拍了拍枕月的手，便不再多言，繼續閉目養神。今日還有更重要的事情，她要養足精神作一場好戲。

枕月輕嘆一聲，遂退了回去。

一旁的綠芙卻噘起嘴，有些不悅地輕斥枕月。「妳這是怎麼了？小姐的決定難不成還會更改不成？」又湊近了枕月幾分，小聲道：「妳只管跟著小姐去就是，他日回了府中，咱們還是好姊妹。」

枕月抿了抿唇，垂下目光，壓根兒就不想與綠芙搭話。作為蕭晗的丫鬟，看著自家小姐做出這樣的事情綠芙非但不勸阻，還趕著為那柳寄生牽線搭橋，枕月真是恨死她了，就算兩人從前有再深的情誼也被消磨殆盡。

道不同，不相為謀！

「不識好人心！」綠芙輕哼了一句，眼中幸災樂禍的笑意卻更濃。枕月還真是死腦筋！這次枕月跟著蕭晗離了蕭家，將來她就等著看這主僕倆會變成什麼慘樣。

上靈寺建在城外五十里的燕雲山上，山峰倒不是很高，可景色宜人，登上山頂還能遠眺群峰雲霧繚繞的景象，當真是美不勝收。蕭晗的母親去世後，她便在這上靈寺中為母親點了一盞長明燈，每逢初一都會來祭拜，所以這裡的僧侶對她都不陌生。

到了上靈寺後，小沙彌便將蕭晗主僕幾個帶到了她常歇息的小院，又知她是來為亡母做法事的，便要去尋住持安排種種事宜，只說等安排妥當了再來請蕭晗過去。

蕭晗自然明白這裡的一應規矩，便讓枕月拿來出門帶上的一百兩銀子給了沙彌，雙手合十道：「有勞小師父了。」

「蕭小姐言重了，請稍作歇息，一會兒貧僧便讓人送齋飯來。」蕭晗他們出發得早，可到了上靈寺也已近午時，自然要先安頓歇息、用過齋飯後，再作安排。

一番交代後，小沙彌笑著退了出去。這位蕭小姐可是個善主，生得又美，出手又闊綽，好些同伴都羨慕他領了這樣的差使，他心裡自然也是美滋滋的。

「小姐，奴婢去收拾打點一番，也讓那幾個婆子歇歇，待需要時再傳喚她們。」綠芙自作主張地與蕭晗說道，這也是她離開之前劉氏特意交代的，那幾個婆子自然會聽她的話，若是她們還杵在這裡，到時候她怎麼帶柳寄生前來？

雖說這事也不是非要避著外人，但在東窗事發之前還是謹慎些好，不然一不小心出了什麼岔子，主子倒不打緊，就怕他們這些做下人的也被折了進去。

「妳去吧！」蕭晗揮了揮手，綠芙便高高興興地出了門去。

枕月看在眼裡，不禁咬了咬唇，只在心裡罵道：瞧這小蹄子高興的模樣，當真是指望她們離了蕭家就不回來了?!如今小姐還這般信任她，卻不知這綠芙的心眼早已經拐了個彎，向著別人了。

想到這裡，枕月猶豫再三，還是向蕭晗提醒了一聲。「小姐，奴婢瞧著最近綠芙與二小姐走得很近，如今她又是這般輕浮的模樣，奴婢怕她不是真心為小姐好！」

「我知道。」蕭晗淡然一笑，輕輕拍了拍枕月的手。「我都看得分明。」

「可為什麼小姐卻……」蕭晗這樣說，枕月更不明白了。既然小姐什麼都知道，為何還要這般信任綠芙，連柳寄生的事情都交給綠芙來辦。

「現在不方便告訴妳，妳只安心待在我身邊，聽我吩咐即可。」蕭晗笑得高深莫測，枕月卻聽得一頭霧水，可她是覺得主子真有些地方不一樣了，看著蕭晗勝券在握的模樣，她也隱隱生出了一絲期待來。

用過午膳後，不一會兒小沙彌便來請蕭晗過去。三天三夜的法事她也不用一直在場，只要象徵性地唸上幾段祭文，誠心地在佛祖面前禱告幾次，便能圓了子女的孝道。

果不其然，蕭晗不過才將祭文唸完，綠芙便匆匆跨進了殿門，忍著內心的激動，小心翼翼地在蕭晗耳邊嘀咕了一番，期待道：「小姐是否現在就過去？」

「現在？」蕭晗瞥了綠芙一眼，眸中的神情似有鄙夷，倒是看得綠芙一愣，才聽蕭晗道：「妳且先領著人到後山的茅屋裡去，我要為母親再唸段經文。」

「可是……」綠芙一聽便急了，臉色微微脹紅。「可那是……」一番話就要說出口，卻被蕭晗打斷。「孝道為大，有什麼事都能先緩緩，妳這樣回了就是，誰還敢說妳不成？」

見殿內已有僧侶側目，綠芙強壓著心裡的憋屈，不情不願地應了一聲。「小姐說了就是，奴婢這就領了人過去。」說罷屈膝行了一禮，滿臉不悅地轉身離去。

綠芙剛一離開，蕭晗便招了枕月過來，在她耳邊低聲吩咐了幾句。枕月聽得眼睛都瞪大了，眸中卻隱有喜色，忙不迭地點頭應了，又悄無聲息地出了殿門。

蕭晗唇角隱約一笑，伸手接過小沙彌遞來的紫檀木佛珠，再度穩穩地跪在了大殿的蒲團上，輕聲唸起早已經背熟的經文。

第三章　幫手

山中空氣極好，昨兒個夜裡又下了場小雨，草葉都被洗得澄澈碧綠，在陽光下一曬，著眼望去便是綠油油、明晃晃的一片。

綠芙快步走在後山的林蔭小道上，一邊走著一邊還忍不住低聲抱怨。「眼下倒懂得避嫌了，早幹麼去了？一見到柳公子的面還不是三魂丟了七魄，說是要唸經文，可這心都不知飛哪兒去了？」說罷還不屑地吐了口唾沫，滿臉的不以為然。

原本綠芙支開了那些婆子，就是為了領柳寄生入小院與蕭晗相會，到時候兩人一番情意綿綿，指不定今日就要離去。

可眼下……

綠芙想到剛才蕭晗那一本正經的模樣，心裡忍不住又「呸」了一聲。

明明都要和人私奔了，還一副官家小姐的清高姿態，做給誰看？

「綠芙姑娘，妳走慢些！」與綠芙隔著些距離的是一名書生打扮的男子，人倒是長得斯斯文文，但那一身青色衣袍已洗得泛舊，頭上戴著灰色襆頭，一看就是窮書生模樣，此刻走沒多遠便氣喘吁吁，只得站在一旁的大樹邊歇腳，又大聲招呼著走在前頭的綠芙。

綠芙轉身看了一眼，心下雖然不願，卻還是往回走幾步到了書生跟前，口中稱道：「柳公子，咱們小姐是要避嫌，這才讓奴婢領了你去後山的茅屋，眼看著還有一會兒就到了，你就別大聲嚷嚷，免得別人瞧見了胡亂說道。」

「原不想喚妳的，可妳腳程太快，我這不是走累了跟不上嘛！」柳寄生沒好氣地看了綠芙一眼，若不是心繫著蕭晗，他才不走這一遭呢！等他今後做了這丫頭的姑爺，到時候再將這丫頭給收了房，看她怎麼在自己跟前求饒。

「那你就快些，要不待會兒小姐都趕到咱們前頭了。」綠芙根本看不起柳寄生，若不是要幫蕭晗牽線，這樣的窮書生給她一百個，她都不願意搭理，也就蕭晗是個傻的，被幾句爛詩就給迷住了。

「柳公子可快些跟上！」綠芙說完冷哼一聲，轉身就走。

「好，不能讓小姐等著，咱們繼續走！」柳寄生咬了咬牙，也不再休息，撩了袍子快步跟上了綠芙的腳步。

想著待會兒就要與蕭晗見面，他也忍不住激動了一把。兩人之間往常只是通些書信罷了，一貫是他寫，蕭晗不過讓綠芙帶個口信回他，可即使這樣也讓他心裡萬般暢想，只盼望著兩人真正獨處的時光。

想起那一次的偶遇，想起那張嬌美的容顏，柳寄生就止不住地心蕩神馳。特別是在知道她官家小姐的身分後，他更是喜不自禁，暗道這是要走好運了，若是能順利迎娶蕭晗，今後怕是飛黃騰達不在話下。

誰家父母不疼惜自己的女兒，如今私奔只是權宜之計，到時候蕭家的人求來了，他們照樣能好好地再回到蕭家去。

柳寄生也深知自己的家世背景配不上蕭晗，若是貿然提親，蕭家鐵定是看不上他的，但既然已經巴上了這棵大樹，他說什麼也不會被人給掃落下去。

兩人一前一後地走著，卻沒留意到一旁寬大濃密的樹枝上，正佇立著兩個挺拔的身姿。

著一襲立領藏青色長衫的人便是蕭時，原本俊朗的面容此刻都擰成了一團，他目中噴火，一掌拍在粗壯的樹幹上，硬生生地將樹皮都扒下一塊來。

明眼人一看就知道，那柳寄生不過是個貪圖富貴之人，什麼風流才子，我呸！

還有綠芙那個丫鬟，當年母親將她與枕月放在蕭晗身邊，自問也是待她不薄，可這丫鬟見著主子犯了這等錯事，不勸阻也就罷了，卻還聽從劉氏的吩咐將蕭晗一步步誘入深淵，這樣的人如何能留?!

「怎麼師弟，這樣就惱了？」一旁著玄色長袍的男子正閒閒地倚在樹幹上，他有著一張稜角分明的臉龐，濃黑的眉毛下是一雙深邃的眼睛，鼻梁高而挺，通身氣派，隱隱透出一股無聲的雍容與優雅。

此刻他正唇角微抿，似笑非笑地看向蕭時。

「師兄，遇到這事我如何能不氣？」蕭時仍然沈著臉。「我妹妹還不懂事，居然就被這些人誘騙至此，若不是她及時醒悟過來，只怕後果不堪設想！」

「你妹妹快十四了吧？不小了。」男子笑了笑，目光卻是閒閒地往四周掃了一圈，同時神情一斂，打了個響指。「該辦正事了！」

話音一落，只見樹林中有黑影閃爍，片刻間便沒了身影。

「讓師兄見笑了。」蕭時抱了抱拳，又有些不好意思地撓了撓腦袋。「一時之間也找不到人手，只能拜託師兄，還望師兄見過就忘，今後千萬不要對外人提起。」

畢竟事關蕭晗的聲譽，若不是他臨時找不到幫手，也不會找上葉師兄。

葉衡不以為意地彈了彈袖子。「師弟，你的妹妹不就是我的妹妹，跟我就不用這般客氣了。」言下之意便是會保守秘密，女子遇到這種事情畢竟不好，若是傳出去，那今後蕭晗說親可就難了。

「謝過師兄！」蕭時感激地看著葉衡。

葉衡眉梢一挑。「咱們也過去瞧瞧，看來好戲就要開場了！」

若不是覺得蕭時值得一交，葉衡也不會閒得出手，他平日裡早就忙得昏天黑地，難得休沐在家，卻還被人給約了出來。

而半山的茅屋裡，正上演著不堪的一幕，男女脫落的衣衫凌亂地糾結在一起，一張簡陋的木板床竟被屋裡的兩人搖得嘎吱作響，偶有男人的哼唧與女人的低吟傳出，那滋味可叫一個銷魂！

蕭時只透過窗縫看了一眼，便趕忙收回目光，臉紅一片，有些尷尬地看向葉衡。「師兄，我妹妹雖然交代了是要讓這兩人扯上關係，可眼下這……是不是太過了？」

「不過，剛剛好！」葉衡狹長的黑眸微瞇，透著一絲狐狸的狡黠，看得蕭時無端地背脊發涼，心中暗想今後說什麼也不能惹到師兄，不然怎麼死的都不知道。

大殿裡檀香繚繞，僧侶的吟唱在耳邊迴盪，就像一首低沈而舒緩的樂章。

蕭晗不緊不慢地唸完了經文，扶著枕月的手站了起來，又與住持交代一番，這才出了殿門。

午後陽光透過樹蔭灑下斑駁的光線，踏向後山的青石板道在眼前鋪陳開來，蕭晗不禁深吸了一口氣。「走，咱們去後山瞧瞧！」

「小姐，您說二少爺真的已經辦妥當了？」枕月心中還有些擔憂，當時綠芙來找蕭晗後，蕭晗立刻便讓她知會蕭時，可她不知道蕭晗與蕭時的計劃到底是什麼，心裡自然也沒辦法踏實。

「放心吧，這事關我的聲譽，哥哥說什麼都會辦好的。」蕭晗牽了牽唇角，她知道蕭時是個好哥哥，只要是為了她，什麼事情都願意去做，只他人是憨直了一點，雖然不傻，卻缺少了一點算計與城府。

「小姐，您能想明白，奴婢真是高興。」枕月點點頭，眸中悄悄地浸出了淚水，趕忙伸手抹了去。為了蕭晗與柳寄生這事，她暗地裡不知道操了多少心，眼下蕭晗決定不和柳寄生私奔了，她自然是最開心的一個。

蕭晗笑而不語，走到如今她也是飽含血淚，多少追悔已不用一一述說，從今天開始，她便要踏出嶄新的一步。

後山的茅屋蕭晗來過幾次，也是因為這裡空氣宜人，她常來上靈寺拜祭亡母，自然也藉著這機會四處走走，而這半山的茅屋便是用來給香客們歇歇腳、稍作休息之地。

遠遠地，蕭時便瞧見了蕭晗主僕的身影，趕忙奔了過去，還不忘記給葉衡使眼色，讓他先行離去。

畢竟有外人知道這事算不得光彩，他總要給自己的妹妹留幾分顏面。

葉衡會過意來，足下輕點便躍上了樹枝，至於走不走，那就要看他的心情了。

其實當蕭時來找他時，他也有些意外，若是一般人對於這種事只怕難以啟齒，蕭時來找他也是因為對他的信任，他能幫就幫。

只是在最後蕭時說到這些都是他妹妹的主意時，葉衡便好奇起來，那些對愛情懷著憧憬的小姑娘他也不是沒見過，執迷不悟的比比皆是，但能在最後關頭察覺有異且懸崖勒馬的，還真是不容易。

這個叫做蕭晗的小姑娘，的確引起了他的好奇心，所以此刻葉衡倒不急著離開，而是隱藏在濃密的樹叢中，屏息靜氣，若是他不想，連蕭時也無法發現他。

蕭晗自然不知道蕭時找了幫手，見蕭時跑來，便也快步迎了上去。

「哥哥，事情辦妥了？」蕭晗一雙眸子晶晶亮亮，滿含期待地看向蕭時。

想到剛才瞧見的那一幕，蕭時略有些尷尬，不由摸了摸鼻頭，有些僵硬地點了點頭。「都妥當了。」說罷便領著蕭晗主僕往茅屋而去。

好在柳寄生與綠芙已經完事了，葉衡也讓手下幫兩人穿好了衣衫，不然讓蕭晗瞧見那樣齷齪的場面，可是他的罪過。

蕭晗察覺出蕭時的幾分異樣，心中不知何故，但在踏入茅屋裡，瞧見那並排躺在床板上的兩人，再聞到屋內那男女歡好後特有的靡靡之氣，饒是蕭晗兩世為人，此刻也不禁紅暈爬滿了臉龐，嗔怪地瞪了蕭時一眼。「哥哥，你怎麼……」她咬了咬唇，下面的話是怎麼也說不出口，淺紫色的裙襬一晃，轉身便出了門。

枕月覺得有些奇怪，便往床板上望了一眼，帶著幾分羞怯，小心翼翼地問：「二少爺，他們怎麼睡著了？」

「咳咳……」蕭時被枕月的話嗆得咳了幾聲，尷尬得不知該怎麼解釋才好。

而這一幕正好被躲在樹叢中的葉衡瞧見。初見蕭晗，他的確有那麼一眼的驚豔，實在沒想到粗獷的蕭時居然會有這樣一個長相精緻的妹妹；桃花眼、小櫻唇，怎麼看怎麼美，若不是眼下年紀尚小，只怕已是傾國傾城之色。

這樣的女子哪個男人見了會不喜歡？難怪柳寄生一個窮書生都敢肖想，實在是被這張仙子般的面孔給迷惑了。

此刻蕭晗臉帶紅暈，桃花眼裡透出迷濛的水霧，似乎在回憶著什麼，眼神變得有幾分飄忽了起來，但不過片刻的工夫，便化作一片清明，更握了握拳頭，一張俏臉覆上了些許寒霜，似乎心中已經有了決定。

瞧到這裡，葉衡更是驚訝了！畢竟當時蕭時也沒將蕭晗的計劃說全，只說讓柳寄生與綠芙扯上關係，而這之後要怎麼辦，還要看蕭晗。

眼下，他對這件事情的發展更有興趣了。

蕭晗去而復返，手中還握著一瓢從屋外水缸裡舀來的清水，徑直走到床板跟前，對著柳寄生與綠芙就潑了過去。

「咳……咳咳……」冰涼的水濕透了衣衫，床上的兩人嗆了幾口水，這才悠悠醒轉。

綠芙首先發現了自己的異樣，她本是個黃花大閨女，此刻自己身上發生過什麼顯而易見，身下的痠痛也在時刻提醒著她，再轉頭看向身旁正撐坐起身來的柳寄生，她不由尖叫一聲，翻滾著跌下了床板。

「頭……怎麼那麼痛？」柳寄生被綠芙吵得煩了，便斥責道：「妳叫什麼叫，我頭正痛著呢！」說罷又用力揉了太陽穴幾下，這才看清不遠處的長凳上正坐著蕭晗，他整個人頓時驚醒，又看了看她身後面帶煞氣的男子，支吾著不知道該說什麼才好。

蕭晗只淡淡地瞥了一眼柳寄生，便收回了目光，她對這個男人的感情在前世就已經被磋磨殆盡，她真希望自己從來沒認識過他！

如此懦弱、如此膽怯、如此沒有擔當！她當初究竟看上他什麼了？

「綠芙！」蕭晗的目光轉向綠芙。

此刻的綠芙早已經縮在一邊，她將屋裡的人都看了個清楚，卻意外地瞧見蕭時也在這裡，心下暗道糟糕，知道自己是著了別人的道了，眼下被蕭晗一喚，趕忙膝行著跪了過來，聲淚俱下。「小姐，您要給奴婢作主啊！」

蕭晗牽了牽唇角，似笑非笑地看向綠芙。「倒不知道妳這丫頭竟然傾慕著柳公子，眼下也被我瞧見了，妳知道我本不是個苛刻的人，就是成全了你們又有何妨？」

蕭晗一席話落，綠芙不禁瞪大了眼，就連柳寄生也不可置信地看向蕭晗。

這……是不是什麼地方弄錯了？他可不想和一個丫鬟私奔！

不說綠芙的家世背景比不上蕭晗，就是她那樣貌頂多只能替他暖暖床，這樣的女人如何會是他的良配？

「蕭小姐，妳弄錯了，我和她一點關係都沒有！」柳寄生掙扎著下床，也不顧自己衣冠不整，只急著向蕭晗解釋。

「沒有關係？」蕭晗嗤笑了一聲，目光往床板上掠了一眼，心下暗道哥哥雖然憨直了些，可細節上的把握還是到位的，她指了床板上那一方白帕上的刺紅道：「綠芙的身子都已經給了你，柳公子還想要抵賴不成？」

剛才柳寄生與綠芙都躺在床板上，大家還沒有發現，此刻他們都下了床，那一方白帕便顯露出來，枕月只瞧了一眼便驚呼一聲，滿面羞紅地背過身去。

枕月是十四、五歲的豆蔻少女，雖不經人事，但到底還知道那抹刺紅代表著什麼。

綠芙她……竟是被柳寄生給破了身！

「我……我是被陷害的……」柳寄生欲哭無淚，剛才他確實舒爽了那麼一陣，眼下回憶起來也能模糊地記得發生了什麼，可那不是他的本意啊！

「小姐，奴婢不要嫁他，求小姐原諒奴婢這一次！」綠芙早已是面無人色，哭著揪住了蕭晗的裙襬，此刻她若還沒明白過來是怎麼一回事，那她就真是白活了。

虧她還以為自己聰明，一心為劉氏母女辦事，卻沒想到最後反被蕭晗給擺了一道。

「妳不願嫁？」蕭晗有些為難地皺了皺眉，圓潤的鼻頭微微動了動，那模樣真是乖巧得緊，但一雙桃花眼中分明又透著幾分狡黠。

看見蕭晗的表情，葉衡忍不住想要笑出聲來。

這世間怎麼會有如此可愛又有意思的小姑娘？似乎一顰一笑皆是畫，讓人怎麼都看不夠。

「那可不好辦了……發生了這樣的事情，我只能稟報官府，這等誘騙之罪也不知道柳公子擔不擔得起？」蕭晗嘆了一聲，頗是無奈地轉向蕭時。「哥哥，既然這樣，就讓人稟了官府，將柳公子給帶走吧！」

蕭時頗為嚴肅地點了點頭。「看來只能這樣辦了。」

「不、不能這樣！」柳寄生大驚失色，慌亂地朝蕭晗撲了過去，他不明白往昔裡對他情意綿綿的女子，怎麼能夠翻臉就不認人？這完全顛覆了他的想像，那印象中美好溫柔的形象與眼前一臉冷漠的女子，是半點也搭不上邊。

柳寄生眼看就要撲到蕭晗跟前，卻只覺眼前人影一晃，蕭時已經一個閃身擋在了蕭晗身前，一腳飛踢而出，直將柳寄生又重新踹回原地。

若不是蕭時控制著力道，此刻怕是早已經踢斷了柳寄生的肋骨，可饒是如此，他這文弱書生也承受不住這一腳，痛得捣胸在地，哀呼連連。

「小姐，那是柳公子啊……」綠芙在一旁看得心驚膽戰，特別是柳寄生被蕭時一腳踹飛之後，她的心也忍不住狠狠地揪了揪，她自問若是她挨了蕭時那一腳，只怕比柳寄生更慘。

「柳公子又如何？與我何干？」蕭晗唇角帶笑，一副事不關己的模樣。

綠芙看得心中直發冷，連牙齒都在打顫，什麼時候自家小姐竟然變成這樣一個狠角色了，她竟是不知？

蕭晗又接著說道：「柳公子與咱們不過只有一面之緣，若不是私下裡經常聽妳念叨，我根本就記不得他……」說罷似乎想起了什麼，轉頭對枕月道：「枕月，妳不也說過綠芙私下裡與柳公子多有接觸，我只當他們是兩情相悅，若別做出什麼脫軌的事情，我便睜一隻眼、閉一隻眼，沒想到如今竟然……」她惋惜地搖了搖頭。

枕月眨了眨眼，只顧著聽蕭晗說話，順勢地點了點頭，沒想到最後聽到蕭晗將過往的一切說成是綠芙與柳寄生的私情，她雖然詫異連連，卻忍不住在心中拍手叫好。

就該這樣！誰叫綠芙吃裡扒外，眼下得到這樣的下場也是活該！

「我？怎麼會是我？」綠芙徹底傻眼了，還想辯白什麼，蕭晗卻先一步湊到她耳邊輕聲道：「綠芙，我勸妳還是認了這件事，安心地跟著柳公子離開，走得越遠越好，若不然的話……」她微微一頓，接下來的話語也冷了幾分。「若是讓太太知道妳事情沒辦成，對於一個知曉她這般多秘密的人，她焉能留妳活口？」

綠芙聽後臉色慘白，軟倒在地，看向蕭晗的目光充滿了畏懼。

從前她覺得劉氏狠，能夠笑裡藏刀、不動聲色地收服蕭晗，然後又在蕭晗背後捅上一刀。可眼下見識了蕭晗的手段，她只覺得自己那些自以為是的小聰明根本不夠看，活該她被人玩弄於股掌之間。

柳寄生此刻也緩過勁來，揉著胸口一臉的不可置信，聽了蕭晗剛才所說的話，他心裡已經有幾分明白，現下又羞又惱，對綠芙破口大罵起來。「原來是妳這個賤婢在從中作梗，我怎麼就相信了妳，還以為是蕭小姐她……哎喲！」話到這裡一斷，柳寄生又一聲痛呼，原來是被蕭時狠踩了一腳，見到蕭時彷彿要吃人的眼神，他連忙改口道：「原來是妳借了妳家小姐之名來騙我，妳這個害人精，我打死妳！」

柳寄生不知道哪裡來的力氣，也不管身上的疼痛，爬起來就朝綠芙撲了過去，一陣拳打腳踢！

他就說怎麼次次都收不到蕭晗的親筆書信，而都是由綠芙來傳的話，原來是這丫頭對自己起了心思，那什麼荷包與扇墜，只怕也是綠芙送給他的，還說是蕭晗親手做的，我呸！

想著自己剛才還與綠芙翻雲覆雨，柳寄生只覺得無比噁心，他堂堂秀才竟然被一個丫鬟給耍了！

柳寄生越想越氣，又想到自己無緣無故地被蕭時給打了，恨不得將這怒火全部發洩到綠芙的身上，打得綠芙痛呼連連，最後忍不住反撲過去與他扭打成一團。

看著兩人這般狗咬狗，蕭晗只覺得痛快非常，若是劉氏與蕭昐瞧見這一幕，只怕會氣得吐血吧！

第四章　善後

屋外陽光明媚，暖暖地照在身上，朦朧中耀出一層金色的光圈，驅散了那曾經籠罩在她周身的陰霾。

蕭晗緩緩閉上了眼，她唇角含笑，纖長的睫毛輕輕顫動，在她白皙的臉頰上投下貝殼般小巧的影子，鼻端是山林間特有的清新之氣，她忍不住深深地吸了一口。

柳寄生就像潛伏在她身上的一顆毒瘤，今天她就要將它徹底拔去，迎來新生！

躲在一旁的葉衡，此刻卻是看呆了。

蕭晗那好似鳳凰涅槃一般帶著朝氣與希望的臉龐，給他帶來強烈的震撼和衝擊，明明是不滿十四歲的少女，她的美該是稚嫩的、羞澀的，是含苞待放的。

但眼下他在蕭晗身上看到的，卻是一種洗淨鉛華的沈澱與凝鍊，美得風華絕代，卻又那般的含蓄內斂，讓人不由自主地便沈醉其間。

葉衡一手撫在胸口的位置，就連他自己也沒能從震驚中回過神來，不過卻能清楚地感受到一顆心彷彿是被什麼東西給重重地撞擊了一下。

林間傳來幾聲清悅的鳥鳴，葉衡這才回過神，眼眸半瞇，唇角卻升起一抹笑來，再深深地看了一眼蕭晗，便縱身飛躍而去，驚起了一片林中的飛鳥。

蕭晗若有所感地抬頭望去，卻只能見得一片玄色的衣袍在林間一晃而過，而下一刻，便什麼也沒有了，快得她還以為是自己眼花。

蕭時正好走到了蕭晗身後，也往林間看了一眼，似乎在尋找什麼人的蹤跡一般。

蕭晗轉頭瞄了蕭時一眼，略一細想，便恍然大悟。「哥哥請了幫手？」

這樣的事情蕭時怕是辦不來的，也不是說她瞧不上蕭時的手段，到底未經人事……前世的蕭時可一直都潔身自好，到死她都沒有聽聞他娶過任何一房妻室。

她那麼好的哥哥，這一世她絕對不會再讓他走上那一條不歸路！

「咳……」蕭時掩飾地輕咳了一聲，剛想要否認，又見蕭晗挑著眉，露出明顯不信的眼神，遂才坦白道：「請了葉師兄助我一臂之力，他眼下在錦衣衛任職，不管是調派人手還是探查情況，都比我厲害多了！」說罷一頓，又補充道：「妹妹放心，葉師兄絕對不會跟外人說起的。」

蕭時對葉衡的崇拜不是一星半點，絲毫不因自己不如他而感到羞愧，反倒是一臉的仰望及推崇。

姓葉？

蕭晗仔細想了下，忽而開口道：「可是長寧侯府葉家？」

她前世雖然待字閨中，離家之後也只著意打探與蕭家有關的消息，但對於大名鼎鼎的長寧侯府還是有所耳聞的。

「妹妹也知道長寧侯府？」蕭時一臉驚喜地看向蕭晗，接著便滔滔不絕地說了起來。「葉師兄正是長寧侯府的世子爺，別看他年紀輕輕，如今在錦衣衛任指揮僉事，已是三品官職了。」

竟是長寧侯世子？

這下換作蕭晗吃驚了，她沒想到蕭時竟不聲不響地傍了棵這樣的大樹，前世她怎麼一點也沒聽他說起過？

想到這裡，蕭晗不禁慚愧起來。前世她與劉氏母女親近，反而疏遠了自己的親哥哥，對他的事情當然算不得清楚。

壓下胸中酸脹的情緒，蕭晗深吸了口氣，緩緩道：「長寧侯世子，聽說他母親是蔣閣老的嫡長女，而姨母則是當今的皇后娘娘！」就連太子也是他表弟啊！

這樣的家世，這樣傲人的資本，葉衡在京城裡絕對可以橫著走。

沒想到，這樣的人居然會與蕭時同門學藝，眼下蕭時還不避諱地請他幫忙，可見兩人關係匪淺，該是值得信任的人。

「哥哥相信的人，我自然也不會懷疑。」蕭晗在心中一番思量後，不由認真地對蕭時道：「哥哥，這次多虧了世子爺相幫，回頭你幫我好好謝謝他！」

她一個女兒家不方便親自與葉衡道謝，可這份情，她卻是記在心裡的。

此刻蕭晗也在心裡琢磨著，或許有了葉衡這層關係在，今後蕭時不一定會上戰場去。再說了，那也是在她不在蕭府時發生的事情，現在從頭來過，一切定然會不同的。

「妳放心，改天我就請他喝酒，必然好好答謝他一番！」蕭時爽朗一笑，下一刻又有些不好意思地撓了撓頭。「妹妹不要怪我將這事告訴了別人才好。」

「世子爺是哥哥的師兄，我自然也將他當作兄長一般來敬重，既然都是兄長，想必會原諒我犯下的過錯，我又怎麼會介意？」蕭晗笑著說，這話稍微寬了寬蕭時的心。

重活一世，若說她還看重自己的名聲，那也只是希望蕭時不會受她牽連罷了，其他的她當真不在乎。

前世她就那樣一走了之，想來蕭時也承擔了過多的責難與挑剔，畢竟他們是一母同胞的兄妹，就算心裡不服，他也不能站出來據理力爭，到底是她這個妹妹，讓蕭時沒了底氣。

蕭時「嘿嘿」一笑，對蕭晗的豁達與直率很是滿意，也就是知道這件事的人是葉衡，若換作別人，他可沒這樣的自信。

茅屋內的動靜剛歇，枕月便踏步而出，見到蕭晗兄妹，忙稟報了一聲。「裡面打完了，綠芙在柳公子臉上撓出幾條血痕，柳公子也將她的頭髮給扯了一把下來，兩人都癱在了地上。」又對蕭晗道：「奴婢已按小姐的吩咐，將綠芙的包裹還給她了！」

綠芙的包裹中只裝了她的幾件衣衫與一些散碎銀子，柳寄生瞧見之後，更加確定這事就是綠芙所為，心中又是一番氣惱，若不是眼下沒了力氣，只怕還要將綠芙一陣好打。

蕭晗唇角微翹，轉向蕭時道：「哥哥，就交給你善後了，今兒個就送他們走，越遠越好，千萬別讓劉氏找到。」微微一頓，又道：「還有我的荷包……」那是她留在柳寄生手中的把柄，就算她能反口說是綠芙假冒她之名偷了送去的，可被人發現也著實不好。

「妹妹放心，今日柳寄生出門後，師兄便派人去找了，若是找著了自當銷毀，絕對不會留下什麼蛛絲馬跡。」蕭時信誓旦旦地向蕭晗保證，她這才放了心，又往屋裡掃了一眼，便毫不留戀地帶著枕月離開了後山。

而在後山不遠的一處斷崖上，葉衡正接過屬下遞來的一個錦袋，他打開一看，裡面裝著一個墨綠色的荷包，上頭繡有銀色竹葉紋，而另一樣物品則是打了雙魚絡子並一塊白玉如意珮的扇墜。

葉衡拿在手裡細細看了看。

絡子打得不錯，那白玉如意珮也很是溫潤剔透，即使不是價值千金，也絕對不是柳寄生那樣的窮書生買得起的。

而那荷包繡功更是精湛，就算比起宮裡的繡娘也不遑多讓。他翻開荷包的內襯，只見在角落裡用紅色的絲線繡了極小的兩個字，若是不留心看根本察覺不到。

葉衡仔細分辨了一下，才看出這兩個字是「熹微」。

晨光熹微，將明未明，不正合了蕭晗的名字？

原來她小字熹微。

葉衡牽了牽唇角，旋即面色又沉了下來。

這可是蕭晗送給柳寄生的東西，他心裡沒來由地生起一股煩躁，想要把東西一把捏碎，卻又覺得有些捨不得。

這到底是出自她的一雙巧手。

一旁的屬下見葉衡的臉色陰晴不定，心中有些納悶，卻還是據實稟報道：「世子爺，柳寄生的住處已經被屬下徹底清查了一番，絕對不會留下任何蛛絲馬跡，至於這東西……」他盡職地伸出手來。「請交給屬下銷毀，保證不會留下一點痕跡。」

「不用了。」葉衡面無表情地背過身去，薄唇緊抿。「我自會處理，退下吧！」他將手中的荷包握緊了幾分，心中無端地生出了幾分說不明、道不清的情緒。

蕭府二房的正屋裡，劉氏正對鏡梳妝，她穿著一身絳紅色繡如意紋的長裙，保養得宜的臉龐上掛著一抹舒緩的笑意，正執著檀木梳緩緩地順著一頭長髮。

「娘！」屋外傳來蕭昐的喚聲，還未經通稟，她便已經轉進了內室，見劉氏坐在鏡前，幾步上前撒嬌地倚在她身旁，噘嘴道：「娘，就您還睡得著，都三天了，也不知道那邊怎麼樣了？」

「還能怎樣？」劉氏對身旁的蘭香使個眼色，蘭香便恭身退出去守在門外，只留她們母女在內。劉氏這才笑道：「那丫頭對柳寄生這般癡情，難不成妳還擔心她不走了？」

「也不是擔心，就是心裡有些不踏實。」蕭昐輕哼一聲，坐在一旁的繡墩上，手指隨意捲起頰邊的一綹烏髮。「若她察覺是咱們算計了她，又找回來了怎麼辦？」

雖然這樣說著，可蕭盼的臉上倒沒有什麼擔心的表情。蕭晗本就是懦弱愚鈍的性子，怎麼說也在一起生活了幾年，她自信對蕭晗還是瞭解幾分的。

「找回來？」劉氏嗤笑一聲，眸色倏地一凜。「她這一走，就別想回來！」又側身看向蕭盼，唇角微翹。「妳以為蕭家容得下這樣名聲有損的小姐？即使回來了，那也只能當個死人！」

劉氏眸中光芒閃動，當年蕭晗的母親莫清言去世，可留下了一大筆的嫁妝，雖則她如今代為監管著，可到底不敢做得太過，往上還有個大太太徐氏在一旁瞧著，而蕭老太太對她也不是很喜歡，她就算想要吞下這筆嫁妝也得慢慢來，那吃相還不能難看了。

再則，只有先攆走了蕭晗，她才能更放開手腳對付蕭時。

「娘說得是。」蕭盼一怔，旋即唇邊緩緩漾開一抹笑來。

蕭晗若真敢回來，那不就是個死人嗎？要麼是稱病去世，要麼送到尼姑庵裡終老，蕭府怎麼可能再養著這個讓全家都蒙羞的千金小姐？

「綠芙辦事我還是放心的，那丫頭可是一直被她哄得團團轉呢！」劉氏笑著，不過轉念一想，她這一個午覺都睡起來了，怎麼那邊還沒有人回來覆命？不會是真出了什麼變故吧？

塗著豔紅蔻丹的手指輕輕敲在梳妝檯面上，劉氏的表情變了幾變，剛想喚人進來，便聽得屋外蘭香高聲稟報道：「太太，三小姐來了！」

府裡的人都知道蕭晗這次去上靈寺是為亡母做法事，但除了劉氏母女及她的親信外，誰也不知道這其中還有那些彎彎繞繞，此刻其他下人見著蕭晗回來，自然也沒覺得哪裡不對。只是蘭香的高聲裡夾雜著一絲顫音，倒是洩漏了她此刻的情緒。

蕭晗緩緩走近，不由看了蘭香一眼。作為劉氏的心腹，蘭香可沒少幫她做些骯髒事。內室裡，劉氏手中的檀木梳應聲而落，她猛地站了起來，面色陰晴不定。「不……她怎麼可能會回來？」

蕭昐也是失了鎮定，轉身便急著往外走。「娘，我去看看！」說罷水紅色的裙襬一晃，人已快步走了出去。

蕭晗正帶著枕月緩步而來，看到蕭昐急急地從屋裡掀簾而出，唇角不由勾起一抹嘲諷的笑，腳步卻越發輕快起來。

見到那張熟悉的俏臉再次出現在自己跟前，蕭昐難以置信地瞪大了眼睛，到底還顧忌著左右的一幫下人，忙將蕭晗帶到一旁，這才氣急敗壞地問道：「妳怎麼就回來了？柳公子呢？」

這個時候蕭昐哪裡還留意到綠芙是否還在，蕭晗的歸來已是打得她措手不及，胸中一時情緒翻湧，手中的力道也不自覺地加大了些。

「二姊，妳弄疼我了！」蕭晗皺了皺眉，不動聲色地撥開了蕭昐的手，目光往屋裡瞄了一眼，淡淡地說：「今兒個回來就是來向太太說這事的，二姊也一起來吧！」說完也不等蕭盼回話，就著枕月撩起的簾子跨進屋去了。

蕭盼不甘地跺了跺腳，咬著唇跟了進去。

見幾位主子心情不佳，廊下的丫鬟自然都噤了聲，誰也不敢往裡湊去，只規矩地待在屋外聽候使喚。

劉氏到底比蕭盼沈得住氣，驚覺事情有變，就這一會兒的工夫她已經收拾停當，將長髮鬆鬆地綰起，斜插了根翠綠的玉簪子，身上穿了件藕荷色的大裳，端坐在堂屋裡，見到蕭晗進來，還能扯起一抹笑來與她打招呼。「晗姐兒回來了。」

「見過太太！」蕭晗福身行了一禮，唇角一抿，緩緩抬起頭來。

前世今生，劉氏都是她最大的敵人，這個女人口蜜腹劍，一副溫柔慈母的做派，實際上卻是蛇蠍心腸，讓人不得不防。

重活一世，蕭晗再也不會犯同樣的錯！

劉氏還是那張笑意盈盈的臉，只是細看之下卻能隱隱發現劉氏笑得有幾分僵硬，想必對她的出現也是始料未及，只見那一雙眸子光芒閃動，其中的算計自不用說。

「妳母親的法事可都妥當了？一切都好？」劉氏的問話有幾重涵義，她這個做繼母的，當然沒有傻到明著指出蕭晗私奔，畢竟這件事還是自己一手策劃的，如今蕭晗意外歸來，她只能旁敲側擊的問著，才不會讓旁人起了疑心。

「蒙太太惦記，一切都好。」蕭晗笑著點了點頭，劉氏又說了些無關痛癢的話，無一不是關心叮囑，兩人妳來我往的一番試探，倒是讓一旁的蕭盼看急了眼，幾步上前道：「三妹，妳快說說啊！妳與柳公子到底怎麼樣了?!」

「盼兒，不可沒了規矩。」劉氏斥責了蕭盼一聲，卻是目光溫和地看向蕭晗。「對了，怎麼沒見著綠芙呢？」

剛才劉氏便覺得哪裡不對勁，眼前的蕭晗明明還是過去的模樣，可是一舉手一投足之間都多了幾分沈穩，若說沒有人在背後指點，她是怎麼也不信的。如今事情有變，她自然不能讓蕭盼胡亂說話。

「太太，我正要向您說綠芙的事。」蕭晗嘆了一聲，面色看上去有些不豫，可更多的卻是羞惱。「原本我也以為這丫頭是個好的，卻沒想到她暗地裡與人有了私情。」

「誰？綠芙？」蕭盼愣愣地看向蕭晗，腦袋一時之間還轉不過來。

劉氏卻聽明白了幾分，雖盡力維持著笑臉，可手卻緊緊攥住了衣袖。「就妳所見，綠芙是和誰有了私情？」

「就是那位柳公子。」蕭晗說話時還不忘掃一眼蕭盼。「二姊應該也是記得的，上元節時咱們去看花燈，卻不想花燈被人不小心給踩壞了，柳公子還特意送了一盞過來……」她頓了一頓，像是在回憶著什麼，片刻後又接著道：「當時我記得還是綠芙拿了那花燈，畢竟男女授受不親，我與二姊自然是不會與他有什麼交流，可到底是人家的一片好意，便讓綠芙接了去……之後我也沒有深想，卻沒想到兩人竟因這件事而有了往來。」說罷又是重重一嘆，面色中帶著幾分惋惜。

「妳胡說！」蕭盼一聽卻是急了，明明是蕭晗與柳寄生有了私情，怎麼能夠說成是綠芙？她不明白哪裡出了錯，也不知道該不該相信蕭晗所說的話，難道是綠芙真的對柳寄生動了情？還是蕭晗轉了性？

一時之間蕭盼也摸不透，只能將焦急的目光投向了劉氏，急急地喚了聲：「娘！」

劉氏揮了揮手讓蕭盼稍安勿躁，她面沈如水，狹長的眸子微微瞇起，看向蕭晗道：「晗姐兒，妳這樣說可有什麼證據？」

眼下劉氏可以百分之百地確定，蕭晗身後定是有人指使，可不知道是誰看穿了她的算計，雖然沒有被蕭晗指名道姓的斥責，可綠芙的事無疑是搧了她一個響亮的耳光。

「自然是有的。」蕭晗牽了牽唇角，看著劉氏的臉色越來越黑，她心裡只覺得快慰。是自己從前太傻，看不穿劉氏背後的陰謀算計，還以為她是真心替自己打算，簡直可笑至極！

「枕月，把東西拿進來！」蕭晗向外喚了一聲，劉氏母女便見枕月捧著一個黑漆木匣子走了進來，徑直來到蕭晗跟前，將匣子遞了過去，便恭敬地退到了一旁。

「太太，這裡面都是柳寄生寫給綠芙的書信，太太若是不信可以親自過目！」蕭晗上前幾步，將黑漆木匣子擱在了方几上。

劉氏還沒有動作，蕭盼卻已忍不住撲上去打開了匣子，翻看著裡面的一封封信箋。

柳寄生寫給蕭晗的書信她也曾看過幾封，反反覆覆都是那幾句詩，看得她都倒胃口，從前的蕭晗卻如獲至寶，一直小心珍藏著。

眼下這些書信竟然被蕭晗當作指認綠芙與柳寄生私通的證據，蕭昐氣極反笑。「三妹，這些可都是柳寄生寫給妳的，妳怎麼能睜眼說瞎話?!」

「二姊慎言！」蕭晗雙手籠在袖中，身姿卻挺得筆直，全身上下有一股不怒而威的氣勢。她淡淡地掃了一眼蕭昐，沈聲道：「妳我都是蕭家的小姐，妹妹若是壞了名聲，對二姊有何好處?還請二姊不要隨意將過錯強加在妹妹身上，妹妹承擔不起！」

「妳……」蕭昐氣得面色通紅，指著蕭晗說不出話來。

劉氏卻是緩緩拍了拍手，說出的話帶著幾分咬牙切齒的意味，盯著蕭晗的目光已是浸滿了冷意。「晗姐兒果真是長大了，有自己的主意了。」

既然蕭晗都這樣做了，那就是打算撕開兩人表面維持著的母女關係，那她又何必在她面前繼續扮慈母?

事到臨頭了才反將她一軍，想必蕭晗這死丫頭已算計了好久，指不定還在背後嘲笑她自作聰明呢！

劉氏握緊了拳頭，看向蕭晗的眼神陰沈至極。

「太太謬讚了，女兒有如今的造化，也是太太教導得好！」蕭晗笑著看向劉氏，劉氏越氣惱，她反倒覺得越平靜。

與其和劉氏惺惺作態，不如將一切都說開，也讓劉氏知道自己再也不是從前那個可以任她擺弄的糊塗蛋！

「好！好得很啊！」劉氏冷笑一聲，全身煞氣逼人。「那眼下綠芙在哪裡？既然出了這樣的事情，我這個做主母的也有管教不力之責，這種丫鬟就應該打死了事，免得帶壞了咱們家的小姐！」

綠芙曾聽她的命令行事，劉氏當然怕那丫鬟反咬自己一口，而這個把柄還不能被蕭晗握在手上，以免今後成為她的掣肘。

「太太雖然有心懲處綠芙，可到底是多年的主僕，女兒還是心有不忍，又加之她苦苦哀求，女兒便讓她隨著柳公子離去了。」蕭晗輕嘆了一聲。「如今他們在哪裡我也不知，太太就隨了我的意，成全了他們吧！」

第五章　思量

柳寄生與綠芙的事情塵埃落定，一切後續都有蕭時料理乾淨，蕭晗是不擔心會留下什麼把柄，就連那匣子中的信箋，她也擱在了劉氏那裡，沒有署名、印信，說成是誰的都行，她又何必留在身邊礙眼。

等蕭晗主僕離去後，劉氏才狠狠地摔碎了方几上的一只琉璃花瓶，四濺的琉璃碎片上泛著點點細碎的光芒，似乎在諷刺著她是多麼可笑。

「娘，眼下怎麼辦？」蕭昐也覺得胸口憋著一股窩囊氣，臉色紅白交替，她們怎麼能就這樣被蕭晗擺了一道？

「還能怎麼辦？」劉氏緩緩鎮定下來，不由瞥了一眼蕭昐，從前還覺得這個女兒聰明，可遇到事情卻如此沈不住氣，竟然還比不上蕭晗。想到這裡，劉氏默了默才道：「眼下綠芙與柳寄生都不在了，我再想誣陷蕭晗也是不可能了。」

「那綠芙呢？可不能就這樣放她走了。」蕭昐鼓著腮幫子，看著一地的狼藉，心裡更是煩躁。綠芙知道她們母女的算計，雖說她是不怕被一個丫鬟指認，可留著到底是個隱患。

「我會命人去查探她的行蹤。」劉氏點了點頭，沈著臉，她自然不會輕易放過綠芙，不過蕭晗已經做到這個分上了，她怎麼能沒有應對之策？就算哪一天綠芙被找回來指證自己，口說無憑，別人也不會輕易相信她的話。

「娘，蕭晗怎麼突然變聰明了？」蕭昐百思不得其解，小心地避過了地上的碎片，緩緩走到劉氏身邊坐下。她從剛才起就一肚子疑惑，蕭晗的表現根本不像她從前認識的那個人，可一樣的容貌身段，這點是騙不了人的，不然她鐵定以為是誰冒名頂替了蕭晗。

「想來她背後定是有人指點。」劉氏垂眸思忖，片刻後，眸中閃過一抹狠戾。「不管是誰要與我作對，我早晚會揪出這個人來！」

回到自己房中，蕭晗這才如釋重負地呼出口氣，就著貴妃榻上的軟枕靠了上去。

不過幾天工夫就有這樣翻天覆地的變化，原本對劉氏還言聽計從的蕭晗竟然敢與她針鋒相對，枕月在一旁看著都心顫不已，心中卻又隱隱閃過一絲驚喜，小姐到底是想明白了。

「今後在這府中，想必是要艱難些了。」良久後，蕭晗才輕輕一嘆，她走出這一步，勢必要與劉氏撕破臉，還如何能假裝維持著母女間的慈愛？

不過她不後悔，與其和劉氏這樣面和心不和，不如明刀明槍地來！

「小姐不怕，奴婢就不怕！」枕月抬起頭來，目光堅定地看著蕭晗，忽而想到什麼又笑了起來。「如今二少爺也站在小姐這邊，只要你們兄妹齊心，諒太太也不敢怎麼樣的。」

「是，只要咱們兄妹齊心，就沒有過不去的坎！」蕭晗笑著點了點頭。如今她最高興的莫過於和蕭時的關係得以修復，只要有她守著哥哥，相信前世的悲劇就不會發生。

枕月又道：「二少爺也去過上靈寺這事情，只怕瞞不住太太。」

「本也沒想要瞞著她，哥哥去為母親做法事，這也是倫常，她還能說什麼不是？」蕭晗不以為意地笑了笑，就算劉氏知道這件事情是他們兄妹所為又能如何？難道還能大張旗鼓地說出來不成？這次她只能吃個啞巴虧。

「小姐說得是。」枕月這才放心地點了點頭。

「綠芙這事，妳覺得可惜嗎？」蕭晗坐直了些，一手搭在枕月的手臂上。畢竟這兩個丫鬟是一同長大的，雖然偶有分歧，但這些年相處下來不可能沒有感情。

她不想讓枕月覺得她太過無情，免得寒了人心。

「不！」枕月想了想，才抬眼看向蕭晗，坦然道：「小姐，奴婢知道的，是綠芙她自己走錯了路，她既然不為小姐著想，就不配做小姐的丫鬟；小姐這樣的處置已是寬宏大量，若是落在太太手裡，只怕她沒什麼好下場！」

「妳能這麼想就好。」蕭晗笑了笑，側身推開了半掩的窗櫺，窗外幾株海棠花開得正好，嬌豔的花瓣簇擁在一起，看起來欣喜又熱鬧。

「咱們……可是有好久沒去探望過祖母了？」蕭晗撐著下頷，看著窗外的繁花，心下卻思量了起來。

如今她與劉氏不和，父親蕭志謙又是個靠不住的，勢必要重新尋一個靠山。又加之他們兄妹年紀不小了，這親事也掌握在劉氏手中，若是沒有信得過的長輩為他們打算，恐怕又要被劉氏給坑了。

「小姐您不記得了？」對於蕭晗的問話，枕月微微有些詫異，不過還是如實道：「老太太向來威嚴，又特別不喜咱們二房的人，就連太太也是初一、十五才去探望老太太，您與二小姐躲都來不及了，哪裡還敢主動往前湊去？」

「那是我以前不懂事，孝道乃是為人之本，到底是親祖母，相見還有三分情面，若是隔得久了只怕……」蕭晗抿了抿唇，陷入沈思。

她對蕭老太太的確是沒有什麼印象了，從前這位老太太便不大喜歡她母親，連帶著對他們兄妹也不甚熱情。在她記憶中蕭老太太一直只是個模糊中又帶著威嚴的祖母，冷硬得讓人親近不起來。

可不管蕭老太太待他們兄妹如何，卻不能否認她在府中說一不二的地位。

如今的蕭府分兩房，長房、二房都是蕭老太太的嫡子，蕭老太爺去得早，是蕭老太太一手帶大了兩個兒子，如今兒子們都有出息了，滿堂的兒孫，別人都誇她有福氣。

早些年蕭老太太還作主為二兒子蕭志謙聘了應天首富莫家的嫡女莫清言，也就是蕭晗的母親，雖則當時的蕭志謙還未考上進士，但到底大兒子蕭志傑已經在朝為官，也算是官家門第，這樣的官商聯姻，不知背後有多少人說閒話，等著看笑話的人也不少。

蕭晗知道蕭老太太不喜歡他們兄妹的原因，那便是因為他們的母親是商家女。

徐風緩緩吹動，送來一室的花香。

蕭晗眉頭微動，唇邊緩緩升起一抹笑來。「我記得祖母是蜀地的人，聽說當年遠嫁到北方也是適應了好長一段日子呢！」

「那可不是，聽說蜀地的人愛吃辣，咱們老太太也是喜歡得緊，可府中幾個主子都不愛吃，這沒有人作陪，也就漸漸吃得清淡了起來。」枕月想起自己曾經在廚房裡聽到過的事情，便說給蕭晗聽。

蕭晗目光閃動，心中漸漸有了主意。

記得前世她與柳寄生在外奔波時，兩人還在蜀地住過一段日子，鄰居郝大娘廚藝了得，她也學會了一些，不知道能不能討得蕭老太太歡心？

「眼下是什麼時辰了？」蕭晗往外看了一眼，隨即收回目光，她心中已經有了主意，隨即趿鞋下榻。

枕月不明所以，一邊跟著蕭晗走，一邊回道：「已是申時過半了，小姐想做什麼？」

「那還來得及。」蕭晗笑了笑，側身朝枕月神秘地眨了眨眼。「走，咱們去廚房！」

「小姐要下廚？」枕月大吃一驚，蕭晗可是十指不沾陽春水的，哪裡會做什麼東西？怕只是一時興起。

「今兒個就讓妳見識見識我的手藝。」蕭晗笑著搓了搓手。

前世在外奔波，哪一樣不是自己動手做，雖然身邊還有枕月，但到底她已不是千金小姐，哪能飯來張口、衣來伸手，特別是在做吃食上，自己做的東西總算還能下口。

枕月半信半疑地跟著蕭晗到了廚房。

廚房的一眾廚娘見蕭晗到來，自然吃驚，忙不迭地行禮問安，又得知她要自己做菜，更是不敢輕易答應，廚房管事的忙叫個小丫鬟去稟了劉氏。

「什麼時候我在自己家裡，連做個菜都不行了？」蕭晗冷嗤一聲，目光一掃，廚房裡的幾個婆子都不禁低下了頭去。

管廚房的謝娘子猶豫著上前道：「三小姐要做菜不是不行，只是您向來貴重，奴婢是怕髒了您的手……」見蕭晗神色淡淡，又試探地說道：「三小姐要做些什麼菜？要不奴婢幫您準備準備？」

到底是府中的小姐，又不是什麼過分的要求，謝娘子想了想，就算這事稟報給劉氏知道，她這個繼母怕也不會不允，便先說些話緩和一下氣氛。

「我記得妳。」蕭晗看著眼前一身墨綠色半舊衣裙、腰上繫著灰布圍裙的婦人。「我母親還在世時，妳便是這廚房的管事了。」

「三小姐好記性！」謝娘子笑了笑，有些黝黑的臉龐上露出一口大大的白牙。她生得高壯，力氣也大，從前剛進蕭家時便做些粗使的活計，後來被分到廚房裡幫忙，廚藝倒是穩步提升，從粗使丫鬟一路做到廚房管事，一做就是好些年。

「我記得當年母親很喜歡妳做的菜，府裡幾個廚子，唯妳做的南方菜特別合她胃口。」回憶起過往，蕭晗不由會心一笑，精緻的眉眼帶著幾分妍麗動人的風華，讓廚房裡一眾婆子都看傻了眼。

「是啊！奴婢也記得。」當年的二太太莫清言可是個寬厚的人，雖說為人精明了點，但對待下人卻是不薄，謝娘子也曾受過她的恩惠。

兩人聊著聊著，關係不由得拉近了幾分。

幾個廚娘看在眼中，目光微微閃動。眼下二房可是劉氏當家，若是太過親近蕭晗也不好，她們只能得空再勸勸謝娘子，有些人該遠還是得遠著點。

謝娘子很快便將蕭晗所要的東西準備妥當，連作料也沒有落下，看著蕭晗嫻熟地切菜、下菜，她不禁一陣驚訝。「三小姐這是在哪裡學的廚藝啊？看起來竟一點也不像生手！」

蕭晗微微一頓，只微微笑道：「平日裡看了些書，得空便在寺院廚房裡練了練手，也沒幾次就會了。」

枕月杵在一旁，看著蕭晗在那裡忙碌，她是半點也搭不上手，此刻又聽蕭晗這樣說，她更是徹底傻了眼。她家小姐是會看書，可在寺院廚房裡練手？這是什麼時候發生的事？

「三小姐當真是聰慧！」謝娘子也不疑有他，笑著點頭，看向蕭晗的目光裡不自覺地多了一點認同。

廚房裡有五、六個灶頭，眼下蕭晗只占了一個，謝娘子與幾個廚娘還要忙著做府裡其他人的飯菜，特別是主子們那裡的，可耽擱不得。

忙碌了約莫半個時辰，蕭晗的菜便做好了，她又吩咐枕月拿了雙耳紫砂鍋盛菜，並覆上一層油紙保溫，再蓋上鍋蓋，自己回屋換了身乾淨的衣裳，這才往蕭老太太的敬明堂而去。

蕭晗在廚房裡的一舉一動，自然沒有逃過劉氏的眼睛，等她往蕭老太太的敬明堂走去時，劉氏早將一切打探清楚，心中不禁冷笑連連。

「如今想要討好老太太，反倒不親近我這個母親了？不知道的人還以為她在我這裡受了什麼委屈呢！」劉氏陰沈著一張臉，攥緊了手中的錦帕。

「娘，那咱們也去？」蕭昐坐在一旁試探地問，雖然她很不想見到蕭老太太，卻也怕蕭晗在老太太跟前胡亂說嘴，說她們母女倆的壞話。

「不行！」劉氏一口回絕。「咱們平日裡便很少去老太太院裡走動，眼下蕭晗去了，若咱們也跟著去，只是越發落人口實，還是先等著看好戲吧！」

蕭昐緩緩點了點頭，卻有些不解道：「娘，蕭晗什麼時候學了廚藝，我怎不知？」

「說是在書上看到的，自己又在寺院裡練了練手。」劉氏不屑地輕哼一聲。「老太太可不是任誰都能討好的，這現學的手藝也敢在老太太跟前賣弄，我就看著她怎麼在老太太跟前丟臉！」

這也是劉氏之所以不阻止蕭晗的原由。她就不相信蕭晗隨意做出的菜色能比得上正經的廚子，再說蕭老太太賞不賞臉還未可知呢！她就在一邊等著看蕭晗出醜。

「娘說得是。」蕭昐這才翹唇一笑，想著蕭晗被蕭老太太拒之門外的場景，她心中頓覺快意不少。

就在劉氏母女說話的當口，蕭晗已經領著枕月到了蕭老太太的院子，丫鬟、婆子們見到她都很詫異，有機靈的丫鬟上前為她引路，又差了小丫鬟向裡頭通報一聲。

蕭老太太的敬明堂很大，要穿過一大片花圃，再繞過影壁後的水渠，在抄手遊廊上轉幾個彎才能瞧見正屋的拱角飛簷。

正屋的廊下掛著幾籠鳥雀，許是見著生人來了，便拍著翅膀叫個不停。

蕭晗腳步微微一頓，目光上揚，她可不就是生人嗎？前世裡她對這個院子便不大熟悉，如今更覺得陌生得緊，可無論如何這裡住著的，都是她嫡親的祖母。

蕭晗緩緩站定，並沒有冒昧地往屋裡去，只是客氣地與站在門外的丫鬟蔡巧道：「勞煩姊姊通傳一聲！」

「三小姐言重了，您請稍等！」蕭晗客氣，丫鬟自然也含笑相對，隨即轉身往屋裡去。

「那位是三小姐嗎？長得好美啊！」兩個剛留頭的小丫鬟站在廊邊一角竊竊私語，她們才剛分到蕭老太太院子裡，規矩還不熟，這一出聲立即被一旁老成的丫鬟瞪了一眼，低斥道：「主子們可是妳們能隨意議論的？快些退下！」

小丫鬟唯唯諾諾地應了一聲，卻又忍不住再瞄了蕭晗一眼，這才飛快地退了下去。

那個老成的丫鬟不由跟著看了蕭晗一眼，心中也暗自驚訝。

三小姐的確不常來蕭老太太的院中，都有好些日子沒見過了，沒想到竟出落得這般美，那一顰一笑皆端莊優雅，本是嬌豔若海棠般的美人，卻穿著一身素淨的青碧色蓮紋長裙，頭上只簪了兩朵珠花，雖未施粉黛卻清麗脫俗。若是不說，誰能知道她的母親曾是個商人婦？

而此刻的正屋裡，蕭老太太正對著一桌的菜色抱怨。「明明讓做麻婆豆腐，這不辣不鹹的味兒誰吃得慣？統統給我撤了！那個廚娘也給我換掉！」說罷，臉色沈鬱地擱下筷子。

在一旁侍候的魏嬤嬤，只能一臉苦笑地點頭應是。

她都記不清這是府裡為蕭老太太請的第幾個廚子了，老太太年歲越大便越是思鄉情切，這兩年特別懷念蜀地的菜色，可府中找了幾個廚子來，都做不出老太太想要的味兒，她也是愁得很，難不成真要稟了大老爺，特意從蜀地給請個名廚回來？

魏嬤嬤正在犯愁之際，便聽到蔡巧進來回稟，說是蕭晗求見，蕭老太太與魏嬤嬤俱是一怔。

「她來幹什麼？不見！」蕭老太太眉頭微皺，想也沒想地便回絕了。她從前便不大喜歡二房的人，如今劉氏進了門，她越發覺得二房與自己犯沖，平日裡連請安都省了，誰想要見那些個不喜歡的人？

「等等！」蔡巧正要退下去，蕭老太太卻又突然喚住了她，問道：「可知道三小姐是來幹什麼的？」

「這……奴婢不知。」蔡巧想了想又道：「不過瞧三小姐的丫鬟手裡，好似提著個食盒。」

食盒？

蕭老太太與魏嬤嬤對視了一眼，皆明白了過來。

蕭晗挑這個時間點過來，還提著食盒，看來是送吃食過來了。到底是一片心意，又是自己的親孫女……蕭老太太略微猶豫了一下，便開口道：「讓她進來吧！」又讓屋裡侍候的丫鬟將滿桌的菜都給撤了下去。

蔡巧應聲退了出去，魏嬤嬤又端了茶水給蕭老太太漱口，末了遞上絲帕，道：「自從她母親去世後，三小姐來得便少了，老奴都快記不得她長什麼模樣了。」

「別說是妳，我也有些想不起來了，且看看這丫頭葫蘆裡賣的是什麼藥！」蕭老太太抿了抿唇，略微坐正了些。無事不登三寶殿，她一直以來都相信這個道理。

對之前的老二媳婦莫清言，蕭老太太其實是很有印象的，那個笑得一臉明麗張揚的女子，明明揣著商家女的名頭，卻偏偏自信十足。

她倒不是討厭莫清言，只是當年要幫老大鋪平仕途，她才不得不委屈老二娶了莫家女，藉著莫家的財力讓老大的仕途走得一帆風順，可她心裡總覺得對不起老二，面對莫清言時便有些不是滋味，連帶地對她所生的子女也都親近不起來。

可一晃眼這麼多年，那兩個孩子都已經長大成人了。

蕭老太太與魏嬤嬤還說著話，蔡巧已領著蕭晗主僕倆繞過了那道雕著五福捧壽的雲母屏風，蕭晗一抬眼便瞧見了紅木八仙桌前一坐一站的兩位老婦人。

穿著一身薑黃色如意紋褙子的是魏嬤嬤，她是蕭老太太的陪嫁，一直很得她老人家信任，自始至終都陪伴左右，不難辨認。

而蕭老太太則穿著一身繡了墨綠纏枝紋的鑲邊暗紅色縴絲褙子，她臉龐紅潤，精神矍鑠，黑白相間的頭髮整齊地綰成纂兒，用一根白玉扁方簪住，只在那裡靜靜坐著，通身的氣勢便一覽無餘。

第六章　歡心

許是在用膳時分，蕭老太太的屋內並沒有熏香，南面的窗戶大開，空氣很是清新。

蕭晗只是微微看了蕭老太太一眼便垂下了眼，恭敬地上前行禮。「孫女拜見祖母，打擾祖母用膳了。」

記憶中對蕭老太太的印象已經很模糊，可那威嚴的目光彷彿能夠直視人心一般，這讓她心裡有些發緊，有些不確定自己踏出的這一步到底是對是錯。

蕭晗捏了捏袖襬，讓自己鎮定下來，下頜微收，緩緩抬起了頭。

蕭老太太一直帶著審視的目光看向蕭晗，從衣著打扮到言行舉止，直到蕭晗抬起頭來，見著那張清豔而熟悉的臉龐時，她的神情才有些震動。

連站在一旁的魏嬤嬤看清蕭晗的面容後，也有些驚訝。

蕭晗這模樣果然像極了莫清言，明豔不可方物，偏又帶著少女的清麗之姿，那桃花眼中閃著瑩瑩的波光，嬌豔的唇瓣好似浮了層朝露，只是她穿著素淡，並沒有莫清言那種氣勢上的張揚，乖巧柔順的模樣很是討人喜歡。

「晗姐兒都成大姑娘了。」蕭老太太牽了牽唇角，雖然面色略有緩和，但到底沒能擠出一抹笑意來，只轉頭看向魏嬤嬤。「我依稀記得晗姐兒是秋天的生辰，明年便要及笄了？」

「老夫人記性真好，確實是的。」魏嬤嬤笑著點了點頭。

蕭老太太主僕倆一唱一和，蕭晗不明白其中的意思，便也沒有貿然插話，等兩人話語方歇，這才笑著道：「孫女今日在廚房裡做了道菜，也不知道合不合祖母的胃口……」

「是妳親手做的？」蕭老太太詫異地看向蕭晗，哪戶人家的小姐用得著洗手做羹湯，有那個意思就行了，沒想到蕭晗還親自動手了？

「是，孫女手藝拙劣，就怕祖母會不喜歡。」蕭晗笑得含蓄，她今日的作為雖然有些曲意奉迎，但此刻見到蕭老太太的面，那種骨血相濃的感覺卻一點一點在心中激蕩復甦，她突然意識到，眼前的這個老婦人是她的祖母，是她的親人，且已年近花甲，難道對祖母好，不是自己應該做的事嗎？

這樣想著，蕭晗的笑容裡不覺多了些誠摯的意味，她不是討巧賣乖，而是真心實意地想對蕭老太太好。

蕭老太太抿了抿唇，片刻後才點點頭。「拿出來吧！」

枕月提著食盒站在一旁，在蕭老太太的威嚴下只覺得手心都出了一層冷汗，此刻聽到這話忙不迭地將食盒擱在一旁的方几上，雙手小心翼翼地捧起雙耳砂鍋放在桌上。

蕭老太太鼻頭微動，卻是一臉的疑惑，她怎麼彷彿聞到了熟悉的味道？

「這是孫女在書上看到的菜色，便試著做了做。」蕭晗挽起衣袖，上前來揭了砂鍋蓋子，又將那蒙著的一層油紙揭掉，頓時便有一陣濃郁的香味飄了出來。

「還是熱的，祖母要不要嚐嚐？」蕭晗笑著看向蕭老太太，神情中隱約夾雜著些許忐忑與期待。

砂鍋裡一片紅亮亮，裡頭有白嫩的藕片、粉色的蝦仁，還有香菇、腐竹、花菜、木耳、魷魚混在一起煮了滿滿的一鍋，油面上還飄著白色的蔥段和紅豔豔的辣椒，讓人一看就嘴饞得緊。

蕭老太太不禁嚥了口唾沫，只覺得剛才被壓下的食慾片刻間又浮了上來。

魏嬤嬤自然也看了出來，心中不由暗笑，別看蕭老太太平日裡嚴肅得緊，可真正相處下來才知道人是極好的，只是不善表達罷了。不管蕭晗此次有什麼目的，只要肯費盡心思討老太太歡心，她也是樂見的。

「三小姐可用過晚膳了？」魏嬤嬤笑著看向蕭晗，見蕭晗搖了搖頭，便又道：「老太太也還沒吃呢！不如一起留下來用膳？」說罷，眼神詢問地看向蕭老太太。

「留下來一起用吧！」蕭老夫人抿了抿唇，臉色談不上有多喜悅，可那眼神卻是直勾勾地落在了砂鍋上。

「謝過祖母。」蕭晗大方地落坐，心中頓時鬆了口氣，看來這步棋是走對了。

魏嬤嬤便著人重新去取了碗筷，擺在這對祖孫跟前，又勸了老太太兩句。「這雖是您愛吃的菜，可也不能吃多了，不然晚間積食可是會不舒服的。」

蕭晗跟著點頭。「魏嬤嬤說得對，祖母您少少地用一些就是，晚點再讓廚房做碗冰糖銀耳羹，最是消食潤肺。」

「妳有心了。」蕭老太太點了點頭，不由深深地看了蕭晗一眼。

她對這個孫女的印象其實還停留在那個總躲在莫清言身後的小女孩，美則美矣，卻缺少了她母親的靈動與聰慧，直到劉氏進門之後，二房更是不常來她跟前請安，記憶便越發模糊起來。

可今日再見到蕭晗，才發現那個總喜歡躲在母親身後的小女孩已經長大了，娉婷而立，清豔多嬌，是個不可多得的美人。雖則在她面前還稍顯拘謹了些，可神態卻是落落大方。

一時之間，祖孫倆各自懷著心思用起飯來。

蕭晗其實也是喜歡吃辣的，甜辣、鹹辣、麻辣、酸辣，不論是哪種辣她都愛吃。只是從前在府中為了配合母親的胃口，都吃得清淡了些。

想到這裡，她不由瞄了蕭老太太一眼。

蕭老太太額頭已浸出了薄汗，顯然是被辣出來的，可她的面色卻是一派喜悅。

原本蕭老太太是抱著試一試的心態，蕭晗畢竟是個初出茅廬的小丫頭，哪裡能比得過正統的廚子？她也是感念蕭晗這份心意才決定試上一試，可這一試便停不下口來。

其實蕭老太太想念的味道並不一定要名廚才做得出來，她想念的其實是自己的家鄉，那種帶著蜀地人特有的爽直與俐落，也許蕭晗做出的味道並不算絕美，卻給了她深深的觸動，就好似在外多年的遊子，終於喝到了一口家鄉的泉水，那樣的感動無法用言語形容。

吃到最後，蕭老太太也放開了手腳，甚至挽起袖管，吃得熱火朝天，不時還笑著對蕭晗道：「其實吃這砂鍋啊，應該架在爐子上燒著，邊吃邊煮才夠味道！」

「我也只是半路出師的川菜廚子，自然沒有祖母這般正宗！」蕭晗笑著點頭，看見蕭老太太歡喜的模樣，她似乎回到了與母親在一起的日子，頓時發覺這樣的天倫之樂，其實才是她內心真正渴求的。

用過了晚膳，蕭老太太還破天荒地留了蕭晗飲茶，祖孫倆對坐在雕有福壽紋的黃花梨木羅漢床上，眼前茶香嫋嫋，又是另一番景象。

「這是上好的峨蕊茶。」蕭晗放下了手中的白釉茶盞，剛才那一頓飯讓祖孫兩人親近不少，眼下她也自在了許多，不由笑著道：「孫女記得《峨眉志》裡有云，『峨山多藥草，茶尤好，異於天下。今黑水寺磨絕頂產一種茶，味初苦終甘，不減江南春采。其色一年綠，二年白，間出有常，不知地氣所鍾，何以互更。』」

這特級的峨蕊茶全用頂茶製成，細嫩多毫，其味嫩香鮮爽，盡顯高山優質茶的特點。

「我倒不知妳這丫頭竟是滿腹詩書！」蕭老太太這一頓吃得尤其盡興，眼下又品了峨蕊茶，頓覺身體舒暢、四肢通泰，連看向蕭晗的眼神都溫和了不少。

「祖母取笑孫女了。」蕭晗長長的睫毛微微扇動，略有些羞澀。「從前母親還在世時便請了先生入府教導，孫女不才，但也留心學了些東西，不過在祖母面前卻是班門弄斧了。」

「好了，妳也別太過謙虛！」蕭老太太擺了擺手，又凝眉看向蕭晗。「說到妳母親，我記得妳這幾日是去上靈寺給她做法事了？」

蕭晗點頭道：「三年孝期已過，孫女便挑了個好日子去上靈寺，今兒個才剛剛回府。」

「妳倒是有心了。」蕭老太太斂了神色，淡淡地點了點頭。「時哥兒呢？可也一同去了？」

「哥哥營中事務繁忙，卻也趕著去了寺院，這法事一完，他便又回營了。」蕭時在上靈寺現身的事情終是瞞不了人的，但這一說法卻十分恰當，任誰都不會懷疑，劉氏自然也不會傻傻地去說破。

「你們兄妹都是孝順的……舟車勞頓，妳也早些回去安置吧！」蕭老太太站起身來，魏嬤嬤趕忙上前扶住了她。

蕭晗也順勢站到一旁，對著蕭老太太恭敬地行禮。「那孫女就不打擾祖母休息了。」說罷低下頭去，烏黑的雲鬢上泛著油亮的光芒。

蕭老太太瞧了蕭晗一眼，便轉頭吩咐魏嬤嬤。「把我匣子裡那支蝴蝶紅寶石髮簪和鎏金鏤空鑲白玉的鐲子給拿出來，晗姐兒如今已是出了孝期，不該再打扮得如此素淨。」

魏嬤嬤笑著應了一聲，轉身便往內室而去，蕭老太太又看向蕭晗道：「今日的麻辣香鍋妳倒是費了些心，我吃得很是舒爽，祖母心裡記著妳的情。」

「祖母言重了，孫女孝敬您是應該的！」蕭晗趕忙抬起頭來，目光真摯地看向蕭老太太，漂亮的桃花眼中有水光瑩瑩閃動，滿滿的都是對老太太的孺慕之情。

蕭老太太不由一怔。她自問閱人無數，孰真孰假她也是分得清的，蕭晗這模樣分明是想要與她親近，可又怕她不喜，心中懷著期待卻又有些忐忑不安。

這樣的神情她最熟悉不過了。

蕭老太太當年是家中喪母長女，身分地位自然不及後面的嫡妹，想要親近嫡親的祖母，內心卻是又敬又畏的，到最後也沒能討得祖母歡心，還被嫡母遠嫁到了北邊，這一生只怕都回不了家鄉。

蕭老太太突然心中一動，開口道：「妳……可還會做什麼吃食？」

莫名的，她想要給蕭晗一個機會，就算是成全曾經的自己，畢竟有劉氏那樣的一個繼母，又怎麼會真心為蕭晗他們兄妹的前程作打算。

「倒是會做一些家常的菜色，還有點心。」蕭晗笑意盈盈地看向蕭老太太，看來她的努力還是有成果的，至少讓老太太對她的態度軟化了幾分，這感情是一點一點培養的，日久才能見人心。

蕭老太太清了清嗓子，看了蕭晗一眼。「那妳得空了便過來給我做些吃的，不用去大廚房了，就在這裡的小廚房弄吧！」

蕭老太太來自川蜀之地，口味獨特，偏偏府裡的主子們又是不吃辣的，所以才在自個兒院裡單獨闢了間小廚房。

「是。」蕭晗忙對著蕭老太太福了福身，略有些激動道：「那孫女……」她咬了咬唇，看向老太太。「從前是孫女不懂事，以後定會每日來向祖母請安。」

蕭老太太「嗯」了一聲便不再多言，正巧魏嬤嬤捧著個點漆描金的黑匣子走了回來，遞到蕭晗跟前，笑道：「三小姐拿好。」

「謝過祖母。」長者賜不可辭，蕭晗雙手接了過來，又遞給一旁的枕月，再次恭敬地對著蕭老太太行了一禮，這才轉身離去。

魏嬤嬤扶著蕭老太太往內室而去，侍候她坐在梳妝鏡前，一邊為她卸了頭上的珠翠，一邊笑著道：「如今有三小姐給老太太做吃食，老奴可不用再發愁了。」

蕭老太太牽了牽唇角，笑容淡了下來，思忖道：「妳說這丫頭今日怎會想到往我的院子裡來，莫不是在二房受了什麼委屈？」

魏嬤嬤手上的動作也跟著一頓，不由有些疑惑道：「您是說二太太那裡……可平日裡不是聽說她們母女處得極好，三小姐事事都聽二太太的話，怎麼會……」

「劉氏的手段咱們又不是不知道，她會真心為晗姐兒著想？」蕭老太太嗤笑了一聲。「她平日裡表面功夫做得倒是好，我見他們兄妹也從沒往我這兒訴苦，便睜一隻眼閉一隻眼，可如今……」老太太微微一頓，眉頭皺起。「妳著人去打聽打聽，看看是不是發生了什麼事？」

「是。」魏嬤嬤點了點頭，如今府中是大太太當家，但蕭老太太多年積威還在，府中的人事關係沒有她不清楚的，想要打聽點事情自然不在話下。

「二房的兩個丫頭如今還沒說親吧？」蕭老太太突然問道。

魏嬤嬤愣了下，緊接著點頭道：「是還沒有，瞧兩位小姐也都快及笄了。」

「從前也是我疏忽了，看來二房的那對兄妹我也該過問一二，總不能讓莫氏寒了心。」蕭老太太抿了抿唇，良久後才重重地嘆了口氣。雖然當年的官商聯姻是各取所需，但到底是他們欠了莫家一份情。

而蕭晗……也許人與人之間的緣分就是那麼一眼的事，她如今再瞧那丫頭，卻覺得順眼了許多。

天色將暗未暗，眼前的青石板道上覆著濃濃的綠蔭。從蕭老太太的敬明堂離開，蕭晗的腳步越發輕快起來，連唇邊都不覺帶了一抹笑容。

「小姐您慢些，奴婢快跟不上了。」枕月捧著匣子小跑步跟了上來，一邊喘氣、一邊笑道：「奴婢從前覺得老太太威嚴得很，可今兒個見她待小姐親近，奴婢也覺得歡喜呢！」

蕭晗背著手轉過身來，笑著點頭道：「妳說得對，想來祖母也只是看著威嚴罷了。」

今日邁出這一步，她是走對了，心中也大大的鬆了口氣。看來蕭老太太比她想像中還要好相處，不知道從前的自己為什麼會害怕親近她呢？

許是在母親的羽翼下被保護得太過，之後的繼母劉氏又不被蕭老太太所喜歡，而她前世親近劉氏，連帶地也不敢往老太太跟前湊。

回想過去的種種，她當真是傻得很啊！

「小姐，咱們今後真的每日都要到老太太院中請安嗎？」枕月跟上了蕭晗的步伐，這幾天發生的一切，都讓她有種不真實的感覺。

「當然。」蕭晗認真地點了點頭。「老太太再怎麼說也是我的祖母，從前是我不懂事，該盡的孝道都落下了，好在眼下彌補還不算晚。」

蕭晗盤算著明兒個要早些起來，到蕭老太太的廚房裡給她弄幾樣點心當作早點，看來她做的菜味道還算不錯，也合了老太太的胃口。

幸好她還能吃些辣，也能在一旁作陪，看著自己做出的菜餚被人喜歡，也是一件令人欣喜的事。

「小姐真能幹，就是看看書也能學會。」枕月在一旁不無崇拜地說道。蕭晗可沒在寺院裡練過手，這一點她是最清楚不過的。

「那當然，妳小姐我蕙質蘭心！」蕭晗笑著對枕月眨了眨眼，心情難得這般輕快。「記得可別說漏了嘴。」

「奴婢曉得的。」枕月點了點頭，主僕倆趁著天還未黑便回到了自己的院落。

一番梳洗後，蕭晗穿了一套半舊的杏黃色中衣，坐在梳妝鏡前，濕潤的長髮披散在腦後，枕月正用棉布巾子給她擦乾頭髮。

看著鏡檯上擱著的黑匣子，蕭晗不由伸手細細撫過，前世今生，這可是蕭老太太第一次給她東西呢！

「小姐打開看看！」枕月在蕭晗身後探出了頭來，一臉好奇。「看看漂不漂亮？」

莫清言在世時給蕭晗的好東西不少，莫家也會經常捎些奇珍異寶來，但蕭老太太給的意義又不同了。

蕭晗緩緩地打開了匣子，頓時覺得眼前一片流光溢彩。

髮簪上的蝴蝶做得非常精緻，紅寶石明亮透麗，在眼前一閃一閃的，看起來栩栩如生。鐲子因是鎏金鏤空的，戴起來很是輕盈，鑲了白玉後又多了一份女性的溫婉與矜持，很適合她這個年齡的女孩佩帶，既不顯得過分跳脫，又有相當的穩重感。

蕭晗合上了匣子，心想既然是蕭老太太給她的，她理當歡歡喜喜地戴著，便對枕月道：「明日就穿那件櫻紅色繡海棠花的上裳，再配條淺杏色的挑線裙子。」

人老了，就喜歡看著年輕人穿得喜氣，這一點蕭晗還是明白的。

從前母親在世時，也喜歡將她打扮得鮮亮明豔，只是那時她年紀還小，也瞧不出什麼嬌麗的姿色。可自從母親去世後，她的穿著便素淨了起來，那些大紅大紫的衣裙也沒再碰過。

「是，小姐。」枕月點頭應是，見蕭晗頭髮乾了，便去衣櫃給她找衣服去了。

而在蕭老太太的屋門外，魏嬤嬤聽完一個丫鬟的回報，眉目沈凝，轉身便進了內室。

「如何，打聽到了？」蕭老太太正靠坐在臨窗的大炕上，擺弄著手中巴掌大小、鑲了琺瑯的西洋鏡，這還是莫家前些年送來的，她一直沒用過，眼下閒著沒事便翻找了出來，還有一堆玩意兒都擱在了她跟前的小方几上。

魏嬤嬤見了不由笑著打趣兩句。「哎喲，老太太這是怎麼了？還喜歡這些小玩意兒？」

「我哪裡會喜歡，不過想著是從前莫家送來的。」蕭老太太扯了扯唇角，像是在回憶著什麼，片刻後才道：「我記得莫家兩老都還健在吧？莫氏可是他們唯一的女兒。」

「還健在呢！逢年過節都差人往府裡送東西，從沒間斷過。」魏嬤嬤也感慨了一聲。「二太太原本是他們當作守灶女來養大的，沒想到最後還是給嫁了出來。」

「他們也不容易。」蕭老太太抿了抿唇，她怎麼會不知道莫家兩老對莫清言的期許，只怕還想著蕭家能過繼一個孩子到莫家去撐起家業，可隨著莫清言的逝去，只怕這個請求也說不出口了。

蕭老太太又絮絮叨叨地與魏嬤嬤說了些從前的事，說得乏了才扶著魏嬤嬤的手下了炕，又指了指方几上的那些小玩意兒。「收拾一下，明兒個給晗姐兒送去吧！都是她外祖的一片心意，我擱著也沒什麼用。」

「是，老太太。」魏嬤嬤笑著應了一聲。

蕭老太太雖然辛苦地帶大了兩個兒子，但孫兒輩裡卻沒幾個真正與她親近的，老了覺得寂寞也是常理，蕭晗卻恰到好處地出現在老太太的跟前，這也算是她們祖孫倆的緣分。

蕭老太太正要躺下，又似想起了什麼，轉頭看向魏嬤嬤。「對了，打聽得怎麼樣了？」

「聽說三小姐今日回府後，便先去了二太太房中，二小姐當時也在，不知道說了些什麼，三小姐離開後，二太太就氣得摔了個瓶子。」魏嬤嬤一邊扶著蕭老太太躺下，一邊給她蓋上了錦被。

「看來她們之間的關係果然不像傳言的那般好。」蕭老太太沈吟著，良久後才輕嘆道：「晗姐兒必定是受了什麼委屈，才想到往我這兒來的，這孩子也不容易。」

魏嬤嬤跟著點頭。「從前老奴還覺得三小姐有幾分小家子氣，不似咱們蕭家的姑娘，可今兒個一見才知女大十八變，倒是越來越有她母親的風範。」

莫清言雖是商家女，可行為舉止落落大方，沒有那些文人的附庸風雅，倒是與蕭老太太年輕時一般爽快俐落。若不是中間梗著一個總是想不明白的二老爺蕭志謙，恐怕與老太太的關係也能更好一些。

第七章　夜訪

夜風宜人，送來一室的花香，半掩的窗櫺輕輕開合，片刻後躍進了一道黑色的身影。

葉衡的目光四處一掃，很快便鎖定了正躺臥在床榻上的那抹纖細身影，在朦朧的紗帳中，她似乎顯得更瘦小了。

屈指一彈，一枚小小的香丸便落進了紫金三耳爐裡，隨著香氣在室內飄散，在外間值夜的枕月翻了個身，睡得更沈了。

葉衡俊美的臉龐上唇角微勾，一雙狹長的黑眸深邃難言，在明滅的燈火中閃爍不定。

他也不知道自己為什麼會跑到蕭晗的閨房裡來，鬼使神差的，他就這樣來了。

葉衡自問定力過人，也從來沒有被女人的美貌所迷惑過，可那一日見過蕭晗之後，她的影子卻在心中徘徊不去，竟讓他有種思之若狂的感覺。所以他想來看看她，弄清楚自己心裡到底是怎麼想的，難不成真被這個小丫頭給迷了魂？

今日蕭晗從上靈寺離開後，葉衡便讓人打探了蕭府的情況，包括府中各院的布局，他都瞭解得一清二楚，好歹是錦衣衛出身，打探情報自不在話下。

他還知道今日蕭晗與繼母劉氏起了衝突，具體是為了什麼，他想也知道，那件事情還是他與蕭時親手辦的。而從劉氏那裡離開後，蕭晗還親自下廚做了菜，送到蕭老太太跟前，並與老太太一同用了晚膳。

他能明白蕭晗在府中的不易，與繼母劉氏失和，父親蕭志謙又是個不管內宅事務的，或許在蕭家，她能依仗的就只剩蕭老太太了。

聽到這樣的消息，葉衡本能地感到不舒服。若是可能的話，他希望她能一直開懷地笑著，無憂無慮地成長，不必介入那些勾心鬥角、爾虞我詐的深宅內鬥中，能夠舒心地做她自己。

葉衡腳步輕盈地走近床榻，撩開紗帳的那一剎那，他不禁屏住了呼吸。

蕭晗滿頭的青絲披散在枕間，猶如白瓷一般的肌膚與寶藍色的錦緞被子交相呼應，纖長的睫毛微微顫動著，唇角卻向上翹起，就像作了什麼美夢一般。

不可否認，蕭晗的確很美，她的美是混合著清新與嬌豔，既有少女的純真，又有歷盡滄桑後的豁然，雖然因為年幼而尚未長開，卻已讓人覺得驚心動魄。

面對著這樣的一個女子，葉衡已經無法不承認，他確實心動了。

床榻邊陷進一角，是葉衡坐了上去，他猶豫了一陣，還是輕輕伸出手，用手背滑過她柔嫩的臉龐，那絲滑如綢緞般的觸感，竟讓他有種愛不釋手的感覺。

「熹微……妳究竟是個什麼樣的女子？」葉衡輕嘆了一聲，緩緩收回手，就是這樣簡單的碰觸，都讓他的內心升起一股難以抑制的渴望，再待下去，他怕真的會控制不住自己。

眼前的少女可還不滿十四，而他卻已經是及冠之年。

熟睡中的蕭晗似乎感覺到了什麼，秀氣的鼻頭微微皺了皺，旋即便側身向內，輕薄的中衣隨著她的動作向下滑落了幾分，露出了一邊精緻圓潤的肩頭，以及那一條掛在脖子上、細得彷彿一扯就會斷的粉藍色帶子。

葉衡眼神倏地一黯，只覺得呼吸都重了幾分，腳下一挪，飛快地便退離了床榻邊，薄薄的紗帳輕輕垂落，掩住了裡面的一片春光。

葉衡無奈地苦笑一聲，他原不相信這世間有什麼一見鍾情這回事，卻不知道那只是還沒有遇到對的人。如今他遇到了蕭晗，便知道這就是他命中的「劫數」，看來等著蕭晗長大也會是一件漫長的事情，他都有些迫不及待了。

在紗帳外站了約莫有小半個時辰，葉衡這才嘆了口氣，不捨地離開了蕭家。

二房的正房裡，劉氏翻來覆去地睡不著覺，瞧見一旁已然熟睡的蕭志謙，她更是覺得心裡悶悶地，索性側了側身轉而面向牆壁，一張臉沈鬱至極。

是她失算了。沒想到蕭老太太竟然留下了蕭晗，還與她一同進了晚膳，這在蕭府裡可是破天荒的事。越是不知道這一切的緣由，劉氏越是覺得心裡跟被貓抓似的。

誰不知道蕭老太太的口味獨特，卻怎麼偏偏就喜歡上了蕭晗做的菜？到底是誰在蕭晗背後為她指點迷津？難道是莫家的人？

不應該啊！莫家兩老這些年都不往蕭家來了，除了年節派了管事、僕婦來送禮，其他時間哪有機會與蕭晗碰面？更何況這丫頭早就被她教導得不願意親近那些身為商戶的莫家人，只想要做個優雅的千金小姐。

到底是哪裡出了岔子呢？劉氏百思不得其解，不自覺地便攥緊了被子。苦心經營了那麼多年，好不容易從外室被扶正做了二房的當家主母，她可不能被蕭晗這丫頭給毀了。

她還打聽到蕭晗自明日起，便要到蕭老太太跟前請安，日日都不會落下。

蕭晗這樣做算什麼？那不是明著打她的臉！她這個二太太都沒有日日到蕭老太太跟前請安了，蕭晗去裝什麼乖？

不行！她不能讓蕭晗在蕭老太太跟前胡說八道，明日她勢必也要走上一遭。

第二日清晨，蕭志謙剛剛醒來，便瞧見了在雕花鏡前細細描繪的劉氏，不由一臉詫異。

「妳這是要幹什麼，大清早的便要出門？」

劉氏也不打算瞞著蕭志謙，轉過身笑道：「晗姐兒昨兒個從上靈寺回府後，便去向老太太請安了，聽說從今往後，日日都不會落下。她做孫女的都這樣有孝心了，我這個當媳婦的自然不能什麼都不做。」

「還有這樣的事情？」蕭志謙怔了怔，他與莫清言的關係向來不好，自然也不大留意蕭晗兄妹，如今劉氏這一提起，他才若有所悟地點了點頭。「確實是這個道理。」

劉氏心裡暗氣，她就知道跟蕭志謙說這些事也是沒用，這個人半點忙也幫不上，只會讀他的死書。她面上卻依舊帶著笑，回道：「老爺說得是。」

蕭志謙點了點頭，搖鈴喚了丫鬟進屋侍候他穿戴，一邊對劉氏道：「妳與老太太的關係向來不好，也是老太太寬厚不計較，如今妳日日去請安也是好的，指不定她看在妳一片孝心的分上，對妳的態度會有所緩和。」

誰不願意自己的妻子與母親能夠和樂融融，蕭志謙自然也一樣，只是他與劉氏的感情頗深，也想到她當年的種種不易，待她特別寬容罷了。

劉氏一一應是，服侍蕭志謙用過早膳後，便送他出了門，轉過身臉色卻是沈了下來。她倒要去看看蕭晗在蕭老太太跟前，到底是個什麼樣的嘴臉！

當晨曦的第一縷微光升起時，蕭晗已梳洗妥當，帶著枕月前往蕭老太太的敬明堂。

「小姐起得可真早，若不是您叫奴婢，奴婢還睡得沈呢！」枕月跟在蕭晗身後，揉了揉有些發痠的脖頸。奇怪了，昨兒個夜裡她怎麼會睡得那麼沈呢？

「昨夜我睡得挺好，人也精神些。」蕭晗牽唇一笑，似想到了什麼，有些奇怪地問道：「我睡夢中好似聞到了竹葉香，可咱們院裡分明沒有栽竹子啊！難道真是作夢？」

枕月笑著跟了上來。「小姐定是作了什麼美夢！」

「也許吧！」蕭晗不以為意地笑了笑，加快步伐。「咱們要快些過去，時候不早了。」

蕭老太太的小廚房裡早得了吩咐，今後蕭晗要來做什麼，便聽她差遣、隨她取用，是以一眾丫鬟、婆子對她客氣得很，需要什麼食材或作料，也很快地替她準備妥當。

蕭晗挽了袖口，又圍上了枕月事先備好的細布圍裙。

今日她準備熬個雞絲白菜小米粥，再做兩樣小點心。小米粥軟糯，容易下口又好消化，適合老年人食用；兩樣點心一樣是五香糕，一樣是窩絲油花。

先將雞絲白菜小米粥給熬上，又讓枕月注意著火候，蕭晗這才開始做起了點心。

五香糕用了去年留下的桂花，還有芝麻、白糖、糯米、菜油等五種原料一起拌勻，用湯匙舀起下鍋，炸得外脆內軟，五香俱全，很是清甜爽口。

窩絲油花是道蒸點，做法稍微要麻煩一些。先將豬油、金鈎蝦、火腿、花椒粉、蔥花、鹽等，拌勻成餡泥後，再揉好麵皮；接著在麵皮上鋪一層餡泥，裹成圓筒狀，橫切成短節，每節切成細絲，一起抖開、拉長，再捲成餅狀，放進蒸籠中用大火蒸熟即可。

窩絲油花鹹鮮爽口，用筷子挾住一頭，向上一提即成絲狀，很是有趣。

蕭晗這一番忙碌下來，不知不覺已過了一個時辰。

蕭老太太早已起身，聽聞小廚房的動靜，便讓魏嬤嬤過來看看。

「魏嬤嬤來了！」蕭晗已淨了手，讓枕月給她脫下圍裙，笑著看向趕來廚房的魏嬤嬤。

「三小姐起得可真早！」再見到蕭晗，魏嬤嬤不覺眼前一亮。

脫去了那身素淨的衣裙，蕭晗今日穿了櫻紅色海棠花的衣裳，不但明麗許多，腰上的淺杏色挑線裙子又壓住了那抹嬌豔，很是適宜。頭上的蝴蝶紅寶石髮簪閃爍著瑩瑩光亮，陽光靜靜地灑在蕭晗身上，巧笑倩兮，若是不說話、不動作，倒真像是畫中走出來的美人。

魏嬤嬤在心裡感嘆了一陣，上前迎蕭晗。「老太太正等著三小姐，請隨老奴來！」

「有勞魏嬤嬤了！」蕭晗微點頭，又吩咐枕月提好食盒，這才往蕭老太太的房中而去。

蕭老太太翹首盼望著，昨兒個吃了那一道麻辣香鍋後，她回味好久，今兒個更是期待蕭晗會給她做什麼吃食。

「老太太，三小姐來了！」屋外有丫鬟高聲稟報，蕭老太太不由斂了神色，安安穩穩地在羅漢床上坐直了。

等菜餚擺滿桌，蕭老太太才忍不住走向桌邊，魏嬤嬤忙上前扶著老太太坐定，又遞了包銀的筷子給她，笑道：「老太太，今兒個三小姐起得早，都在廚房裡忙了一個多時辰呢！」

「坐下一起用吧！」蕭老太太點了點頭，掃了一眼蕭晗今日的裝扮，滿意一笑。「小姑娘就該這樣打扮，看著明亮多了。」

蕭晗笑著應是，順勢坐了下來，又指向桌上的點心道：「想著祖母不大愛吃甜，便做了五香糕與窩絲油花，另外還拌了個酸辣小黃瓜，還有一碟廚房裡醃好的醬牛肉和一碟鹹菜，配著小米粥吃正好。」

看著桌上樸素卻又不乏溫馨的菜色，蕭老太太不住地點頭，一頓早膳祖孫倆吃得是津津有味，兩盤點心都沒剩下多少。

魏嬤嬤得空嚐了一個點心，對蕭晗更是誇讚不已。

用罷早膳後，蕭老太太便喚了蕭晗到羅漢床上坐坐，看了看她清瘦單薄的身子，不由滿臉的憐惜。「妳這手藝真不像是從書上看的，空閒時沒少練過吧！今後也別來那麼早，我雖然挑剔小廚房裡做得不夠味，可人老了也要吃些清淡的菜，也就這幾日嘴饞，不用累得妳日日都早起。」

「孫女不累，只要祖母喜歡就好，不過這鹹辣確實應該適量地吃，太過了反而不好。」蕭晗認同地點了點頭，又看了蕭老太太一眼，略帶羞澀地一笑。「不瞞祖母，在上靈寺的廚房裡孫女倒是試著煮過幾次菜，不然也不敢做給祖母吃，讓您見笑了！」

「好孩子，妳有這個心，祖母很高興。」蕭老太太拉起蕭晗的手，長長地嘆了一聲。她膝下兒孫也不算少，卻沒見誰花如此心思討好過她，蕭晗能這麼做，就算是抱著其他目的，她也覺得欣慰。

魏嬤嬤突然走了過來，附在蕭老太太耳邊說：「老太太，大太太、二太太與各位小姐來向您請安了！」

蕭老太太唇角一翹，似笑非笑。「她倒是來得快，都請進來吧！」見蕭晗似要起身，不禁按住了她的手。「一會兒見了人再行禮也不遲。」

「是，祖母。」蕭晗乖巧地應了一聲。劉氏要來也是她意料中的事情，她都打算天天往蕭老太太跟前跑了，劉氏不來豈不是落人話柄？

大太太徐氏帶著兩個女兒前來請安，見劉氏也帶蕭盼來了，雖覺得有幾分詫異，但也知道是在情理之中。昨兒個蕭晗的舉動可沒瞞過她的眼睛，府裡也就那麼大，她又是掌管內宅事務的，蕭老太太那裡有什麼動靜，自然會有人往她跟前報去。

只是平日裡蕭晗與劉氏相處得極融洽，這次卻不知道兩人葫蘆裡賣的是什麼藥？

徐氏不動聲色地與劉氏打了招呼，又得了丫鬟的通傳，便帶著兩個女兒先行進了屋去。

「娘，三妹真的在裡面？」蕭昐臉色沈鬱，不由拉了拉劉氏的衣袖。

劉氏低聲嗤笑道：「妳三妹可是孝順得緊！咱們進去看看不就知道了。」

四月的天不冷不熱，蕭老太太命人將窗戶通通打開，少了熏香味，倒更覺得空氣宜人。

蕭晗端坐在蕭老太太身旁，見徐氏與劉氏她們相繼進了門，這才起身退到了一邊，由著她們向蕭老太太見禮。

「晗姐兒來了，大伯娘可是好久沒見著妳了！」輪到蕭晗與她們見禮時，徐氏便親熱地拉起了她的手，剛才瞄那一眼她便知道蕭晗與蕭老太太的關係親近了不少，她當然也不能表現得太過生疏。

徐氏這話可真不好回，也不知道是不是在暗指二房沒經常到老太太跟前請安，不過這卻不是蕭晗該操心的問題，她只微微紅了臉，略帶羞怯地將目光轉向了劉氏。

劉氏在心中暗罵了一聲，面上卻依然帶笑。「瞧大嫂說的，我雖然不及大嫂這般能幹，但對老太太的孝心還是有的。」

「弟妹言重了。」徐氏不以為意地一笑，轉身便帶了兩個女兒落坐。

劉氏不甘落後，也與蕭昐坐在了另一邊。

「祖母可真是偏心，聽說今日與三妹一同用了早膳，也沒叫上我呢！」穿一身茜紅色折枝花長裙的女子，是大房的嫡長女蕭晴，她生得高䠷白皙、容貌明麗，一根纖纖玉指俏皮地繞上了垂在面頰旁的烏髮，明眸卻直勾勾地看向蕭晗，帶著一絲挑釁。

蕭晗在心裡嘆了一聲。她這位大堂姐向來傲氣，可卻沒什麼壞心眼，前世她與蕭昐要好，與蕭晴卻沒什麼過多的交集。

不過她記得蕭晴是嫁給了太常寺少卿李家的大公子，只是那位大公子生性風流，不說成親之前早已經有了通房，在蕭晴懷孕之時，更是往府中抬了兩房小妾，聽說其中一個妾室還是帶著身子進的門，氣得蕭晴差點流產，最後生下了一個患弱症的女兒，還因此傷了身子，再也懷不上孩子。

可蕭晴倔強得很，受了委屈也沒往家裡哭訴，是在最後女兒也不幸夭折後，她被夫家誣衊為不祥之人，這才帶著滿身的傷痛回到蕭家，從此便茹素齋戒，不問世事。

想到蕭晴前世的命運，讓蕭晗覺得有些惋惜。

「我喜歡吃的妳又不愛，哪能怨得著我？」蕭老太太聽了這話，不由嗔了蕭晴一眼，又拉了蕭晗落坐，目光轉為和藹地拍著她的手道：「還是晗姐兒有一雙巧手，做的東西甚合我的胃口。」

蕭老太太一番話說得眾人面色變幻不定，看蕭晗的眼神便有些不同了，老太太這明顯是想要抬舉蕭晗。

「哪有祖母說的這般好。」蕭晗有些不好意思地低下頭去，羞怯得恰到好處。

蕭晴聽見這話，撇過頭輕哼了一聲；蕭昐則是暗自握緊了手中的絹帕。

劉氏目光一閃，勉強笑道：「老太太喜歡咱們晗姐兒，那是晗姐兒的福氣。」又說了許多蕭晗的好話，好似昨日的一切都沒發生過一般，她們的母女關係還是那般融洽。

徐氏在一旁靜靜聽著，心中頗為不屑，面上卻是不顯。

蕭志謙娶的這兩個媳婦，若說她對從前的莫清言不冷不熱，那至少還有該盡的禮數在，可對於劉氏，她是打心眼底的瞧不起。

聽說當年劉氏還未訂親時，便與蕭志謙瞧對了眼，之後劉家出了事，一家子都被流放，也不知道蕭志謙打哪兒知道了劉氏的下落，一路輾轉尋訪，最後將人給救了出來，還讓劉氏做了外室。這一過就是許多年，若不是劉氏的父親起復，莫清言又適時地早死給她騰了位置，劉氏怎麼可能被娶進蕭家，連帶著蕭昐這個身分不明的外室子，也一躍成了蕭家嫡女。

劉氏甘當外室便是自甘墮落，她那些年就算生養了蕭昐也沒急著要進門做妾，不是手段高超便是別有所圖，這才嫁進蕭家幾年便又籠絡了蕭晗，足見這女人心機深沈，不得不防。

徐氏向來對二房母女都是敬而遠之，因此她也不希望蕭晴與二房的人親近。

「莫氏的確養了個好女兒。」蕭老太太認同地點了點頭。

劉氏的臉色倏地一白。莫清言養了個好女兒，那麼她養出來的蕭昐又算是什麼？

「好了，妳們姊妹難得聚在一起，便到園子裡走走吧！這會兒海棠嬌豔、桃花粉嫩，正是春日賞花的好時節！」蕭老太太有事要交代兩個媳婦，便遣了蕭晗姊妹們出去。

蕭家幾個姑娘都乖順地起了身，行禮後便一一退了出去。

蕭晗腳步稍慢，走在後頭，依稀聽見徐氏提到了太常寺少卿幾個字眼，心中不由一凜，目光看向了走在最前面那抹挺直的背影。前世這個時候她已經離開了蕭家，所以不知道蕭晴是什麼時候與李家定的親事，或許眼下還正在相看？

蕭晴今年夏天及笄，婚事早該提上日程，只是作為蕭家的嫡長孫女，自然被看重一些，徐氏多費些心思也是應該。再說姑娘家及笄後多留個一、兩年再出嫁也是正常，那代表娘家人的重視，到了夫家後，身分地位也是不一樣的。

蕭晗猶記得自己前世打聽到的消息，說是蕭晴出嫁的時候，正好十六歲。

花園很大，遍植花草，春日裡倒是一片欣欣向榮的景象，穿梭在其間，蕭晗有一刻的恍惚。直到蕭晴突然停下腳步，頗為不屑地轉身看向她與蕭昐時，蕭晗這才清醒了過來。

只聽蕭晴對蕭昐道：「二妹，想必這次三妹在祖母跟前賣乖，又是妳與二嬸娘的主意吧？」她雖不喜歡蕭晗，但畢竟做了那麼多年的姊妹，多少還有點交情在，可憑什麼這個蕭昐從外面進來反而還做了蕭家的二小姐，連帶自己的庶妹蕭雨卻變成了四小姐，蕭晴自然心裡不舒服，看蕭昐也越發不順眼。

在她眼中，蕭晗向來軟弱，從前就愛躲在莫清言身後，如今又愛親近劉氏母女，不被她們賣了就算好的，哪能想起要在蕭老太太跟前討好賣乖。

聽蕭晴這一說，蕭盼真是氣不打一處來，她本就對蕭晗討了蕭老太太的歡心很是氣憤，眼下蕭晴還這般說她，不禁惱怒起來。「大姊說的是哪裡話，我們哪有這樣的本事，三妹如今大了、主意也多了，我們可指使不了她！」說罷冷哼一聲，看向蕭晗。

蕭晗正拉下一朵月季輕輕嗅聞，只覺得鼻間有股淡淡的清香，聽了蕭晴的話也不惱，只不疾不徐地說道：「孝順祖母本就是我們應該做的事，二姊想多了。」她也不看蕭盼忿忿不平的模樣，目光轉向了另一邊。「池塘邊柳枝長得正好，我過去走走！」說罷對蕭晴姊妹微微點頭示意，便帶著枕月先行離去。

蕭晗與劉氏母女本已經撕破了臉，對蕭盼也沒什麼好說的，至於蕭晴和蕭雨她又不想貿然親近，不然她們鐵定會以為她別有所圖。

「大姊，二姊與三姊她們……」蕭雨站在蕭晴身後，面色微微有些不解。她穿著一身湖水蘭花鳥長裙，巴掌大的小臉上有著一雙如水明眸，帶著江南姑娘特有的柔婉細緻，聲音甜軟得就如黃鶯一般。

「我也不知道。」蕭晴也有些不解，不過片刻後目光卻是閃亮了起來，唇角不由扯起一抹笑。

看來這對孟不離焦的姊妹花，也鬧起彆扭來了，真是有意思！

第八章 赴宴

敬明堂的花園東邊連著一座青石橋，過了橋便是一個不大不小的池塘，池塘邊上遍栽垂柳，這個季節柳樹正是茂盛，一彎彎的枝椏垂了下去，遠遠看去就像在池邊架起了一座座綠色的拱橋。

蕭晗有心避開蕭盼，對於蕭晴與蕭雨她倒沒有多想，不過大房與二房本就不大親近，她也確實不知道該與她們說些什麼。

「奴婢看二小姐氣得不輕呢！」枕月跟在蕭晗身邊，唇角不覺勾起一抹笑來。「大小姐的脾氣還是與從前一般，小姐若不想與她們一起，避開也是好的。」

蕭晗不以為意地笑了笑，隨手折了一枝鮮嫩的枝椏，走到池塘邊撫弄起一池的碧波。池塘裡餵養了錦鯉，此刻水波晃蕩，魚兒受驚紛紛四散開來，濺起了一朵朵細碎的水花。

「四妹她……」蕭晗對蕭雨的記憶不是太多，印象中那就是個溫柔親和的人兒，什麼事情都以蕭晴馬首是瞻，可聽說最後還是被徐氏給遠嫁了，竟是客死異鄉。

「四小姐倒是個好人，對誰都和和氣氣的。」聽蕭晗說起蕭雨，枕月也有些惋惜。「不過可惜了四小姐的親娘是個歌伎，不能進蕭家的門。」

蕭晗抿了抿唇角，目光凝在水面上。

蕭雨的親娘何止不能進門，她是被徐氏留女去母給除掉了，她也是後來才知道這個實情的，而蕭雨卻一直被蒙在鼓裡。

其實徐氏的做法也不能說有錯，身為最終接管蕭家的女主人，她要捍衛自己的地位與權力是無可厚非的。而那些都是大老爺蕭志傑早些年在外留下的風流債，這些年倒是沒聽說過什麼了，也許仕途越順，人也越懂得收斂，畢竟為官的還是要講究個好名聲。

這樣想想，似乎前世她們姊妹幾個的婚姻都不大順利。

當然，除了蕭盼。

有劉氏這樣的母親為她謀劃，蕭盼到底嫁得不差，又加之她外祖父劉敬起復後便進了吏部做員外郎，之後更升任了郎中，官職也不算低，有劉家這個後臺撐著，最後竟是讓蕭盼嫁給了雲陽伯嫡長子為正妻，聽說婚後生了一子一女，在夫家的地位很是穩固。

而這一世，蕭盼能否同樣順風順水地過一生？

蕭晗牽了牽唇角，只要劉氏與蕭盼不再找她的麻煩，她們或許還能相安無事，但若是她們執意要為難自己，那便走著瞧吧！

重活一世，她再不會軟弱可欺，就像母親曾經說過的，當強則強，若是自己都不堅強起來，休想指望別人的幫助！

母親是那樣剛強的一個女子，到死似乎都沒瞧見過她掉一次眼淚。

蕭晗如今回憶起來，才覺得母親留給她的滿滿都是生活的智慧，而她卻是經過一世的痛苦與災難後，才懂得母親對她的用心。

蕭晗午後歇息了一陣，便聽到丫鬟進來通傳，說是蕭老太太院裡的蔡巧來了，她忙讓枕月將人給請了進來。

來的人不只是蔡巧，後面還跟了兩個捧著桃木托盤的小丫鬟。

蔡巧笑著跟蕭晗見了禮，又讓小丫鬟將東西擺在桌上。「三小姐，這是老太太讓奴婢送來給您的。一疋靚藍蜀錦閃銀緞的料子、一疋海棠紅灑金杭綢料子，而這大紅鏤空牡丹紋盒子裡裝著的是一套點翠碧玉鎏金的頭面，還有一些西洋小玩意兒，老太太說給三小姐留著把玩。」她一邊說著，一邊親自打開了盒子。

蕭晗微微有些訝異，她沒想到蕭老太太對她這般好，不由伸手輕輕撫過那疋蜀錦銀緞。「料子倒是很鮮亮。」又看了盒子裡一眼，那點翠碧玉鎏金的頭面清麗卻不張揚，不由點頭道：「首飾也很漂亮，替我謝過老太太。」

「老太太還讓奴婢告訴小姐，再過幾日便是定國公老夫人七十大壽，到時候讓三小姐一同前去，趁著這幾天先做兩身鮮亮的衣裳，一會兒針線房便會來人給三小姐量體裁衣。」蔡巧說到這裡，便又福了福身。「奴婢就不叨擾三小姐了，這就去向老太太覆命。」

「有勞了。」蕭晗點了點頭，又讓枕月打賞了蔡巧和小丫鬟們，另外還包了今年新摘的杭菊給蔡巧，笑道：「這是我外祖家送來的，泡水後味道很是清甜，妳拿著嚐個鮮。」又給了兩個小丫鬟一人一包響糖，兩個小丫鬟也笑咪咪地接了。

「那奴婢就謝過三小姐了。」蔡巧又是一番客氣，這才帶著兩個小丫鬟離開。

如今明眼人都知道蕭晗已是蕭老太太要特別關照的人，她們做丫鬟的自然要隨著主子的喜好見風轉舵，再說三小姐從前看著是不聲不響的，沒想到待人卻和氣周到，倒是讓人有些出乎意料。

蔡巧離開後，蕭晗卻看著那兩疋料子發起了愁，都是明媚鮮亮的顏色，做起衣裳來應該很襯她的膚色，可她平日裡就喜歡穿得素淨一些，就算前世也學不來張揚，照蕭老太太的安排，她本來有七分的美貌，這樣一打扮不是襯出了十分來？

不過參加這些宴會也有一個好處，可以認識熟悉各家的小姐，或許她能在其中給蕭時相看到一個合意的媳婦。

前世裡蕭時到死都是孤身一人，這輩子她可不能讓他再這樣過日子。

「小姐，這些料子做衣服該是不錯，沒想到老太太眼光如此好呢！」看著這兩疋華貴的料子，枕月不由伸手來回撫過，她能夠想像蕭晗穿上這兩身衣裳會是如何的美貌，不說豔壓群芳，也必定會讓人過目難忘。

蕭晗只能笑著點頭，又轉身看了看那套碧玉點翠的鎏金頭面，不但貴重，做工更是精巧細緻，實在難得。

還有那些西洋小玩意兒，這些大多是莫家送來的，她記得自己那裡也有一些相同的，不過蕭老太太特意把這些東西往她這裡送來，也是一番心意。

過了一會兒，府中的兩名繡娘便來為蕭晗量體裁衣，蕭晗還特意吩咐她們用不完的料子就做成幾個荷包，到時候由她親自繡些花樣，這樣與衣裳一起搭配才好看。

這段日子蕭晗每日都會去蕭老太太的敬明堂請安，大家倒也對她的品性有幾分瞭解，知道她是個極其溫和的人，對誰都是一張笑臉，敬明堂上下都知道蕭晗如今是蕭老太太的心頭肉，誰能對她不好？

劉氏與蕭昐母女雖然心裡恨得牙癢癢的，但到底不好明著挑蕭晗的錯處，只能看著事態朝她們不情願的方向發展。

「娘，明天真要帶三妹去定國公府？」蕭昐心裡不痛快，反手扣上了手中的菱花鏡，紅豔的嘴唇不悅地嘟起。她最近這段日子越看蕭晗越是不順眼，怎麼這樣的人偏偏還入了老太太的眼？

「老太太親口說了的，難道我還能拒絕不成？」劉氏這幾天也是不安極了，此刻聽見蕭昐一席話，反倒是被女兒氣笑了，她這個女兒從小就嬌生慣養，如今與蕭晗一對比，倒越發顯出蕭昐的不沈穩。

蕭昐猶豫了一陣，咬唇道：「娘，您沒覺得三妹如今打扮得越來越明麗了，她本就生得一張嬌媚的臉，這一打扮不是把咱們姊妹幾個都給壓了下去？」

蕭晗從前喜著素淨的衣裙，恐怕也是自她母親莫清言去世後留下的習慣，劉氏倒巴不得她這樣打扮，越不出眾越好。

可眼下蕭家幾個姑娘都漸漸長大了，蕭晗的樣貌確實又是蕭家姊妹裡最出色的，只要有她在，其他人只怕都會黯然失色。

「沒有的事，蕭晗生得太過明豔，好些太太都不喜歡這樣子的姑娘，妳且看著吧！」劉氏想了想，又握緊蕭昐的手，眸中光芒閃動。「老太太這樣安排只怕是想為蕭晗挑選人家了。不過我好歹是她的嫡母，這親事無論如何都要先問過我的意思，到時候我再為她挑個花團錦簇的，早早把她嫁了，誰還能說我的不是？」她的唇角升起了一抹意味不明的笑。

「花團錦簇的？」蕭昐皺了皺眉，細想一陣才笑了起來。「娘是說給蕭晗找個表面上看起來好的，實際是個繡花枕頭？」

「妳明白就好。」劉氏展顏一笑，摟了蕭昐在懷中，輕輕拍著她的肩膀。「我就妳一個女兒，好的自然都是給妳留著的。」

想來也是無奈，她就生了蕭昐一個女兒，之後肚子便再無動靜，眼下看著年紀大了，恐怕是生不出兒子了，今後她還要好好打算一番，總不可能要她依仗蕭時過活。

想到這裡，劉氏眼神一黯。她勢必要好好掌控住蕭時和蕭晗這對兄妹的親事，讓他們明白能夠決定他們兄妹命運的，只有她！

四月初九是定國公老夫人七十大壽。

蕭晗一早便起了榻，今日她穿了一身靚藍色蜀錦閃銀緞的褙子，內裡是淺藍色月華裙，腰上繫著同色的荷包，再掛了個白玉如意珮，垂下的絲絛是用銀藍兩色絲線編織而成，看著十分搶眼。這一身裝扮下來，連枕月都讚嘆連連。

蕭晗到了敬明堂後，蕭老太太一看不由滿意地笑了。「果然是人靠衣裝，那些年為妳母親守孝，難免穿得素淨了些，如今這樣一打扮，果真嬌豔如海棠，明麗似牡丹！」

「祖母這樣說，孫女都不好意思了。」蕭晗不禁紅了臉。

從前莫清言在世時便喜歡著淺色的衣裙，她們母女都長得太過明豔，不想要別人更關注她們的容貌，因此特意將姿色給壓一壓。蕭晗年紀小時還沒那麼強烈的感覺，可此刻穿上這一身鮮麗的衣裙，竟又是另一種讓人驚豔的美，這種轉變蕭晗還真有些不適應。

蕭老太太又留了蕭晗一起用早膳。「吃過了早膳，咱們再一塊兒去。」

這些日子蕭晗隔三差五地來為蕭老太太做些吃食，有時候是點心，有時候是辣菜、醬菜，還有蕭老太太特別喜歡的酸辣麵，可用紅燒牛肉、酸菜肉末、香菇雞絲做澆頭，濃淡合宜，特別夠味。不僅是蕭老太太喜歡吃，魏嬤嬤嚐過之後也都讚不絕口。

不一會兒的工夫，徐氏與劉氏母女幾個都到了。

如今蕭家最小的小姐蕭雨今年都十二歲了，是該被帶著參加這樣的場合，總要提前相看相看，才能從中挑選最合心意的女婿，像蕭昐與蕭晗這種年齡才開始相看，都算有些晚了。

那一次蕭老太太特意留下徐氏與劉氏，說的就是這事，還好好地訓斥了劉氏一番。

不過劉氏倒是個很有心機的女人，若非如此又怎麼會當了蕭志謙十年的外室，而沒有任何不滿呢？那只能證明她的野心更大。

蕭老太太還記得蕭志謙想要迎劉氏進門時，對她說劉氏溫婉大方、心志良善，幼承庭訓，《女誡》也讀得極好。

蕭老太太當時就在心裡嗤笑，劉氏真那麼好，又怎麼會當了別人的外室？

若不是蕭志謙一根筋地喜歡這個女人，又迫於劉氏的父親起復，且得了個不錯的官職，蕭老太太還真不想點這個頭。

「三妹又早到了，倒是顯得我們都晚了。」蕭盼瞧了一眼今日蕭晗的裝扮，不由在心中暗自咬牙，蕭晗肌膚本就白皙細膩，藍色的衣裳襯得她更是明豔非常，硬生生地把自己給比了下去。

蕭晗但笑不語，蕭盼只能訕訕地轉過頭去。

劉氏不動聲色地瞧了蕭盼一眼，又笑著對蕭晗道：「晗姐兒今日這身妝扮當真是好看！」又瞧了她頭上的那套點翠碧玉鎏金頭面，目光不由一閃。

她記得蕭晗可沒這套頭面，只怕是蕭老太太私下給的，老太太倒是當真對蕭晗好得很！

劉氏不禁在心裡暗自琢磨，難不成蕭晗背後這個人是蕭老太太？但這又有些說不通。

若是蕭老太太知道了柳寄生之事，只怕早就拿她問罪了，就算她能狡辯再三，這教導失職的罪責是跑不掉的。

徐氏也順勢誇讚了蕭晗幾句。

蕭雨沒說什麼，只安靜地站在蕭晴身後。

蕭晴則掃了蕭晗一眼便收回了目光，她倒是不介意蕭晗長得如何，橫豎她今日去定國公府是為了另一件重要的事，其他人倒也勾不起她的興趣。

看時候不早了，蕭家的女眷們便都上了馬車，往定國公府去。

定國公府是老牌的勛貴，自從太祖開國以來便被封了爵位，世襲交替，可後世子孫漸漸沒有人從武，反倒走了文官的路子，風光自然就不及往昔，但到底也是京城裡排得上名號的勛貴之家。

如今蕭家官職最高的便是蕭大老爺，他在應天府任同知，而蕭志謙考過了庶起士，如今還在翰林院熬資歷，他自己也不願意外放，便就那麼不上不下地待著。

蕭老太太特地讓蕭晗同乘一車，見她低頭沈思，蕭老太太不由轉頭瞧了她一眼。「怎麼了，是不是有些緊張？妳母親從前也不愛這些交際應酬，我讓她四處走走，她也總是推託不去。」

蕭晗抬起頭靜靜地聽著蕭老太太說話。

母親不愛四處走動她是知道的，也是因為商家女的身分受限，母親又是個驕傲的人，不願自討沒趣。

到了劉氏這裡……因為是外室被扶正，她自知臉面無光，走到哪裡都被人指指點點，自然也就不再往外走了。

蕭老太太又輕嘆了一聲，拍了拍蕭晗的手道：「我知道妳母親她也有自己的顧慮，不過妳也別多想，橫豎還有祖母為妳作主！」

蕭晗咬了咬唇，眸中波光盈動，再加上馬車裡的光線忽明忽暗，讓她看起來不免給人一種柔弱堪憐的感覺，只聽她輕聲道：「祖母，您為什麼要對我這般好呢？」

蕭老太太閱人無數，蕭晗不相信老太太不知道自己最初的接近是別有所圖的，可老太太還是接納了她，對她處處與眾不同，也向蕭家眾人明白地表示了對她的重視，她心裡對老太太是很感激的。

「傻孩子，妳是我的孫女，我當然要對妳好。」蕭老太太牽了牽唇角，輕輕摟了蕭晗在懷中。「也許人與人的緣分就是那麼一回事，妳偏偏就合了我的眼緣。」

其實對莫清言，蕭老太太心中還是懷有愧疚的，當初若不是這個媳婦進了門，莫家怎麼會一心一意地幫助蕭志傑度過難關，又為他鋪平仕途？眼看這三年的任期又將屆滿，蕭志傑很有可能會被調回六部觀政，到時候才正是蕭家興旺之時。

「那可不是，老奴還真沒見過哪位小姐對老太太這般孝順的……三小姐是個有福氣的人！」魏嬤嬤在一旁看著直笑，最後一句話倒是說得意味深長。

蕭晗不禁坐直了身子，在馬車上對著蕭老太太拜倒。「祖母放心，孫女一定不會辜負您的期望，這一輩子都會好好孝敬您的！」

討好蕭老太太是她必須要走的路，而不管老太太是懷著什麼樣的目的也對她好，蕭晗的心裡只有感激，未來的路還很長，她要穩穩地一步步走過。

到了定國公府後，蕭家的馬車便直接駛進了二門，又有婆子抬了小轎相迎，將蕭家一眾女眷都給接了進去。

途中經過一座建在池塘上的水榭，眼下還是春天，荷花並沒有綻放，但水中一蓬蓬的翡翠莫絲倒是長得綠油油的，這種水草到了百日便會枯了，正好給荷花騰出生長的位置。

蕭晗只遠遠地看了一眼，便跟著蕭老太太她們到了待客的花廳，馬上有相熟的太太、小姐們湊了過來說說笑笑。

蕭家幾位姑娘都長得不差，特別是蕭晗，一身妝扮似海棠般清麗嬌豔，早已經引得廳中的太太、小姐們頻頻側目，紛紛議論著這是哪家的小姐。

「早就聽聞蕭家幾位小姐才貌出眾，今兒個一見才知道是四朵嬌花，老太太當真是好福氣！」說話的這位夫人穿著薑黃色纏枝花紋的褙子，身下一條紅棕色裙子，圓臉富貴，一開口便帶著笑。

只見蕭老太太笑著點了點頭，而徐氏似是與她相熟，也笑著回道：「咱們老太太是有福氣，李夫人的福氣自然也是不差的，今日幾位公子和小姐可是都到了？」說罷還特意拉了蕭晴過來與李夫人見禮。

李夫人便是太常寺少卿李家的夫人，她膝下有三個兒子，唯一的一個女兒卻是庶出的。

蕭晗在一旁看著，短短幾句話之間，便明白了李夫人的身分，又見著蕭晴難得一副羞怯的模樣，更是猜得八九不離十。

這位李夫人就是前世蕭晴的婆婆啊！

她要不要眼看著蕭晴重複前一世的命運呢？

蕭晗沈默了下來，心中在認真思量著，沒想到蕭老太太卻突然低頭對她輕聲道：「那邊有幾個與我相熟的姊妹來了，跟我過去見見長輩！」也沒理會劉氏與蕭昐，逕自拉了蕭晗過去。

蕭雨那邊有徐氏照應著，雖然是庶女，但依徐氏的性子也不會太過虧待她，特別是在外人面前，這一點蕭老太太還是放心的。

「娘！」蕭昐忿忿不平地扯了扯劉氏的衣袖。「祖母也沒想著拉咱們去認識人。」說罷不甘地咬了咬唇。

劉氏也沈下了臉色。她離京時尚小，從前交好的姊妹早已經嫁作人婦，有些也不在京城了，即使她現在回京要再重新建立起關係也不容易。她心下沈思著，卻瞧見了不遠處正走來的幾人，不由眼睛一亮，便拉了蕭昐的手笑道：「走，我們去迎迎妳外祖母！」

蕭晗隨著蕭老太太拜見了幾位長輩，其中有一位著深紫色杭綢褙子、梳著光滑整齊的元寶髻的老夫人，拉著蕭晗誇讚道：「這孩子長得真是漂亮！」又對蕭老太太笑道：「老姊姊家裡有個這麼漂亮的姑娘，怎麼也不常帶出來走走？」

這位穿深紫色杭綢褙子的，是都察院左僉都御史家的孫老夫人，為人很是和藹風趣，倒是與在場的好些夫人太太都交好。

「就是我平日裡不愛走動，累得家裡幾個孫女天天陪著我，眼下也該多走走才是！」蕭老太太面色平靜地說道，又將蕭晗介紹給了幾位夫人和太太。

幾位夫人、太太對蕭晗又一番誇讚，她得了好些見面禮，便讓枕月幫忙拿著。

蕭老太太要與這些夫人、太太們敘敘舊，便讓蕭晗自己到一旁坐一會兒。

蕭晗一回身便瞧見了劉氏母女正熱情地與一老婦人攀談著。

那老婦人看著應該有五十以上的年紀了，髮鬢間染滿了風霜，面龐削瘦，顴骨很高，嘴唇薄薄的，一看便不是個好相處的。她穿了件絳紅色的妝花褙子，以及深褐色的鑲邊馬面裙，手腕上的雞血石手鐲赤紅紅的。

蕭晗抿了抿唇，這位老婦人她自然是認得的，便是劉氏的母親劉老太太。

劉氏不知道與劉老太太說了什麼，劉老太太犀利的目光陡然轉向了蕭晗，深沈如刀，瞧得人背脊有些發涼，便見劉氏笑著對她招了招手。「晗姐兒，還不過來拜見妳外祖母！」

第九章　相救

蕭晗目光一閃，不疾不徐地走了過去，對著劉老太太福身見禮。「見過劉老太太！」卻並未稱其為外祖母。

劉氏臉上的笑容有點掛不住了，劉老太太亦是滿臉不悅地看向蕭晗。

蕭晗卻彷佛毫無所覺，依然是笑意盈盈。

在前世她對這位劉老太太當真是印象深刻，也許是受過流放之苦，劉老太太看著難免比同齡人大了些，且她為人刻薄，曾對蕭晗諸多挑剔，就是來蕭家作客時還罰過她幾次，往後再見劉老太太，她便一直畏懼得很。

「我聽妳母親說這些日子以來，妳對她很是不恭敬！」劉老太太抿緊了唇，面頰兩邊的顴骨更是突了起來，看起來頗有幾分凶相。

枕月有些緊張地看向蕭晗，從前被劉老太太給治怕了，她心裡有些怯怯的。

「太太怎麼會這樣說呢？」蕭晗卻是一臉詫異地看向劉氏。「我平日裡對太太一直恭敬有加，府裡眾人都是知道的，就連老太太也說我孝順得緊，怕是太太說錯了吧……」說罷便有些難過地紅了眼眶。「女兒雖說不是太太所生，但對太太也是真心實意的好，太太您怎麼……」眼看著眼淚就要掉了下來。

劉氏心裡著急，若是被人瞧見，以為她欺負前頭太太留下的嫡女，那可就不好了，便趕忙給蕭盼使了個眼色，母女倆側身移步，擋住了別人好奇探視的目光。

「妳母親先前說的我還不信，如今一瞧果然是翅膀長硬了！」劉老太太冷哼一聲，怒極反笑。「也是妳母親太過慈愛，卻不知養了隻黃鼠狼！」

「劉老太太這話錯了！」蕭晗挺直了背脊，目光掃過劉氏，唇角勾起一抹嘲諷的笑意。「我倒不知有哪個做母親的，會拽著女兒去做那等丟了名節的事，太太所做的事情便是要將我推向萬劫不復之地，恐怕劉老太太就算是知道了，也只會在一旁拍手叫好吧。」說到最後只餘一聲冷笑，蕭晗微微屈膝。「我有些不舒服，就不在這裡陪老太太了。」轉身便帶著枕月離開。

蕭盼在一旁氣得咬牙，若不是這裡人多眼雜，她定是要好好教訓蕭晗一頓，這丫頭簡直越來越不把她們放在眼裡了。

劉老太太沈下了臉，看向劉氏。「看來是該好好收拾她了，妳以往總是太過心軟。」

「眼下她巴上了我們家老太太，我可動她不得。」劉氏頗為不甘地搖了搖頭，心下也覺得有幾分惋惜，若不是她想要維護好自己的名聲，早將蕭晗收拾了幾十次，哪裡能容得了她今日翻身？

「動不得她……」劉老太太的眼珠子轉了轉，片刻後才道：「好歹妳是她的嫡母，在婚嫁上也能作主的，到時候就……」她的聲音漸漸低了下去，就連蕭盼在一旁也沒聽清，只隱約聽到「空殼」、「嫁妝」這些字眼，略一深想便明白了母親與外祖母的打算，唇角的笑意不由緩緩拉升。

「小姐，您剛才真厲害！」枕月跟在蕭晗身後，止不住一臉的激動。若是換作從前被劉老太太這一說，不但小姐會畏懼，就連她也是雙腳打顫的；可今兒個小姐不僅不怕，還敢把話說明白了，看這位劉老太太還敢不敢厚著臉皮非要當這個外祖母。

「也沒什麼厲害不厲害的。」蕭晗垂下目光，淡淡地說道：「只是不想與她們虛與委蛇罷了，橫豎不是一條道上的人，早些分個明白才好。」

她是見不得劉老太太那一副盛氣凌人的模樣，她又沒欠劉家人什麼，倒是劉老太太每次來蕭家，明裡暗裡便要她拿東西出來孝敬，她私庫裡不少好東西都進了劉老太太的口袋。

「小姐說得是。」剛才壓抑的心情一掃而空，枕月不禁笑了起來，又指了不遠處一片園子道：「小姐，那邊梨花開得正好呢！咱們過去看看吧！」

蕭晗喜歡梨花的純白，那一片梨樹鋪展開來，朵朵飽滿的花兒綴在枝頭，遠遠瞧著就像積了一層白雪。

「好，咱們去看看！」蕭晗先與蕭老太太說了一聲，得到她老人家的允許，又找了定國公府的丫鬟帶路，這才往那一片梨園而去。

定國公府待客的花廳連著有五大間，足以容納遊園的太太、小姐們，園子又有好幾處，四季景色相宜，倒是讓人看了心情舒爽。

帶路的小丫鬟喚作鈴兒，一路上走著她頻頻回頭，忍不住對枕月小聲道：「妳家小姐長得可真漂亮，我在定國公府待了幾年，還從來沒見過這麼美的人兒，真的就像是畫中的仙女一般！」

枕月與有榮焉地挺了挺胸口，笑道：「我家小姐不僅人美，心地也好呢！」說罷取了袖中的荷包，掏了幾塊窩絲糖遞給鈴兒。「妳嚐嚐，昨日小姐賞我的。」

兩個丫鬟稍稍落後了她一步，蕭晗側眼望去，看見兩個丫鬟一路有說有笑的模樣，唇角不由微微勾起。

前世今生加在一起她也算活了四十幾年，自然不像小丫頭一般沈不住氣，但卻再也回不到當初單純的心境，去享受那種無憂無慮的美好了。

「小姐，奴婢想摘些花瓣回去做梨花蜜！」枕月與鈴兒親近了幾分，兩人便嘰嘰喳喳地討論起美食來，說得差點沒口水直流。

「咱們這裡的梨花開得最好，昨兒個又下了場春雨，沾了露水的花瓣來做梨花蜜那是更好了。」鈴兒也只有十一、二歲，正是貪玩的年紀，見蕭晗並沒有什麼不悅的地方，便大膽提議道：「蕭三小姐且在這石桌旁坐坐，奴婢陪枕月姊姊摘了梨花就來。」

見枕月也是一臉期盼地看向自己，蕭晗不由笑著點頭。「去吧！我在這裡坐著不走，妳們早些回來就是！」

大興田莊裡的梨花想必也早就掛滿枝頭，從前母親還在世時，每年都帶著她去那裡住上一陣子，莊上廚娘釀的梨花蜜也是清甜爽口，她不禁有些懷念起來。

兩個丫鬟高高興興地走了，蕭晗這才打量起四周的景色來。

這一處梨園地勢較低，隱在坳地裡，從高處才能縱觀全貌，眼下她似乎處在中心的位置，四周望去都是白茫茫的一片，連枕月與鈴兒的身影也漸漸消失不見。

潔白的梨花簌簌而落，隨風送來一陣男女的低語，蕭晗驟然聽到了幾句，面色不禁一變，左右看了看，便瞧見了不遠處梨花樹下一截銀紅色繡有西府海棠的豔麗裙裾，還有一雙白底黑緞繡雲水紋的皂靴，在裙裾旁若隱若現。

有風徐徐吹來，帶來了陣陣梨花的清香，可眼下蕭晗根本沒有心思去細賞這林中美景，只捏緊了手中的絹帕，紅唇輕咬。

沒想到她竟撞見了別人私會的場景！

蕭晗想著要躲開，卻不料踩到了一截枯枝，頓時發出「嘎吱」一聲輕響，梨林中本就靜謐，這突然的響聲，自然引起了那對男女的注意。

蕭晗臉色一時煞白，猶豫著是不是該拔腿就跑，卻沒想到那個男人動作更快，拂過花枝，沒幾步便走到她跟前來，只是在見著蕭晗時微微愣了愣，眸中有驚豔閃過，下一刻眼神卻陡然變得凌厲了起來，陰沈問道：「妳是誰？」

蕭晗一驚，下意識地更加抓緊了手中的絹帕。這男人長得陰柔俊美，可眸中狠戾之色太過濃重，這讓她感覺到了幾分危險的氣息，腳步不由自主地往後退去。

「想走？妳走得了嗎？」男人嗤笑一聲，正要踏上前來，倏地眼前一晃，不知哪來一個挺拔的身影擋在了蕭晗跟前，與男人對峙起來。

陽光透過叢叢花枝傾灑在那一身玄色銀邊的暗紋衣袍上，有一種無聲的低調與華麗，雖然未見其樣貌，但他肩背挺闊，無端地給人一種偉岸昂揚的感覺。

蕭晗整個人都僵住了，誰來告訴她，這是什麼詭異的處境？

雖然心中疑慮重重，但蕭晗卻也漸漸鬆了口氣，若是私會的情景有兩個人瞧見，她便少了一分危險，眼前的男子應該不是與那個陰柔男人一夥的吧？

只見那陰柔男人的臉色都變了，他不安地瞅了蕭晗眼前的男子一眼，咬牙開口道：「世子爺怎麼有這樣的雅興，跑到這梨園來了？」

「還不是與五公子一樣，知道這園中美景宜人，特來一賞！」男子的嗓音低沈喑啞，像一股山澗的清泉緩緩流動，雖然夾雜著幾分冷意，卻沒來由地讓蕭晗感到安心。

不過他是哪個府的世子爺？這位五公子又是誰？

蕭晗壓根兒想不明白，又見那位五公子的目光頻頻打量過來，她趕緊低垂目光、小移腳步，讓這位世子爺的身影將她完全籠罩，似乎這樣做就能讓她更加安全幾分。

那位五公子的眼神太過陰厲，就像一條吐信的毒蛇一般，讓人感覺很不舒服。

「既然世子爺有這雅興，那在下不打擾了，這就告辭！」見世子爺沒有離開的打算，又隱隱將蕭晗納入了自己的保護之下，五公子不由狠狠地瞪了她一眼，這才極不甘願地返回原處。

而梨花林中，一名嬌麗的女子正焦急地翹首引領，見到自己的情郎回來了，不由上前急聲問道：「五爺，怎麼樣？見著是誰了沒？」她心下也有些緊張，紅唇都被咬出了一條痕跡來。

「見著了，不過不知道是誰。」五公子陰沈著一張臉，忿忿道：「原本是想要收拾了她，可沒想到葉衡卻突然出現了，有他護著，我動不得那人！」

「葉衡？你是說長寧侯世子？」女子愣了一愣，隨即驚訝地摀了唇，頗有些不敢相信。這樣的人物他們自然是動不得的，女子想了半晌才猶豫道：「那他們有沒有發現我……」

「應該沒有。」五公子緩緩搖了搖頭，看了女子一眼後，面色緩和了下來。「妳先離開吧！我一會兒再派人去查探一番。」

那姑娘長得是有幾分美貌，但還不至於讓他因此而打亂自己的計劃，只是眼下有葉衡相護，他也不敢輕舉妄動，只能先查清了那姑娘的身分再作打算。

等身邊的女子離開後，五公子又往梨花林裡瞧了一眼，這才陰沈著臉色轉身離去。

蕭晗站在那裡，想著是不是應該向這位世子爺道個謝再離開，可別人或許也沒有放在心上，正猶豫著走還是不走，那人卻轉過了身來。

兩人目光相視，一時之間連風似乎都靜了下來。

葉衡微瞇著眼睛打量著眼前的蕭晗，與那一日見到的她，又有些不同了。

在上靈寺她是為亡母做法事，所以穿得一身素淡，卻也難掩清豔的姿容，而今日她穿著這一身靚藍色蜀錦閃銀緞的褙子，再配著那條淺藍色月華裙，讓她整個人豔麗得彷彿朝霞明露一般，令人心中直顫。

在葉衡看向蕭晗的同時，她也在不動聲色地打量他。

他長得很高，或許比蕭時還要高上一些，濃黑的長眉、一雙深邃的眼，明明是冷峻的五官，在看向她時目光中卻帶著一絲柔和，渾身上下更散發著一股雍容華貴的不凡氣派。

蕭晗不覺低下頭，福身行禮。「剛才有勞……」話說到一半，她頓了下，咬了咬唇，不知道是否該稱呼他世子爺。

「葉衡！」葉衡唇角微勾，之前見過她在夜裡熟睡的面容，不想今日再見卻是這般鮮活動人，他怎麼看怎麼喜歡。

葉衡？

蕭晗驚訝地抬起頭，有些不敢相信。「您……就是長寧侯世子？」也就是蕭時口中的葉師兄，上一次幫了她的人？

「我與妳兄長是同門師兄弟，若是不嫌棄，稱呼我一聲葉大哥即可！」葉衡難得表現出平易近人的一面，心中也是不想與蕭晗這般生疏，瞧著她那雙桃花眼一眨一眨的，竟是透著幾分俏皮的可愛。

「葉大哥！」蕭晗從善如流地喚了一聲，知道這位世子爺便是長寧侯府的葉衡後，她不由放下心來，心裡也多了幾分親近之意。

葉衡之前能這樣幫她，又不以異樣眼光來看她，蕭晗心裡自然是感激的。

蕭晗的聲音清亮細膩，那一聲「葉大哥」聽在葉衡的耳裡，真是舒爽極了。

「剛才那人是定國公府庶出的老五鄧世君，妳不用怕他！」雖然是這樣說著，但葉衡卻在心裡琢磨著是不是該給蕭晗配一個會功夫的丫鬟，不然下次他若沒能及時出現，要是有人對她不軌怎麼辦？

「定國公府的……」蕭晗想了一下，這是在定國公府的園子裡，怪不得了！難道那一男一女有著見不得人的關係……

「定國公府的事情太過齷齪，妳不用知道！」葉衡截斷了蕭晗心中的猜想，沈聲道：「有我在，他不敢對妳怎樣。」他是不想管定國公府這些骯髒事，但若是鄧世君執意要犯蠢，他也不介意將這人給收拾了。

「謝過葉大哥！」蕭晗誠心地向葉衡道謝，不管是從前幫忙的那一遭，還是如今這事。

「今後沒事不要亂走。」葉衡對她點了點頭，又看了一眼遠處正相攜而來的兩個丫鬟，輕聲道：「妳的丫鬟回來了，我就先走了！」

若不是知道今日蕭老太太會帶蕭晗來定國公府赴宴，葉衡才不會走這一遭，如今雖然如願見到了想見的人，但心裡到底還是覺得差了點什麼。

有些遺憾地看了蕭晗一眼，葉衡沒再說話，足下一跳便飛躍而去。

蕭晗怔怔地站在原地，左思右想也沒想明白葉衡怎麼會出現在這裡，難道也是來梨林賞景的？

不過這位長寧侯世子倒不像世人所說的那般冷漠高傲，在跟她說話時，感覺還挺親切的。

蕭晗將這一切歸功於蕭時身上，再怎麼說她也是蕭時的妹妹，葉衡對她多有照拂，想來也只是看在蕭時的面子上。

瞧見枕月與鈴兒手挽著手走了回來，蕭晗遂也不再多想，帶著她們一同出了林子。

回到花廳後，蕭晗特意打量了一下，倒是沒見著哪位女眷穿著銀紅色繡西府海棠花的豔麗裙裾，估計那女子早已經躲了開去。

橫豎她也不知道那女子是誰，就將這事放下吧……她希望葉衡的威懾是有效果的，讓鄧世君不敢報復她。

一想到鄧世君，他那狠戾中帶著陰毒的目光，仍讓她心有餘悸。

突然間，蕭晗腦中光芒一閃，似是想起了什麼，面色不由有些泛白。

前世她好似聽過坊間的傳聞，說定國公府繼承爵位的不是哪一個嫡子，而是一個姨娘早亡的庶子，而那庶子心狠手辣，不僅與老定國公的姨娘私通，更一手毒害了定國公。

當然事情的內幕也是在這庶子承襲了爵位後沒幾年，才被人給扒出來的，到底算不得光彩，此事一出，定國公府也算是走到了盡頭。

就不知道這個心狠手辣的庶子，是不是她所見到的鄧世君？那麼與他相會的那個女子說不定就是……

蕭晗一個哆嗦，不敢往深處想去，怪不得葉衡會說定國公府的事情太過齷齪，讓她不要去想，難道他也知道？

不過葉衡是錦衣衛出身，若是他想知道的，倒是沒有什麼消息能瞞得過他的耳目。

如此一想，蕭晗便也釋然了。

蕭晗坐在椅上靜靜沈思，她本就容色豔麗，只是坐著也引得不少人看了過來。

有一位穿著嫩黃色衣裙的少女，拉著蕭晴的衣袖好奇道：「蕭姊姊，那是妳們家的姑娘吧？她長得可真好看！」

蕭晴側身瞄了一眼，她今日心情大好，也不想找蕭晗的麻煩，而這黃衣少女又是太常寺少卿李家唯一的千金，雖不是李夫人所出，但她的姨娘卻很是受寵，連帶著這姑娘也被當成是嫡女一般嬌養著，想著眼前的少女或許會成為她未來的小姑，自然也不好得罪，便順勢點頭道：「那是我二叔的女兒，在蕭家姑娘中排行第三。」

「喔！」李思琪恍然大悟，眸中卻多了一抹輕視的笑意。「原來就是她啊！怪不得沒怎麼見過。」

蕭晗已故的亡母是商家女，這倒不是什麼稀奇事，只是沒想到這商家女生出的女兒竟然這般豔光奪目，看著便讓人覺得有些不舒服了。

蕭晴微微皺了眉，在府裡她怎麼欺負蕭晗都行，那是姊妹之間的鬥氣，可若是外人瞧不起蕭晗，那不也是間接地瞧不起她？

「蕭姊姊，要不要我讓人給她找些麻煩？」李思琪仰著一張小臉，看起來天真純潔，可卻是一肚子壞水，又自顧自地說道：「幸好我母親相中的人是蕭姊姊，若是妳們蕭家二房，可個個都不靠譜啊！」這話說得直白，親近的人會覺得她率直天真，可落在蕭晴的耳裡，卻是句句帶刺。

「不用了！」蕭晴不動聲色地將被李思琪挽住的手抽了出來，淡淡地道：「我還有些事情要與我三妹說說，便不陪妳了。」說罷裙襬一動，人便往蕭晗那裡走去。

李思琪的面色瞬間沈了下來，她在府中是被人萬般疼寵著的，誰敢給她臉色看？蕭晴的這一番冷淡她自是感覺到了，不由咬了咬牙，低聲道：「有什麼了不起的，若不是聽說妳父親就要升調回京，咱們家才不會搭理呢！」她哼了一聲，便轉身離去。

第十章　丫鬟

見蕭晴沈著一張臉走了過來，蕭晗微微有些驚訝，起身喚道：「大姊！」

蕭晴淡淡地點了點頭，便坐在了一旁。

蕭晗心下有些納悶，卻也坐了下來，輕聲問道：「怎麼沒看見四妹？」

不僅蕭雨不在這裡，連蕭昐也不見蹤影，而蕭晴今日離開蕭府時，本是一臉高興期待的模樣，眼下又怎麼會是這副悶悶不樂的神情，難不成是在哪裡碰了壁？

只是蕭晴本就與她不甚親近，蕭晗也不好問得直接。

「她遇見了幾個相熟的姊妹，坐船遊湖去了！」徐氏赴宴都會帶上蕭晴、蕭雨兩姊妹，蕭雨雖在嫡女圈子裡交不到幾個好朋友，但在庶女圈裡卻很受歡迎，她性格溫柔謙和，又懂得隱忍退讓，有好些別府的庶女都樂得與她親近。

蕭晴這話說完，蕭晗也不知道再接什麼，姊妹倆遂一陣沈默。

可到底記得蕭晗如今是蕭老太太要抬舉的人，蕭晴即使心裡有百般的煩躁，此刻卻也壓了下來。

仔細一想，這一切也不能怪蕭晗，畢竟她不能選擇自己的出身。

當初莫清言嫁到蕭家時也是清清白白的，還帶來了那麼多的真金白銀為蕭志傑打通官路，可想著大房的人曾受過二房之恩，蕭晴心裡便覺得不痛快，從此以後便也看蕭晗各種不順眼，甚至對她諸多挑剔。

只是再不喜歡蕭晗，她心裡也是維護著自己妹妹的，特別是在外人跟前，蕭晗代表的不僅僅是她一個人，也關係著蕭家幾位小姐的臉面，若說蕭晗見不得人，那蕭昐不是更加不堪，還有那樣一個當過外室的母親。

蕭晴越想越是氣惱，手中的絲帕都被她攥得變了形。

蕭晗在一旁看得心顫，她是瞭解蕭晴脾氣的，眼下看蕭晴這副模樣肯定是氣極了，不知道是受了什麼委屈。

擔心自己會被遷怒，蕭晗正猶豫著該不該起身離去，卻聽蕭晴道：「三妹，我從前待妳不是很好……」蕭晗聞言側過頭來看她，一臉的驚訝，又聽得蕭晴繼續說道：「如今我明白了，一筆寫不出兩個蕭字，咱們都是蕭家的女兒，一榮俱榮，一損俱損！」

所以別人看不起蕭晗，她也會覺得面上無光。

「大姊……」蕭晗摸不清蕭晴的意思，便試探著問道：「妳可是受了什麼委屈？」

蕭晴的心性本就不壞，蕭晗也對她討厭不起來，雖然算不上親近，但既然蕭晴有了覺悟，她也不會拒人於千里之外。

一切想明白之後，蕭晴驟然覺得自己成熟了幾分，看著指尖上的粉色蔻丹輕聲道：「委屈倒是算不上。只是咱們姊妹幾個今後不管嫁得好與不好，那都是要互相幫襯的，我也不想將咱們的關係弄得太糟。」一頓又道：「不過二妹那裡，我始終是……若說我從前不喜歡妳，那我更不喜歡的是她，一個半路跳出來的外室女，偏偏還成了咱們府中的正牌小姐。不過她的臉面也是蕭家小姐的臉面，今後我不會再針對妳們了。」

蕭晗點了點頭，明白了蕭晴心中的顧慮，頗有些欣慰，唇角不由泛起一抹淡淡的笑。

「那大姊今兒個是不是見著李家大公子了？」

「妳怎麼知道？」蕭晴詫異，可話一出口她立刻便紅了臉，恨不得咬掉自己的舌頭。

蕭晴咬唇瞪了蕭晗一眼，卻見她依然笑咪咪地看著自己，臉頰上的熱度便更燙了。

她是偷偷去瞧了李沁一眼，那畢竟是她要說親的人，見到了覺得不差，心裡便也踏實幾分，可這樣的小心思怎麼可能瞞過蕭晗的眼睛呢？

「大姊覺得李大公子怎麼樣？」蕭晗小聲地問，既然開了頭，她便打算探一探蕭晴的意思。

「妳問這幹什麼？」蕭晴面上羞澀，可她到底心性大方，又見蕭晗並沒有取笑她的意思，想了想才道：「他長得很是儒雅俊逸，人看著清瘦卻不矮，笑起來就像一陣清風拂過似的……」她明眸微閃，笑裡含春，一副小女兒的嬌態。

那就是很中意他了？

蕭晗面色微微一沈，片刻後才輕聲道：「聽說李大公子是在麓山書院求學，可如今卻還未考上舉人。」李沁本就是風流的性子，讀書也不過是為了應付家裡人，實則心思都花在了與人胡混上，尋花問柳倒是一把好手。

「他還年輕，功名總會有的。」蕭晴不以為意地說，況且李沁還有個身為太常寺少卿的父親，就算今後再不濟，也能門蔭入仕，想來是不會差的。

「這倒也是。」蕭晗想了想覺得還是應該提點蕭晴兩句，眼下她這模樣似乎已經很中意李沁，兩家就差正式提親下聘了。想到這裡，蕭晗話鋒一轉，又道：「不過大姊，出嫁是女子一生中的大事，勢必要挑個好丈夫，前程若是沒有可擔憂的，那麼人品更該好生掂量，我也希望大姊能嫁得如意郎君，一生順遂！」

前世蕭晴確實是可憐至極，可她驕傲的性子卻不容她低下頭來，最後落了個悲劇收場，看著眼前明媚如春光的少女，再想想她後半生與青燈古佛相伴的淒涼場景，蕭晗實在是於心不忍。

蕭晗眼神真摯、話語誠懇，蕭晴一時也呆住了，她本就不笨，聽蕭晗這一說更覺得話裡有話，暗想蕭晗是不是聽說了些什麼，才會這樣提醒她，或許她真該讓人好好打探一下李沁的為人，若他是好的自然不怕人查，也能讓自己心安一些。

蕭晴握了蕭晗的手，知道她是真心為自己打算，面色也和緩了幾分。「三妹，從前是大姊不對，妳不要放在心上！」

「大姊說的是什麼話，咱們是姊妹，我自然希望妳能過得好，至於從前那些事……」蕭晗說到這裡微微一頓，又俏皮地對蕭晴眨了眨眼。「我早就不知道忘到哪裡去了。」

兩人對視一眼，都不禁笑了起來。

蕭盼回來時，便見到這樣的場景，不由眉頭深鎖。最近蕭晗實在是太古怪了，怎麼還和蕭晴握手言和了？

這個蕭晴平時裡最看不起他們二房，也不與她們親近，如今眼下這情況著實讓人費解。

同樣的場景落在不同人的眼中，又是另一番想法。

蕭老太太滿意地點了點頭，她沒看錯，蕭晗果然是聰慧的，難得還有這份赤子之心，若得她真心相待，任誰也討厭不起來，如今蕭晴與蕭晗和好，正是她樂意見到的。

此外，對於今日打探到的種種消息，蕭老太太也十分滿意，就待回去好生琢磨琢磨，到時候再慢慢挑個最合意的。

蕭晗與蕭晴聊得投機，卻見蕭雨與幾位小姐一起走了過來，見她們兩人坐在一起十分親近的模樣，蕭雨還微微有些詫異，片刻後便恢復了正常，笑著與她們打招呼。「大姊、三姊！」

「那便是妳兩位姊姊嗎？長得好美啊！」京兆尹趙府庶出的七小姐趙瑩瑩拉了蕭雨的衣袖小聲道，旁邊幾位小姐也附和地點頭。蕭家幾位小姐都長得不差，特別是那位穿靚藍蜀錦閃銀緞褙子的少女，更是美得讓人驚豔，彷彿被她瞧上一眼，都讓人有種自慚形穢的感覺。

眼見幾個別府的小姐在一起嘰嘰喳喳地說著話，蕭晴也不好冷著臉，只微微地與她們點頭示意。

蕭晗也在一旁微微笑著，她態度謙和、言語溫柔，倒是博得了眾人的好感。

「聽說今兒個長寧侯府的世子爺來了，妳們知不知道？」說這話的少女穿了一身桃紅色灑金的百褶裙，從剛才的交談中，蕭晗知道她是出自靖安侯府的十三小姐雲亦舒。靖安侯生性風流、姬妾無數，他的女兒在京城裡也是最多的，出嫁後更是遍布京中各大小府邸，一說起來幾乎都沾親帶故。

「就是那個甫一出生便被封了世子，如今還在錦衣衛任指揮僉事的葉衡嗎？」雲亦舒這話一出，便有人積極附和，也勾起了其他小姐的心思，大家紛紛議論起來。

「聽說這位世子爺是出了名的冷傲呢！」

「對、對，平日裡也沒聽說他出席過哪家的宴會，沒想到定國公府這般大的臉面，還請到了世子爺前來！」

「世子爺長得一表人才，若不是人看著冷了些，只怕說親的人都要踏破長寧侯府的大門了！」

「世子爺今年怕是要及冠了吧？」

「那麼大年紀了卻還沒訂親，不會是……」

幾位小姐興奮地一陣說嘴，到最後不免帶上幾分惡意的揣測，眾人聽了都摀唇嬉笑。

蕭晗眉頭微微一皺，她心裡倒是想為葉衡辯駁幾句，這些事情都是以訛傳訛，若是見過葉衡的人，怕就不會這樣胡亂猜想。

葉衡是看著冷了些，但對人、對事其實是很熱心的，就憑他幫了自己兩次，還不能證明嗎？

只是這話她卻不敢說，他們男未婚、女未嫁的，怕說了不知又會被傳成什麼樣子，反而壞了葉衡的名聲。

蕭晴在一旁卻是聽得皺眉，若不是蕭雨的關係，她本也不想搭理這幾位庶出的小姐，如今聽她們說得離譜，不禁沈了臉色道：「背後勿議人是非，再說世子爺也不是妳們能說嘴的，小心禍從口出！」她本是好意告誡，可偏偏聽在別人耳裡卻成了訓斥。

雲亦舒輕哼了一聲，對蕭雨癟嘴道：「那我們就先過去了，得空再聊。」說罷拉著幾位小姐便離開了。

趙瑩瑩有些歉意地對蕭雨點了點頭。「改日我再約妳！」又對蕭晗友善一笑。

蕭晗點頭回應，心想這位趙小姐倒是挺善解人意，性子與蕭雨有幾分相似。

「行，妳去吧！」蕭雨柔柔一笑，這幾位小姐的稟性她大抵知道，就是雲亦舒稍稍輕浮霸道些，不過說來也都是小女兒心性，她犯不著與她們計較。

等雲亦舒等人離去後，蕭晴才對蕭雨道：「四妹，我看那位雲小姐說話有些輕浮，妳今後少與她來往，以免被帶壞了。」

「是，大姊，我曉得的。」蕭雨乖順地點了點頭，又笑著坐在蕭晗的旁邊，她對蕭晗也生出了幾分興趣，能讓蕭晴放下成見來相交，她這位三姊怕是不簡單啊！

定國公府內、外院共開了五十桌的流水宴，勛貴世家們的夫人、小姐聚在一起，一般官員的女眷們又另聚一處，倒是互相沒有打擾。

下午又是聽戲、又是逛花會，蕭晗忙碌了一天，回到蕭家時已是累得不行。

蕭老太太讓她們各自回屋去歇息，自己則領著魏嬤嬤回到敬明堂。

不知道劉老太太在席中與劉氏說了什麼，蕭晗只覺得回府之後，劉氏看向自己的目光和藹極了，可她非但不覺得高興，還有種背脊發涼的感覺。

劉氏指不定又在暗地裡謀劃著什麼，不過兵來將擋、水來土掩，如今她心中已有了堅定的信念，不會如前世那般軟弱可欺。

回到自己的辰光小築，蕭晗梳洗了一番，又坐在鏡前打散了頭髮，由著枕月拿梳子給她順髮，自己則挑了一款茉莉香味的脂膏，細細抹在了臉上。

這脂膏味道清新卻不油膩，薄薄的一層很是滋潤，她皮膚本就白淨，平日裡也不愛撲粉，早晚抹些脂膏最合適不過。

「小姐，今兒個奴婢瞧老太太挺高興的，還有好幾位夫人、太太特別留意了您呢！」枕月手下動作不停，面上帶著笑，她是真心替蕭晗高興，指望有蕭老太太的維護，蕭晗的日子能夠越過越好，今後再嫁個好人家，如果二太太地下有知，也能安心了。

蕭晗不以為意地點了點頭，思緒一轉，卻想到了梨林中的情景。

葉衡的出現真是巧合嗎？

若像雲亦舒她們所說，葉衡平日裡公務繁忙，哪還有時間親自赴宴，更遑論出現在梨林中。

她越想越覺得有蹊蹺，難不成是蕭時央了他來保護自己？

這個想法一起，連蕭晗自己都想笑，她可沒重要到必須驚動長寧侯府的世子爺親自陪護左右。

或許真是碰巧吧！

不過這人倒不像外間傳言的那般冷漠，至少對她很是親和友善，這一點她還是能感覺得出來。

蕭晗搖了搖頭，不再多想，等枕月將她的頭髮擦乾後，這才打著呵欠上了床榻。突然間，她想到了一件重要的事，便轉頭問枕月。「齊嬤嬤快回了吧？」

「算算日子，約莫還有幾天。」枕月給蕭晗理了理被子，順口答了一句。

蕭晗深思起來。這齊嬤嬤從前只是府中的花房管事，可也不知道為什麼偏偏就合了劉氏的眼，將她給提了上來，最後還放到了自己身邊，如今不就管著她的私庫嗎？

上個月齊嬤嬤的媳婦生兒子，蕭晗特許了她一個月的假期，算算時日，也該要回蕭府了。

齊嬤嬤對劉氏可是唯命是從，若讓她一直管著自己的私庫，不說她辦起事來不方便，更像隨時有人在監視著她一般，那種感覺可不好受。

「我記得咱們院裡還有兩個二等丫鬟、四個小丫鬟、四個粗使婆子，是不是？」蕭晗在心中琢磨著，如今綠芙不在了，她雖然向蕭老太太解釋了一番，也沒有讓劉氏再安插人手進來，但勢必要再提一個起來當作大丫鬟使，不然只靠枕月一人，有時候確實應付不來。再說她院子裡的人若是心都不向著她，那留著也沒什麼用。

「是啊！如今就還缺個大丫鬟。」枕月抬頭看向蕭晗，有些不明白她問這話的意思。

「明兒個一早都將人給叫來，我有話與她們說！」蕭晗微瞇了眸子，她之所以先走了蕭老太太的路子，那也是希望自己在府中能多幾分威信。

如今在老太太跟前她得寵了，下面的人自然知道她不是好欺負的，今後該效忠誰，也能分得清楚才是。

「是，小姐！」枕月不疑有他，主子的話她只照辦就是。服侍蕭晗躺下後，枕月這才往外間而去。

蕭晗在床榻上卻是翻來覆去地睡不著，一會兒想著葉衡的事，一會兒又想了想蕭晴與李家的親事。

當然，就她看來與李家這門親事還是不結為好，希望蕭晴能好好跟徐氏說說。

徐氏本就是精明的人，若是起了疑心，勢必會好生查探一番，到時候翻出李沁年少時曾做過的種種荒唐事，想必也會捨不得將女兒嫁給那樣的人。

至於葉衡的事，改日她找蕭時問問，或許就清楚了。

聽到屋外遠遠傳來敲梆子的響聲，蕭晗深深地打了個呵欠，向裡側臥而眠。

而躲在窗外的葉衡，聽到屋內終於沒了動靜時，這才俐落地翻身而入。

俗話說一回生、二回熟，如今來回蕭晗的閨房，他已是熟門熟路。

看著她熟睡的容顏，葉衡微微有些恍惚，想了想還是覺得她今日鮮活的模樣更好，被那樣一雙瑩光流動的桃花眼給瞧著，他的心都止不住怦怦直跳。

其實他來蕭府也有一會兒了，只是聽到屋內動靜未歇，蕭晗又在床榻上翻來覆去，並未入睡，他才沒急急地進房。

也不知道她在想些什麼？會是他嗎？

葉衡牽了牽唇角。他知道自己長得不算難看，但也還沒到被稱為美男子的地步。蕭晗不僅不怕他外表的冷峻，也不似其他女子在知曉自己身分後便刻意逢迎，這一點讓他很是滿意。

不過蕭晗對他又好似太冷清、太平淡了些。

葉衡不禁皺眉，或許要讓蕭晗對自己動心並不大容易，前途多舛，看來他要更努力才行！

今日一從定國公府離開，他便回了錦衣衛所，又找了跟前的得力助手吳簡，毫不拐彎抹角地問：「到哪裡能找個會功夫的丫鬟？」

吳簡想了想才道：「屬下倒是有個軍中同袍，他如今在神機營當差，聽說他妹妹也是從小習武的。」

「喔，多大了？」葉衡一聽便坐正了，若是年齡合適，倒是可以放到蕭晗身邊，至於怎麼安排過去他都想好了，就借蕭時之手。

「好似有十三了吧！不過那丫頭長得壯實，看著就像十五、六歲的姑娘一般。」吳簡說到這裡便笑了起來，想來是跟那兩兄妹頗為熟稔。

葉衡點了點頭。「明日就把人領到我跟前來，我親自鑑定，若是可用便留下，我必不會虧待他們兄妹。」

吳簡趕忙抱拳。「能得大人賞識，那也是他們兄妹的福氣！」

這一覺蕭晗睡得很沈，在夢裡她似乎又聞到了那股竹葉的清香，很奇怪的感覺。

早上坐在梳妝鏡前，蕭晗還有些恍惚，這種味道好熟悉，她好似在一個人身上也聞到過。

到底是誰呢？

蕭晗思緒微轉，片刻後腦中如有電光閃過，手中的羊角梳都被她給攥緊了，她有些不敢相信地睜大了眼。

這味道……她在靠近葉衡時好似也聞到，雖然昨日兩人是在梨花林中，有著梨花的清甜味，倒顯得他身上的竹葉味淡了些，不過應該是這個味道沒錯。

可真是奇怪了，這樣的味道她怎麼會在夢裡聞過？

蕭晗百思不得其解，便不再想了。

在自個兒屋裡用過早膳後，蕭晗照例去了劉氏的臨淵閣拜見。劉氏心情好便會帶著蕭昐一起與她到蕭老太太的敬明堂去，但大多數時候她都是自行前往，既然相看兩厭，還是少見的好，對這一點蕭晗深信不疑。

蕭老太太現在的飲食是三天吃得清淡，再換一天吃蕭晗親手做的川菜，祖孫兩人往往是大快朵頤，雖然辣得滿頭汗，卻別有一番滋味。

從蕭老太太的敬明堂回到辰光小築後，蕭晗先回房打理了一番，枕月進來稟報說是院裡的人都已經到齊了，她才施施然地往外走去。

枕月早讓小丫鬟搬了藤條編織的桌椅放在院子裡，又親自為蕭晗泡了一壺水果蜂蜜茶，這才扶著她坐下。

蕭晗目光隨意一掃，已將眾人的神態收入眼中。

一眾丫鬟、婆子心中早就有些忐忑，她們之中有些是在齊嬤嬤手下做事的，有些平日裡陽奉陰違、偷奸耍滑慣了，只是蕭晗一直沒有著力清理她們，這些人便越發地放縱起來。

可眼下誰都知道蕭晗不一樣了，不說在蕭老太太跟前得臉，就連二太太劉氏也不敢隨便與她作對。蕭晗若想要處置她們這些下人，只怕就是一句話的事，特別是最近連綠芙都無緣無故地失蹤了……

要知道這綠芙可是齊嬤嬤的手下愛將，又在劉氏跟前特別受寵，如今人沒了，劉氏連過問都沒有，想想怎麼不令人心寒。

再加上如今齊嬤嬤還沒有歸來，蕭晗又特地召集了她們到跟前，也不知道打的是什麼主意？

「妳們也侍候了我不少時日……」蕭晗故意讓她們等了一會兒，這才慢慢開口道：「沒有功勞也有苦勞，今兒個妳們便說說自己平日所負責的差事，若是說得好，又確有其事，我自會論功打賞！當然，若對自己手裡的差事有什麼不滿意的，或是有什麼意見不好當眾說出來的，也可以私下找我稟報，能做事的人，我自然會好生重用！」

蕭晗這番話一出，眾人不由面面相覷，心中皆有種鬆了口氣的感覺，但也有不少人暗自琢磨著蕭晗話裡的意思，心中不禁有了計較。

兩個二等丫鬟采芙和采蓉先出來說話，她們都是齊嬤嬤的人，這一點蕭晗是知道的。采芙與采蓉平日裡都守在屋外，做些端茶倒水或是傳話通稟這一類的差事，蕭晗並沒有讓她們貼身侍候。

四個小丫鬟與四個粗使婆子就輪班負責燒水守夜，以及打掃清理、看守院門這些事務，相對於一、二等丫鬟來說，所做的活兒要粗重一些，更是不能往蕭晗屋裡來的。

一番稟報下來，蕭晗又象徵性地勉勵了幾句，便讓枕月各賞了她們一些銀子，她則佯裝疲憊地站了起來，扶著枕月的手回屋歇息去了。

對蕭晗今日這一番作為，枕月還是沒明白過來，等主僕倆都進了屋後，她這才小聲道：「小姐，您今兒個這麼做到底是為什麼啊？還平白無故地打賞她們，咱們手裡的銀錢也沒剩下多少了。」

蕭晗的私庫一直是齊嬤嬤把持著的，若不對帳本，她都不知道自己到底還有多少身家，只不過齊嬤嬤回家時，把庫房鑰匙也給揣走了。如今她手頭上的銀子也剩沒多少，先前蕭晗在上靈寺做法事時用的一百兩銀子，還是提前好幾天在劉氏那裡支取的，這筆銀子可以記在府裡的公帳中。

「我知道。」蕭晗點了點頭，略微一想便沈吟道：「如今齊嬤嬤快回府了，我想在她回府之前先收攏人心，能為我所用的自然留下，若是還一心向著太太的，我也只有擱著了。」

枕月愈加困惑了。「可聽了小姐的話，我瞧她們也沒有什麼動作啊？」

「且等著吧！」蕭晗輕輕一笑，不再多說，脫了鞋，上了臨窗的軟榻上靠坐著，閉目小憩。

想要往上爬的人多得是，蕭晗瞧著采芙與采蓉這兩個丫頭也不是機靈的，就勝在乖巧聽話才能被齊嬤嬤握在手中，想要頂替她們二等丫鬟位置的人多著呢！

果不其然，蕭晗中午用過膳後，枕月便瞧見有個小小的身影在屋外探頭探腦的，出去瞧了一眼後忙進屋回稟。「小姐，是秋芬那丫頭，她說有重要的事情要稟報給小姐知道！」

蕭晗挑了挑眉，唇角含笑。「那就讓她進來吧！」

秋芬那丫頭她今日也仔細瞧過，只有十一、二歲的年紀，看著卻是精靈得很，一雙瞳仁黑白分明，只是個子稍稍瘦小了些。

「奴婢見過小姐！」秋芬到了蕭晗面前，二話不說便給她跪下了。「奴婢有事要稟報小姐！」話語裡竟夾雜著一絲急切。

「不著急！」蕭晗笑了笑，又吩咐枕月將秋芬給扶了起來，端了杌子讓她坐下，這才緩聲道：「有什麼事情，妳說吧！」

「奴婢……」秋芬咬了咬唇，有些猶豫地左右看了一眼，她也是趁采芙與采蓉此刻不在院子裡，這才敢偷偷地跑到蕭晗跟前來，眸中似還有一抹掙扎，片刻後才將心一橫，開口道：「小姐，今兒個一早奴婢正要起床打掃，不想卻瞧見采芙偷偷摸摸地出了院子，心中起疑便跟在了她身後，誰料到她是去會了二太太院子裡的荷香，奴婢還瞧見荷香給了她一包東西。」

蕭晗微微瞇了瞇眼，劉氏最信任的丫鬟是蘭香，但荷香卻是經常為劉氏跑腿辦事的，秋芬的這個消息也不知是真是假，但若是真的，恐怕劉氏定有一番圖謀。

「妳可知道是什麼東西？」蕭晗試探著問道，畢竟沒有證據，她也不能全信了秋芬的一面之詞。

「奴婢不知道。」秋芬想了一下，搖了搖頭，又見蕭晗眉頭輕蹙，心下不禁一涼。她如今踏出這一步，若是被采芙她們知道了，那可不得了，小姐要是不願意保下她，只怕今後她在蕭府的日子將舉步維艱。

為了取得蕭晗的信任，秋芬不得不急急地保證道：「小姐，奴婢這兩日一定會盯緊采芙的，若是知道她拿那包東西是做什麼用途，奴婢立刻便來稟報給小姐知道！」

蕭晗讚許地點了點頭，暗想秋芬這丫頭果然是個聰明的。「若是妳一心為我辦事，我自然會有獎賞！不過……」頓了一頓，她斂了神色，居高臨下地看向秋芬。「若讓我知道妳心口不一，就是齊嬤嬤不打發了妳，我也留不得妳！」

「是，小姐！」秋芬一顫，忙不迭地伏下身去。

她就知道眼前的小姐已然不同了，在齊嬤嬤手下她是出不了頭的，不若放手一搏，到時候真能得到小姐的賞識，她的日子就不是如今可以相比的。

第十一章 暗查

秋芬離開之後，枕月半晌都沒回過神來，她還以為這院子裡除了自己，就沒有一個是真心為蕭晗打算的，卻沒想到……

「小姐，您覺得秋芬可信嗎？」枕月抬頭看向蕭晗。

只見蕭晗唇角微翹，似笑非笑，纖長的手指拿起白瓷碟裡裝著的蜜餞放進了嘴裡，半晌才緩緩道：「可信，但也不能全信！」

如今她還沒有徹底掌握自己的院子，若是劉氏施威，恐怕這些先前想要投靠她的人，在下一刻便能反了。

如今最為緊要的便是先收拾了齊嬤嬤，在院中樹立自己的威信，而在這之前，先收服一些人為己所用，也是必要的。

蕭晗相信如今出了一個秋芬，其他的人應該也會有所動作才是，她且等著。

「小姐真厲害！」枕月由衷地對蕭晗感到佩服，不過轉念一想，又有些擔憂道：「不知道荷香拿了什麼東西給采芙，要不要奴婢去她房裡搜搜？」

「不用，若是打草驚蛇就不好了！」蕭晗搖了搖頭，若是采芙真敢做出對她不利的事情，她勢必要人贓俱獲，才能處置采芙，眼下還不能輕舉妄動。

再說若真是劉氏的主意，只怕她也不敢明著害自己，若使了招數，怕也是個循序漸進的暗招。

枕月似懂非懂地點了點頭，主僕倆便不再多說。

下午時，蕭晗又讓枕月給她繃了繡架，坐在窗邊繡起花來，刺繡能使她心靜，那一針一線下去，似乎今後要走的脈絡也漸漸清晰了起來。

繼秋芬之後，院子裡的鐘婆子也來向蕭晗表了忠心，她與另一個守門的楊婆子是姨表姊妹，在府中多年，只是先前一直在馬房做事，空有一身力氣卻沒什麼本事，當時劉氏將她們放到蕭晗院中，本也沒打算重用，又加之齊嬤嬤也看不起她們，鐘婆子鬱悶得很。

如今蕭晗早上說的那一番話，讓她很是心動，既然劉氏與齊嬤嬤都不賞識她們姊妹，她們不如另投明主，好歹蕭晗如今還有蕭老太太在背後撐腰，指不定前途就能好起來！

有人來投誠，不管其心如何，蕭晗一概還是接納了，又想起采芙那事，眸光一黯。「到時候若要妳們姊妹出力，可千萬不能半途給我軟了下去！」

「是，奴婢一定聽從小姐的吩咐！」鐘婆子保證連連，蕭晗又讓枕月包了一袋香瓜子給鐘婆子，她這才笑著退了出去。

第二日趁著午休無人之際，秋芬又小心翼翼地來見蕭晗，還呈上了方巾裡包著的東西。

「奴婢昨晚都沒敢睡踏實，半夜裡聽到有動靜便起了身，果真瞧見采芙出了門，見她鬼鬼祟祟地在小姐的後窗花臺裡埋了點什麼東西進去，奴婢待她走後刨開一看，卻發現是些藥材的碎渣，聞著還有股酒味，奴婢也看不懂，就揀了一些包著，給小姐帶來了！」

蕭晗見秋芬說話條理清晰，不由暗暗點了點頭。「妳做得很好！」

得到蕭晗的誇讚，秋芬不由咧嘴笑了，她一雙眼睛還紅通通的，顯然是沒有休息好，卻又閃著幾許興奮之光，想來是覺得自己沒有辜負蕭晗的期望，她總算是有了用處。

蕭晗掃了枕月一眼，她立即從袖袋裡拿了個荷包，塞到秋芬手裡，笑道：「這是小姐賞妳的，妳先回去歇息一陣，但還是要密切留意采芙的動向，有消息便來向小姐稟報！」

「是！」秋芬連連點頭，接過荷包揣在懷裡，又對蕭晗磕了個頭，這才貓著身子快步離去。

蕭晗的臉色沈了下來，看了一眼那方巾裡包著的藥渣，吩咐道：「把這包東西悄悄地拿給伏風，讓他尋個經驗老道的大夫好好看看是什麼藥。今兒個先將後窗給關上，若是有人問起，就說我身體有些不適，暫時吹不得風！」

「是，小姐！」枕月面色也凝重起來，蕭晗這樣說，明顯是認為這藥渣有問題，便問道：「要不奴婢先去將花臺那裡給清理了？」

「別！」蕭晗搖了搖頭。「若是采芙發現了反而不好，且先查明了是什麼再說，今兒個歇燈後，我與妳一同睡在外間。」

枕月這才點了點頭，又將那包藥渣給包好，藏在袖中，尋了個藉口便到外院尋伏風去了。

伏風很快便辦妥事情回到蕭府，又風馳電掣地趕往內院拜見蕭晗。

蕭晗屏退了左右，只讓枕月在門口守著，以免她與伏風的談話被別人聽了去。

「小姐吩咐的事情已經辦妥了。」伏風從懷裡掏出了那個包著藥渣的方巾，指著其中幾味已經模糊到不能分辨出是什麼的藥渣對蕭晗道：「小的找了城中的老大夫細細察看，他說這些藥分開使用倒是沒什麼，可若混在了一起，卻是……」他微微紅了臉，還是直言道：「聞得久了，便會讓女子不能生養！」

蕭晗端著茶盞的手一僵，緩緩地轉過頭來，她面沈如水，讓人看不出喜怒。「那用酒是何意？」另一手卻緩緩攥緊了袖襬，她曾經想像過撕開劉氏表面那張溫情的面具後，這個女人會是何等的惡毒，可真正見證事情的發生，才知道有些人遠比自己想像中還要讓人痛恨！

「大夫說酒能泡發藥性，只怕是不想讓別人發現她要熬藥，才用的此法。」伏風說到這裡，便低下頭去。他一直是蕭時的小廝，平日裡都是軍營、府中兩邊跑，也知道蕭晗對蕭時的重要性，若是讓蕭時知道了誰在害蕭晗，只怕不會就這樣善罷干休。

「好，你下去吧！」蕭晗沈靜地揮了揮手，面上神色依舊沒有什麼變化。

伏風對她又行了一禮，道：「二少爺明日回府，小姐可將此事告訴二少爺，若是二少爺知道了，定會為小姐作主！」

蕭晗不由瞧了伏風一眼，伏風長得很是清秀，身材瘦高，她只記得當年是伏風陪著蕭時上山學武，聽說也有幾下拳腳功夫，是個值得信賴的人。

「這事你先不要告訴哥哥，得了空我會親自告訴他！」蕭晗特地吩咐伏風，是怕蕭時遇事有些衝動，不會隱忍，若是他就這樣衝到劉氏面前，指不定會讓她的計劃功虧一簣。

「小的明白！」伏風低頭應了一聲，這才恭敬地退了出去。

伏風小的時候就跟著蕭時上了山，在他的印象中，蕭晗是個萬事不理的千金小姐，可如今瞧著卻全然不是那麼回事，甚至懂得計劃籌謀，讓人不敢小覷。

伏風離開後，蕭晗久久沒有動作，她垂著目光，纖長的睫毛在眼瞼下投出半圓的陰影，整個人沈寂得就如同一朵靜靜開放的曇花，於無聲中綻放，卻又帶著一種悲憐和憂傷。

枕月在一旁看得有些心焦，又想到劉氏竟然會用這等惡毒的法子來害蕭晗，氣得手都抖了，她咬著唇看向蕭晗，眸中盈滿了心疼。

蕭晗的思緒卻已飄得很遠了。

她細細回想了一下，上輩子劉氏似乎沒有對她做出這樣的舉動，或許是因為那時的她早已經與柳寄生私奔，解除了劉氏的後顧之憂，所以劉氏根本不用這樣來害她。

如今她非但沒有離開蕭家，甚至還得了蕭老太太的喜歡，又與劉氏作對，所以劉氏才忍不住先出手，是想讓她今後嫁了人都沒有孩子嗎？

蕭晗眨了眨眼，濃密的睫毛微微抖動，原本握緊的拳頭卻是緩緩鬆開，看著掌心中被指尖扎出的印記，這才感覺到一點點刺痛。

蕭晗知道，這只是劉氏想要掌控她的一種手段，若是將來她出嫁後生不出孩子，在夫家自然得不到重視，恐怕最後還是只能依仗娘家，依仗她這個繼母！

可是劉氏這個如意算盤卻是打錯了！

就算她不出嫁又如何？要麼長伴在蕭老太太身邊，要麼絞了頭髮到庵裡去做姑子，總之她這一生是不會任憑劉氏擺弄的！

她早已不是小丫頭，對愛情還存在著種種幻想，若是今後遇到的男人都如柳寄生一般，她還不如一個人過呢！

不過眼下她卻不能眼睜睜讓劉氏的陰謀得逞，便招了枕月到跟前吩咐。「我記得咱們藥櫃子裡還有些陳年的藥，妳去拿酒泡了，趁著沒人的時候將後窗臺裡的藥渣給換了，別讓人發現了。」采芙這丫頭不是個聰明的，她若是要逮她，自然得人贓俱獲，但前提是不能讓采芙先起了疑心。

「奴婢這就去辦。」枕月點了點頭，又有些擔憂地看了蕭晗一眼，這才轉身出了門。

第二日蕭晗到敬明堂請安時，瞧見了蕭時，她頓時眼睛一亮，幾步便走了過去，甜甜地喚了一聲。「哥哥！」

「看看這丫頭，瞧見時哥兒來了，便不管我這個老婆子了。」蕭老太太轉過頭與魏嬤嬤說了一句，面上淨是打趣的神色。

蕭晗覺得怪不好意思，趕緊上前對著蕭老太太恭敬地行了一禮。「祖母可是冤枉我了，孫女只是好幾日沒見著哥哥，心中甚是掛念。沒想到哥哥一回府便來向祖母請安了，可見心裡也敬著您呢！」

蕭晗一番話說得蕭老太太心中受用極了，便拉著她坐到了邊上，輕輕地拍了拍她的手。

蕭時在一旁卻是看得奇了，他只聽伏風略提過蕭晗如今在蕭老太太跟前得了臉，卻不知道老太太竟然與她這般親近，眸中的喜愛毋庸置疑。

「時哥兒今日回來是有重要的事。」蕭老太太對蕭晗有了好感，如今看蕭時自然也順眼多了。「還不將人給叫進來！」

「是，祖母！」蕭時愣了愣，旋即笑著應了一聲，不一會兒便見著一個穿細布碎花長裙的女子走了進來，這女子身形高眺壯碩，面容卻顯得有幾分稚嫩，眉毛很粗，看著有一股子英氣，來到蕭老太太跟前便俐落地跪了下去，口中稱道：「雲丫見過老太太。」

「這是……」蕭晗沒明白過來，遂將目光轉向了蕭時，無聲地詢問著。

蕭時笑了笑，坦然道：「妹妹，前陣子妳房裡的綠芙不是被派到莊子上去了嗎？哥哥瞧著這丫頭好，便給妳討了回來！」又轉向蕭老太太，恭敬地雙手一揖。「這不是人帶了回來，就先來祖母這裡報備一聲嘛！」

蕭時言下之意也透露出對劉氏的不信任，蕭老太太自然聽明白了。

綠芙的離開蕭老太太是知道的，她也聽魏嬤嬤說過綠芙這丫頭與劉氏母女很是親近，恐怕是被蕭晗尋了個錯處打發出去的，她便也沒有深究。

不過劉氏沒想著要為蕭晗再添一個丫鬟，倒是身為哥哥的蕭時卻先替她打算了，這樣一比較，果真是親疏立現。

蕭時言罷又招了雲丫到跟前來，指了蕭晗道：「今後妳便跟著三小姐了！」

「奴婢見過小姐！」雲丫端正地向蕭晗行了一禮，又飛快地抬頭打量了一眼，暗道這位蕭小姐果真是美麗非凡，怪不得能得世子爺看重。

「起來吧！」蕭晗笑了笑，又讓枕月扶了雲丫起身，拿下了手上戴著的一串蜜蠟珠子給了她。「既然跟了我便是我的人了，我為妳改個名字可好？」

雲丫眼睛一亮。「請小姐賜名！」雲丫這個小名不就是隨便喊出來的嗎？如今能得主子賜名，那可是一種榮耀。

蕭晗想了想才道：「要不就叫梳雲吧！」

「謝小姐！」她在心裡唸了兩遍，直覺比從前那個「雲丫」好聽多了，心中甚是歡喜。

「枕月、梳雲……倒是將妳兩個大丫鬟的名字配成了對，晗姐兒真有才情！」蕭老太太聽見不由笑了起來。她原本對蕭晗兄妹的教養沒花什麼心思，從前也是莫清言一手帶大的，原以為商家女不通文墨，卻不想竟將蕭晗教得這樣好，識文斷字不說，她還親眼看過蕭晗手抄的佛經，那秀麗的簪花小楷，連她看了都不由讚嘆一聲！

蕭晗兄妹又陪著蕭老太太說了一會兒話，想著他們兄妹必定有許多話要說，老太太便讓他們先行離去。

「哥哥怎麼會想到要給我尋個丫鬟來？」等到只有他們兄妹倆獨處時，蕭晗才偏頭看向蕭時，總覺得他並不是如此心細之人。

「妳身邊不是正缺人嘛！」蕭時倒是說得坦然，又笑著湊近了蕭晗幾分，壓低嗓音道：「妳別瞧著梳雲不起眼，她的身手卻是不錯的，等閒三、五個人都近不了她的身。」

蕭晗這才來了興趣，敢情這梳雲是蕭時送到身邊來保護她的？

「既然是哥哥送來的人，我自當好生用著。」其實蕭晗還真有些擔心劉氏會再安插個人手進來，如今蕭時將梳雲給送來，還讓蕭老太太過了目，那就是走了明路，到時候劉氏再想反駁也晚了。

「咱們兄妹好久沒聚了，哥哥去妳那裡坐坐！」經過了柳寄生那事，蕭時還怕蕭晗會消沈一段日子，此刻見她精神尚好、容色妍麗，心裡也覺得安心多了。

「行啊！我去廚房做兩樣點心，再給哥哥燙一壺梨花釀！」蕭晗拍了拍手，笑著眨眼道：「哥哥還沒嚐過我的手藝呢，待會兒一定要賞臉才是！」

兄妹倆一路說說笑笑，在拐角處卻遇見了正攜手而來的劉氏與蕭昐母女，頓時便停住了步伐。

「喲，是時哥兒回來了！」劉氏緩緩走向前，目光在蕭晗與蕭時身上打轉著，眼眸微瞇。

不知道從什麼時候開始，這兄妹倆的關係竟緩和了不少，她甚至還聽說上次蕭晗到上靈寺做法事，蕭時也跟著趕了過去，那麼柳寄生與綠芙的事情，這蕭時知不知道？有沒有橫插一腳？

「見過太太！」蕭時與蕭晗對著劉氏行了一禮。

蕭昐也不情不願地與他們見禮，口中稱道：「二哥、三妹！」

「你們這是才從老太太院子裡出來吧？」劉氏瞧了瞧蕭晗身後跟著的兩個丫鬟，枕月她自然認識，另一個卻看著眼生得緊，她不由指了那丫鬟道：「這丫頭看著好面生，是哪個院裡的？」

蕭晗笑著回了劉氏。「回太太的話，這是二哥為我尋的丫頭，喚作梳雲，老太太見過了，說是極好。」

蕭時面無表情地站在一旁，只在聽到蕭晗說起他時，面色才稍稍柔和了幾分。

「喔，是嗎？」劉氏繃著一張臉，心中卻止不住地冷笑，她倒是沒想到這兄妹倆動作這般快，她都還沒想好要安插哪個人手進去，蕭時便先叫了人頂上，偏偏還過了老太太的眼，她想反駁都找不到藉口。

蕭昐在一旁卻聽不下去了，只想刺刺蕭晗。「從前三妹身邊那個綠芙不也挺好，可憐她忠心一片，卻沒想到竟被三妹給輕易打發了去！」

「綠芙啊……」蕭晗閒閒地看了蕭昐一眼，半晌才道：「沒想到二姊竟然這般看重綠芙，早知道我便將她給了二姊……不過這丫頭侍候主子不得力，心思也沒用在正途上，二姊不要也罷！」她拉著蕭時的衣袖，給劉氏母女讓出道來。「太太想必是要去向老太太請安的，我們兄妹便不打擾了。」

「我們走！」劉氏沈下了臉，也不再多說什麼，帶著蕭昐便先行離去。

看著劉氏離去的背影，蕭晗微瞇了眸子。劉氏多行不義，早晚她都要討回這個公道，不過蕭時將梳雲送來得正是時候，指不定這幾天就要用到她了。

辰光小築裡，蕭時正滿臉愜意地吃著蕭晗親手做的點心，末了還不忘誇讚道：「我怎不知妳手藝如此好，以後可要經常做給哥哥吃！」

蕭晗笑著應道：「只要哥哥想吃，我做就是。」能做出美味的食物給親人享用，對她來說也是一件快樂的事。

見梳雲還有些侷促地站在一旁，蕭晗想了想才吩咐枕月道：「妳先帶梳雲下去安置，再帶她到針線房量了尺寸，做兩身衣服。」

等兩人都下去了，蕭晗這才問蕭時。「哥哥是從哪裡找到梳雲的？簽的是生契還是死契？」雖然她是相信蕭時的，但也要弄清楚梳雲的來歷，不然梳雲若是在外與別人有什麼瓜葛牽扯，反倒不好。

蕭時聞言嗆了口茶水，這才想起葉衡並沒有給他什麼契書，回頭他倒要去問問，此刻聽蕭晗一問只好支吾道：「我也是託人尋來的，契約還沒辦，回頭我去問清楚再跟妳交代。」

蕭晗笑著點了點頭，又想到那日在定國公府遇到葉衡的事，便將事情由頭至尾都說給蕭時聽，說完後還拍了拍胸口道：「那天幸好遇到了葉大哥，不然我還不好脫身。」

想到當時鄧世君那狠戾的神色，蕭晗還忍不住打了個顫，不過葉衡擋在她身前的背影她也沒忘記，如今想來，總讓人無端地生出一種心安的感覺。

「還有這事?!」蕭時一聽便肅了神色，又想起葉衡的送人之舉，看來是想要在蕭晗身邊安插個會功夫的丫鬟，也好隨時保護她的安全。

這原本該是他這個做哥哥該做的事，卻沒想到葉衡都為他考慮了進去，蕭時不由慚愧，遂也不再隱瞞，將梳雲的來歷告訴了蕭晗。

「竟是葉大哥送來的人嗎？」聽了蕭時的話，蕭晗吃驚不已。她當然不認為葉衡會對她有什麼企圖，論家世、身分她樣樣都比不上他，葉衡能從她身上圖到什麼呢？想必是看在蕭時的面子上，才對她多有照顧的。

這樣一想，葉衡在她心目中的形象，不自覺地又高大了幾分。

「葉大哥一再相幫，我心裡總有些過意不去。」蕭晗想了想，才道：「要不回頭我再做兩樣點心和小菜，哥哥得空了便給葉大哥送去，就說梳雲我收下了，再幫我好好謝謝他。」

葉衡這樣的身分地位，該是什麼都不缺的，若是貿然送上金銀器物反倒顯得他們俗氣了，她親手做的東西雖然算不得貴重，卻是自己的一番心意。

「行啊！」蕭時知道葉衡不是在意這些俗物的人，便爽快地答應了下來。

兄妹倆又坐了一會兒，蕭時便起身回了外院。

蕭晗也沒有歇下，想著該做些什麼點心與小菜，讓蕭時給葉衡帶去，反正時辰還早，她還有一個下午可以琢磨。

至於劉氏指使荷香讓采芙下藥這事，蕭晗想了想並沒有立即告訴蕭時，也是怕他衝動行事，這件事她心裡已經有了對策，如今又多了梳雲這個幫手便更好了，等事情有了結果再與蕭時說也不遲，免得他平白地擔心。

第十二章 心意

這是一處臨江的酒樓，有著三層高的店面，最下面一層是大堂，二層是雅間，三層最頂端有著兩間廂房、一間堂屋，另還有一座涼亭，亭子三面圍屏，僅一面敞開對著江景，偶有江風吹拂而過，帶來陣陣濕爽的氣息。

而此時在這座涼亭裡，葉衡與蕭時正對坐著。

葉衡今日穿了一身藏藍色銀紋鎖邊的右衽長袍，微濕的髮被一根白玉簪束在頭頂，冷峻的面容下是一雙深邃難辨的黑眸，此時正一眨也不眨地看著桌上擺著的菜餚，半天沒回過神來。

桌上擺了五個青花瓷盤，澆了麻油的小蔥拌豆腐，聞著便讓人食指大動；還有綠油油的青筍炒耳片；而香糟鯽魚上則鋪了被油澆過的薑末和紅亮的辣椒末，一陣香味在鼻間縈繞不去；另一盤是看起來十分糯軟的滷汁鳳爪；最後一盤是蔥油烙餅。

明明只是家常的小菜，卻看得葉衡捨不得移開眼，因為這都是蕭晗親手做的。

「菜色是簡單了些，不過全是舍妹的一番心意，還請師兄不要介意。」蕭時笑著搓了搓手，又遞了一雙包了銀邊的象牙筷給葉衡。「師兄嚐嚐，我妹妹手藝還真是不錯！」

蕭時與蕭晗在府中待在一起的時間短，又有內、外院之分，所以他並不知道蕭晗的廚藝是最近才展現出來，還以為她一早就會。

葉衡接過筷子，不由抬頭看了蕭時一眼，心中頗有些不是滋味。蕭晗的手藝，也就只有做哥哥的蕭時能經常嚐到吧？

蕭時自然不知道此刻葉衡心裡的想法，又為他倒上一杯梨花白，一邊吃著菜，一邊道：「還有那日在定國公府，謝謝師兄出手為舍妹解圍。」

「她……與你說了？」葉衡挾了塊豆腐放進嘴裡，軟嫩香滑的口感綻放在舌間，真是比他吃過的山珍海味還要可口，他忍不住又挾了一塊。

「師兄，對不住了！」蕭時有些不好意思地撓了撓腦袋，這才道：「你送來的那個丫頭……我與妹妹說了實話，她還讓我謝謝你，給那丫頭取了個新名叫梳雲。」

「她喜歡就好。」葉衡眼也沒抬，只微微勾了勾唇角。他原本也沒有打算隱瞞，蕭晗年紀還小，他會讓她一點點地感受到自己對她的好。

蕭時點了點頭，又問起鄞世君的事情來。「我也聽說過這位五公子，就是不知道他會不會再找我妹妹的麻煩……」他又不能時常伴在蕭晗身旁，不過幸好有個梳雲在，畢竟是葉衡選的人，想必還是能護住一二。

葉衡只掃了蕭時一眼，便又低下頭專注地剔著碗中的魚刺。「你放心，我已經派人盯著他的一舉一動。」言下之意便是他也會護著蕭晗。

蕭時大喜，見葉衡空了杯趕忙給他滿上，言辭懇切。「如今我在營中也不能時刻回府，有師兄照看著，我自然是放心的。」又端起杯來敬酒。

兩人憶起了從前在山中學藝的種種，倒是痛快非常，一番暢飲直到夜深後，葉衡才親自送了蕭時回府。

馬車停在蕭府拐角的小巷，葉衡想了想還是喚住了車夫。這都已經到了蕭府，想著與蕭晗只有一牆之隔，他這心裡就覺得一陣陣地發熱，要不然還是去看看她？

這樣的想法一冒出，便再也止不住。

而經過一天的忙碌，此刻的蕭晗早已經入睡，枕月也回了自個兒房裡，換了梳雲值夜。

聽到窗邊有動靜，梳雲緊閉的眼立刻睜開了，一雙平淡的黑眸在夜裡閃著銳利冷冽的光芒，她一摸藏在袖口裡的匕首，沿著牆邊靠了過去。

葉衡本已是熟門熟路，哪裡知道一躍進窗戶，竟閃出一道冷光，他手腕一轉便將來人擒住，再一劈，那把匕首已落入了他的掌中。

「世子爺?!」梳雲見著來人也很是驚訝，忙跪了下來，身後卻泛起一層冷汗，她竟然對世子爺動了手。

「做得不錯，起來吧！」葉衡低頭看了梳雲一眼，將匕首還給了她，今兒個出門忘記帶迷香了，不過梳雲的反應倒是挺快的，他不由讚賞地點了點頭。「去屋外守著！」

「是！」梳雲又往床榻那邊瞧了一眼，見朦朧的紗帳中蜷縮的人影動了動，不由小聲提醒葉衡。「小姐剛剛睡熟……」

葉衡揮了揮手，梳雲便不再多言，悄無聲息地退了出去。

昏黃的燈光中，蕭晗縮在錦被中，如雲絲般的黑髮鋪在頸邊，嬌豔的臉龐上紅唇微微嘟起，眉頭也皺成了一團，似乎正在作一個不好的夢。

葉衡愣了愣，不假思索地便伸手捋了捋蕭晗的眉毛，本是不想見著她的這般愁容，卻沒想著這一捋竟是將人給弄醒了。

蕭晗眨了眨眼，意識還有些朦朧，待看清葉衡的臉時微微怔了怔，又彷彿不信地閉上了眼，唇角微翹，喃喃自語道：「我定是在作夢，竟然見著葉大哥了……」說罷輕笑了兩聲。

葉衡面色一僵，伸出的手趕忙收了回來，心中思緒飛轉。

蕭晗這是要醒了？他走還是不走？

也就是一瞬間的事，等蕭晗再睜眼時，葉衡已經不見了蹤影，她眨了眨眼，再度笑出聲來。「果然是作夢呢！」她側了側身面向裡頭睡了，剛才正作著一個不好的夢，夢裡柳寄生對她糾纏不休，卻沒想到下一刻竟是夢到了葉衡，也不知道是怎麼回事？

又等了約莫一刻鐘，估計蕭晗是睡熟了，葉衡這才從屋頂的橫樑上跳了下來，這樣一個插曲竟讓他驚出了一身冷汗。

若讓蕭晗以為他是不折不扣的登徒子，百般手段只是為了接近她，那真是跳到黃河也洗不清了。

雖然這確實是他心裡的真實想法，可卻不能擺開在蕭晗面前，若是讓她知道了，恐怕這一輩子都不想再見到他。

葉衡呼出一口長氣，隔著紗帳，不捨地看了熟睡的蕭晗一眼，又如來時一般悄然離去。

第二日蕭晗醒來，還有些身在夢中的感覺，她眨了眨眼，看著床頂天青色的帳幔，怔怔地沒有說話。

昨夜……她竟夢到了葉衡！難不成是因為自己做了菜讓蕭時給他帶去，所以才將人也牽掛進了夢中？

那熟悉的竹葉清香似乎又一次縈繞在鼻端，還夾雜著一股淡淡的、若有似無的酒香……

蕭晗一下便坐直了，雙手不自覺地捏緊了搭在腿上的錦被。

這真的是在作夢嗎？但若不是作夢，葉衡又怎麼會跑到她的房裡來？

這樣一想，蕭晗便笑了起來，她的想法也太不切實際了，葉衡一個侯府世子，有什麼理由半夜跑到她的閨房裡來？

蕭晗牽唇笑了笑，等著枕月侍候她梳妝時，才問起了蕭時。「昨兒個有些乏了，便睡得早，也不知道哥哥是什麼時候回的府？」

枕月道：「奴婢也歇得早，不過今兒個一早聽守門的鐘婆子說，二少爺亥時末了才回府，在二門那裡託人來報信，鐘婆子想著天色晚了，咱們都歇下了，便沒有來打擾，今日一早下值時，才找著奴婢說了一聲。」

蕭晗點了點頭，不由垂眸一笑。

既然兩人能相談到深夜，那關係想來不是一般的親近，如今她也算是見過葉衡了，這個人看起來挺穩重的，若是將來能照顧著蕭時，她也覺得穩妥。

也不知道葉衡喜歡不喜歡那幾樣菜？為了配合蕭老太太的口味，她做的川菜味道好一些，清淡的菜色也就一般般，總覺得稍稍寡淡了。沒想到跟著老太太一起吃川菜，她倒是真喜歡上了那股舒爽的麻辣鮮香。

等蕭晗梳洗妥當，蕭時也剛好來了，還拿了梳雲的賣身契過來。「師兄說了，眼下人是妳的，自然這賣身契也給妳。」

蕭晗拿在手中看了看，若真是葉衡送來的人她也沒什麼要求，總不可能送個人來害她的，總之是為了她好。想了想，蕭晗便將賣身契給收了起來，葉衡要她放心，她自然是放心的，不過將來若有一天梳雲想要離開了，她也不會攔著，到時候自會還了這賣身契。

「昨兒個……」蕭晗看了蕭時一眼，輕聲問道：「那些菜色還合胃口嗎？」

「怎麼不合胃口，我覺得挺好吃的，妹妹廚藝真好！」蕭時不忘誇讚兩句，卻見蕭晗直直地看著他，顯然還等著下文，一時反應過來又道：「師兄雖然沒說什麼，不過那眼睛就沒離開過桌上，最後連魚都給剔得乾乾淨淨！」

盤子裡真是吃得一點都沒剩下，若不是葉衡吃相優雅，蕭時都要懷疑他這是不是餓得太久了。

蕭晗這才眯著眼笑了。辛苦做出的吃食自然希望得到別人的喜歡，不然她這功夫都白費了，看來葉衡並不排斥吃點辣的。

蕭晗琢磨著等以後有機會再做給蕭時與葉衡吃，平白地多了一個哥哥這般照顧她，她心裡除了感激之外，自然也要好好對他。

蕭時這一次在府中待了兩天就又要回營去了，在軍營裡不是操練就是演習，眼下邊疆雖然時有戰禍，但還不到大舉用兵之際，所以這些年輕的將士們也有一段喘息的時間。

如此又過了幾天，一大早的秋芬便尋了過來，帶來一個蕭晗意料中的消息，荷香又給采芙送了個紙包過來。

「事不宜遲，看來采芙今晚會再次動手。」蕭晗微微瞇了瞇眼，那些東西一直放在身邊也不大安全，采芙自然是拿到手就要用，否則要是被人在她房間裡發現了，她還解釋不清呢！

「小姐，那咱們……」枕月看向了蕭晗，便見她點了點頭，眸中笑意越深。「今晚，咱們就等著看一場好戲！」

秋芬在一旁聽得興奮又緊張，想來過了今晚，便是她的出頭之日。

夜，寂靜無聲，等子時的梆子聲敲過之後，有一道纖細的身影悄悄摸出了房門，往蕭晗正房的屋後而去。

一路上靜悄悄的，沒有半個人影。

到了後窗的花臺處，采芙這才拿出了隨身攜帶的小鏟子，尋著上次埋藥的地方挖了開來，見到一些藥物殘渣後，這才放下心來，又將隨身抱著的小罈子揭了開來，一股腦兒地倒進了坑裡，酒香混著藥香複雜難辨，她不由用絹帕摀住了口鼻，又用小鏟子將花臺裡的土給填平了。

雖然荷香沒告訴她這些藥材是幹什麼用的，但肯定是拿來害人的，少聞一點總沒錯。

若不是這段日子齊嬷嬷不在，這活計也落不到她身上，采蓉又是個蠢笨的，若是讓采蓉來弄難免露出馬腳。

采芙一邊做著事，一邊在心裡抱怨著，哪裡料到身後走出了幾個人來，正靜靜地看著她在那裡忙活不休。

蕭晗掃了秋芬一眼，見她興奮得雙眼都泛紅了，一雙手緊張地在身側搓著，見到自己給她的暗示後，立刻跳上前大喝一聲。「采芙！妳在幹什麼？」

身後驟然傳來人聲，采芙嚇得魂都丟了，手中的鏟子應聲而落，待轉頭看清身後站著蕭晗等人，她一個腿軟竟從花臺上滾了下來。

「沒出息的！」枕月冷哼一聲，梳雲正要上前，兩個婆子已是三步併作兩步地跨了出來，將采芙按倒在地，還不忘扭過頭對梳雲示好。「姑娘站在一旁看著就是，拿這個小蹄子怕髒了妳的手！」

梳雲愣了愣，見蕭晗對她點了點頭，這才退後了幾步。

今日要拿人之事也是蕭晗晚些時候才告訴她的，梳雲並不知道是為了什麼，可此刻見采芙被按倒在地，旁邊倒掉的小鐔子裡傳來一股混著酒味的藥香，她直覺這不是什麼好事，不由皺緊了眉頭。

雖然已是夜半，但敬明堂裡卻是燈火通明，蕭晗讓人拿下采芙，又恐夜長夢多，便馬上帶到了蕭老太太跟前，由她老人家親自決斷。

寬大的堂屋裡茶香嫋嫋升起，丫鬟、婆子侍立一側，一時寂靜無聲，除了聞訊趕來的徐氏母女幾個，便只有蕭晗安靜地坐在一側。

蕭老太太穿著一身暗紅色的大裳端坐在正中的羅漢床上，頭上纏著墨綠色鑲貓眼石的抹額，手中撥動著一串十八子的沉香木珠，看起來便有股不怒而威的氣勢。

「娘，這麼晚了，會是什麼事啊？」蕭晴睡得正好，被人吵醒自然滿心的不悅，此刻又掃了一眼對面的蕭晗，見她正氣定神閒地坐著，穿了一身茶白色繡有鶴望蘭的長裙，頭上只戴了珍珠髮箍，通身再無其他飾物，卻讓人覺得嫻靜溫婉，無一不美。

「怕是二房有事發生。」徐氏低聲回了蕭晴一句，目光也在蕭晗身上打著轉，她越來越看不透這個侄女了。

蕭雨坐在兩人身後低垂著眉目，安靜得就像蕭晴的影子一般。

劉氏與蕭昐隨後得到消息趕來，見到正中央跪倒在地的采芙時，兩人俱是目光一閃，只猶豫著要不要上前。

「既然人都來齊了，坐下吧！」蕭老太太淡淡地瞥了劉氏一眼，她這才應了聲是，帶著蕭盼坐在一旁，目光卻不住地往蕭晗那邊瞟去，心裡惴惴不安。

蕭老太太威嚴地掃了眾人一圈，這才轉向身旁的魏嬤嬤。「陳大夫請來了嗎？」

「老奴再著人去看看，怕是要到了。」陳大夫是榮安堂的老大夫，醫術精湛，是蕭家一直用著的老大夫。

魏嬤嬤說完便對身邊的蔡巧交代幾句，蔡巧轉身便出了門去。

劉氏強笑了一聲，不由攥緊了手中的帕子看向蕭老太太。「老太太，這大半夜的是誰不好了？」

「沒有誰不好！」蕭老太太繃緊了臉，指了堂下跪著的采芙，只見采芙伏跪在地瑟瑟發抖，冷汗濕了衣背，將她湖綠色的衣裙浸成了暗綠色的一團。「是這丫頭半夜鬼鬼祟祟地往晗姐兒窗下埋東西呢！我總要知道是個什麼東西才好定奪。」

蕭老太太話音一落，劉氏當下便覺得身上發軟。

這事她是指了荷香去辦的，原以為穩妥，不會被人發覺，可這藥才下了兩次，就這樣被逮住了？

劉氏心裡有些慌亂，面上卻不動聲色。

這事是荷香去做的，荷香有把柄捏在她手上，怎麼也不敢反，可是為了以防萬一……

想到這裡，劉氏不禁向身後的蘭香使了個眼色，蘭香明白過來，便悄悄地退了下去。

蕭晗微微一掃便又收回了目光，她心裡其實是知道的，只憑這樣的事情是扳不倒劉氏的，到時候劉氏隨便一推搪，便沒她什麼錯了，挨過受罰的卻另有他人，劉氏只需擔個失察或是管理不當的罪責罷了。

可若是不揪出采芙來，蕭晗心裡也不踏實，她也能藉此機會肅清辰光小築中劉氏的耳目，對她自然是有利的。

不一會兒陳大夫便到了，因屋內都是女眷他不便現身，蕭老太太便讓魏嬤嬤將那包藥渣拿出去給陳大夫分辨，一盞茶的工夫之後，魏嬤嬤又捧著藥渣進了門，但臉色不是太好，只湊到了老太太耳邊低語了幾句。

蕭老太太聽了之後面色大變，一手便拍掉了藥渣，對著采芙厲聲道：「妳這賤婢竟然如此歹毒，到底是誰給了妳這膽子?!」說罷眼風一掃，隱隱看向了劉氏，眸光如浸了水的寒冰。

今日蕭晗半夜求見，蕭老太太已經覺得不大對勁，此刻將一切聯繫起來，心裡自然有幾分明白，府裡的丫鬟沒有主子指派，怎麼敢做出這等陰毒的事來，而想要害蕭晗的除了劉氏還會有誰？

蕭老太太心中很是氣惱，若不是她對劉氏一直姑息，只怕劉氏也不敢做出這等膽大的事來，若真害了蕭晗一生，她的良心又怎麼過意得去？

劉氏不敢看蕭老太太，只將頭偏向了一旁，咬緊了唇瓣。

就算蕭老太太猜到是她做的又怎麼樣？沒有證據可不能隨意指認，她畢竟還擔著二房太太的名頭呢，說出去到底是誰的臉上不好看？

「奴婢……」被蕭老太太這一吼，采芙早嚇得三魂失了七魄，在被蕭晗逮到時她便知道不好了，可她還不想死啊！

采芙抬起一雙淚眼，求助地看向劉氏。

所有人的目光也跟著轉了過去，劉氏一臉尷尬只作未見，蕭昐卻是瞪圓了眼，色厲內荏地罵道：「妳這賤婢看我娘作什麼，難不成自己做了錯事還想胡亂攀咬不成?!」心中卻隱隱有幾分猜測，雖然還不知道那藥渣是做什麼的，但若是針對蕭晗所為，那很有可能是自己母親做的。

「奴婢不敢……」采芙嚇得又伏在了地上，悲悲切切地哭了起來。「奴婢也不敢害三小姐……都是荷香……是荷香給奴婢拿來的東西……」

眼下到了這個地步，采芙沒有證據直接指認劉氏，便想將荷香給扯出來，指不定劉氏看在荷香的情面上，能為她說幾句話。

「原來是妳身邊的荷香！」蕭老太太沈下臉看向劉氏，劉氏腿一軟便跪了下來，一邊抹淚，一邊哽咽道：「老太太明鑑，媳婦怎麼說也是晗姐兒的母親，如何會對她不利？」一頓後又看向蕭晗，眸中帶淚，話語淒清。「晗姐兒，母親平日裡待妳怎麼樣妳是知道的，我怎麼會害妳？」

「太太待我自然是好的。」蕭晗抿了抿唇，又看向蕭老太太。「不過采芙想要害我是實情，既然她供出了荷香，孫女想將荷香也喚過來問話。」

蕭老太太贊同地點了點頭，讓魏嬤嬤帶了幾個婆子去拿人，沒想到魏嬤嬤回來時，卻帶來了一個讓人震驚的消息——荷香已經畏罪投井了！

第十三章　處置

荷香被撈上來時，人已經沒了氣息，一切都死無對證。

蕭晗低垂的目光落在自己粉色的指甲上，她沒有染甲，淡淡的粉色在燭光映照下散出一層朦朧的光暈。

沒想到荷香死得這般決絕，不過是自己甘心赴死，還是被劉氏指派的蘭香動的手，這事就很難說了。

蕭老太太神色變幻不定，看向劉氏的目光更是複雜難明，片刻後才道：「老二媳婦，這事妳怎麼說？」

劉氏面色一抖，在蕭老太太迫人的目光中不覺低下了頭來，委屈地喃喃道：「老太太，這對媳婦來說真是無妄之災，也不知道荷香這丫頭為什麼要害晗姐兒，媳婦真是有冤無處訴……」說罷又傷心地抹了抹淚，偷偷瞄了蕭老太太一眼。「再說這藥渣到底是什麼我都不知道，您叫我說什麼？」

「好！好得很啊！」蕭老太太氣極反笑，目光在眾人臉上掃了一圈，這才對魏嬤嬤道：「請幾位小姐到花廳坐坐，老大、老二媳婦留下！」

魏嬤嬤應了一聲，便領著幾位小姐要去花廳，又指了兩個丫鬟將軟倒在地的采芙給拖了出去，暫時關在柴房裡。

蕭晗站起身來，朝蕭老太太恭敬地行了一禮，也沒看劉氏一眼，轉身便出了屋去。

蕭晴本來就有幾分好奇，此刻見蕭晗出了門，拉住蕭雨便追了上去，在這裡她聽得不明所以，在蕭晗那裡總能打探到幾分情況。

蕭昐猶豫著不想離開，劉氏給她使了個眼色，她這才萬般不願地挪了出去。

蕭老太太又遣退了屋裡的丫鬟，只留蔡巧在一旁侍候著，她這才指了地上潑灑的藥渣問劉氏。「妳當真不知道這是什麼？」

「媳婦確實不知。」劉氏硬著頭皮回了一句，目光卻始終不敢與蕭老太太對視，到了這個地步，荷香已死，那就是死無對證，她自然不會承認。

劉氏的心虛明眼人都看得出來，徐氏在一旁看得真切，心裡琢磨了一陣，這才看向蕭老太太，問道：「老太太，這藥渣到底是什麼？」

「是什麼？」蕭老太太冷笑了一聲，看向劉氏的目光更是充滿了鄙夷與不屑。「這是能夠使女子不孕的藥，若長期聞下去，只怕晗姐兒今後嫁了人，也生不出孩子！」

「啊?!」徐氏一驚，下意識地往劉氏看去，若真是劉氏所為，她這個繼母也太心狠手辣了。

蕭晗已經沒有了生母，若是將來嫁人再生不出孩子，娘家繼母便能隨意掌控她，可這樣無疑是害了蕭晗的一生啊！如此狠毒，怪不得蕭老太太對劉氏沒有半點好臉色！

劉氏捏著帕子，掌心裡都是汗，她不是不想辯解，只是再怎麼辯解都顯得無力，蕭老太太這是打心眼裡認定是她做的，可只要她不鬆口，沒有證據的話老太太也不能硬說是她。

屋外傳來一陣急促的腳步聲，似乎有人喚了聲「二老爺」，劉氏聽在耳中，不由心思一動，轉眼間便悲悲戚戚地哭倒在地。「媳婦沒有做過這樣的事情，還請老太太明鑑！」

今兒個夜裡蕭志謙是歇在她屋裡的，如今她出來一陣子了還沒回去，他自然是要找來的，這人一向信她，若是有他在，相信蕭老太太也不敢將她怎麼樣。

這樣一想，劉氏的表演就更賣力了。

徐氏在一旁癟了癟嘴，同樣不是自己肚子裡出來的，她對待蕭雨就沒有劉氏這樣心狠，橫豎不過是多了副嫁妝的事情，至於這樣嗎？

不過轉念一想，莫清言留下的嫁妝可是不菲，劉氏打了壞主意也是正常。

蕭志謙趕來時見到這陣仗，便愣住了，不禁擔憂地看了劉氏一眼，見她含淚看向自己，眸中滿滿都是委屈，心下一嘆，以為這又是蕭老太太的刻意刁難，便對老太太拱了拱手道：「母親，這大半夜的繼音到底犯了什麼過錯，您要這樣對她？」劉氏全名劉繼音。

蕭志謙不問對錯便先偏向了劉氏，蕭老太太氣得不行，這就是她養出的好兒子，真是一心唯讀聖賢書，兩耳不聞窗外事！

「老爺，原是這樣的……」蕭老太太不屑解釋，徐氏也樂得在一旁看熱鬧，劉氏便低聲向蕭志謙說了這一切的原由，自然將自己撇得清白無辜。

「這兩個丫鬟好大的膽子，竟然敢合謀毒害主子！」蕭志謙聽了之後，不禁皺緊了眉頭，看了劉氏一眼後又轉向蕭老太太，詫異道：「莫非母親以為是繼音所為不成？繼音平日裡是怎麼對待晗姐兒的，這闔府上下都看得明白，若說她要害晗姐兒，兒子是怎麼也不會信的！」

蕭老太太漸漸平息了心中的怒氣，看著劉氏眼中隱隱的得意，不禁思緒流轉。

蕭志謙一心向著劉氏，若是她還要將這一切怪罪在劉氏身上，恐怕兒子會與她撕破臉，而荷香已死，眼下確實死無對證，她沒有證據證明這一切都是劉氏指使的。

但若是就這樣放過劉氏，她又怎麼向蕭晗交代？

蕭老太太的目光不由轉向了徐氏。

徐氏何等聰明，頓時會意過來，便清了清嗓子道：「二叔，這事雖不是二弟妹所為，但她院子裡的丫鬟與晗姐兒的丫鬟串通謀害主子卻是事實，二弟妹身為嫡母，這事再怎麼說她也有責任！」

徐氏此言讓蕭志謙情緒稍緩，便點了點頭看向蕭老太太。「母親，即使繼音有錯，那也只是失察之錯！」

「她不僅失察，身為二房主母還犯了管教不嚴之過！」蕭老太太看了劉氏一眼，沈聲道：「老二媳婦，如今我就罰妳一年的月例，再抄三個月的《女則》，妳可服氣？」

這樣的懲罰已是極輕，若真是劉氏所為，那活活剮她一層皮都不為過。

蕭志謙卻覺得蕭老太太這處罰過重，還想要說些什麼，卻被劉氏扯了衣袖暗示他不要再爭，劉氏這才對著蕭老太太拜了下去。「媳婦認罰！」心裡則是重重地鬆了口氣。

果然蕭老太太還是顧忌著蕭志謙的，只要有這個心疼她的相公在，老太太絕對不敢將她如何。

花廳裡，魏嬤嬤命人給蕭晗姊妹幾個沏了雲霧山茶，才往正屋而去。

茶香繚繞中，蕭晗的思緒沈了下來，特別是在聽到屋外丫鬟喚了那一聲「二老爺」之後，她便知道事情怕是已經有了定數，不由緩緩握緊了拳頭。

蕭志謙最是寵愛劉氏，這麼些年也沒納過一房小妾——就連她母親在世時還曾有過兩個通房丫鬟的。當然這其中少不了劉氏使的手腕，但從前的莫清言卻是不屑為之。

蕭盼此刻在一旁得意了起來，還不忘奚落蕭晗兩句。「三妹也不管好自己的丫鬟，出了事竟敢隨意攀咬主母，這樣的丫鬟打死都是輕的！」

蕭晗抬頭看了蕭盼一眼，也懶得與她爭論，只抿唇道：「這事祖母自有定論。」

「別以為如今妳討好了祖母，她老人家便會事事向著妳，凡事都要講個理字是不？」蕭盼眉頭一揚，又往外望了一眼，她自然也知道蕭志謙趕來了，那麼任誰也欺負不了她娘。

蕭晗默不作聲，她無意與蕭盼逞這口舌之快，蕭晴在一旁聽了卻是笑了起來。「二妹這話說錯了，若是二嬸沒有牽扯在內，怎麼偏偏別房的丫鬟不尋死，就她屋裡的荷香投了井呢？」話語中不無嘲諷。

「這……我怎麼知道？」對上蕭晴，蕭盼向來都是氣短的，特別是她此刻也有些心虛，怕真是自己母親所為，因此臉色不由脹紅起來，急忙站起身道：「我也不與妳們爭辯，等會兒妳們就知道是誰對誰錯！」話一說完，她也不再多留，裙襬一動便出了花廳。

蕭雨一直低垂著目光沒有參與這場爭論，此刻不由抬頭看了蕭晗一眼，同樣沒有生母護著，她其實很能明白蕭晗的難處，但明白又能如何，她一個庶女尚且要仰人鼻息，這件事根本輪不到她為蕭晗出頭。

「三妹，妳別理她！」蕭晴關切地拉了拉蕭晗的手。「她們母女倆就是見不得別人好，有祖母作主，必定不會讓妳受委屈的。」

「我沒事，謝謝大姊。」蕭晗笑著搖了搖頭，眸中閃過一絲疲憊，不過想著今日過後她心中所想的事情便要一一實現，又忍不住有了一絲雀躍。

這樣不痛不癢的過錯是扳不倒劉氏的，畢竟沒有對她造成什麼太大的傷害，只要有蕭志謙在，蕭老太太就不會真的對劉氏怎麼樣，而她要的不過是老太太對她的一絲愧疚，這才方便她提出接下來的種種要求。

在這件事情上，她也算是算計了蕭老太太一回。

看蕭晗這樣懂事的模樣，蕭晴不由輕聲一嘆，對她也多了一絲同情。「三妹，我知道妳也不容易，今後大姊會對妳好的。」她輕輕拍了拍蕭晗的手。

同為蕭府的嫡女，可比起從小被父母疼愛、如眾星拱月般的自己，蕭晗是活得可憐了一些。除了嫡姐的嘲諷奚落，還要小心嫡母的暗自算計，若不是現在有蕭老太太護著，她真不知道蕭晗會被劉氏母女給欺負成什麼樣子。

蕭晗感激地望了蕭晴一眼，又見蕭雨也滿含鼓勵地看向她，不由輕輕地點了點頭。

姊妹幾個又在花廳裡坐了一會兒，便聽到蕭志謙帶著劉氏母女離去的消息，徐氏也到了花廳帶走蕭晴與蕭雨姊妹，魏嬤嬤則留下與蕭晗說話。

「老太太眼下已經睡了，讓我來與三小姐說一聲。」魏嬤嬤看著眼前沈靜的少女，那如畫的眉目間彷彿有無盡的愁緒，可在見到她時卻還是扯出了一抹讓人寬心的笑容，心中不禁越發憐惜起來。

「這麼晚了還來叨擾祖母，本就是我的不對，還請魏嬤嬤幫我向祖母告個罪。」蕭晗屈膝福了福。

魏嬤嬤趕忙將她給扶了起來。「三小姐快別這樣，妳這樣老奴心裡也不好受……」又拉了蕭晗到一旁說話。「老太太也有老太太的難處，妳要體諒她。」

「我知道的。」蕭晗適時紅了眼眶，撇過頭用絹帕抹了抹眼角，又轉向魏嬤嬤略帶哽咽道：「都說沒娘的孩子像根草，可眼下有老太太疼惜我們兄妹，我又豈會不知足？」

「三小姐明白就好！」魏嬤嬤感嘆了一聲，心想蕭晗平日看著不多話，卻真正是個心眼通透的，她的話不過點到為止，可蕭晗卻是聽明白了。

「荷香雖然不在了，可老太太還是發落了采芙，打了她二十板子連同家人一起發賣，今後眼不見為淨！」魏嬤嬤又捏了捏蕭晗的手。「時候也不早了，三小姐快些回去吧！老太太也乏了，讓各房明兒個一早不用來請安了，妳且好生歇著。」

「有勞魏嬤嬤了。」蕭晗對魏嬤嬤點了點頭，這才帶著枕月離開了敬明堂。

蕭老太太還沒有睡下，只撐坐在羅漢床上，怔怔地看著方几上那只寶光流轉的梅瓶，等魏嬤嬤進屋後，頭也沒抬地問了她一句。「晗姐兒是不是覺得委屈了？」

「哪有的事？」魏嬤嬤笑著上前來，側著身子坐在一旁為蕭老太太捏著腿，又把蕭晗的話說給老太太聽。「三小姐心思通透，哪能不明白老太太的難處，您就放寬心吧！」

「還是委屈了她啊！」蕭老太太輕聲一嘆，又囑咐魏嬤嬤道：「今後晗姐兒那裡妳多照看著些，有什麼要求也儘量滿足她就是。」

「老奴明白。」魏嬤嬤應了一聲，又為蕭老太太捏了一會兒，看著她似睡非睡的模樣，不由輕聲道：「眼下時辰不早了，老奴還是侍候您歇息了吧？」

蕭老太太半瞇著眼，將手搭在了魏嬤嬤的臂上，坐直後又似不經意地問了一句。「二老爺去看過晗姐兒沒？」正屋離花廳也不過就是幾步路的事，女兒出了這樣的事情，按理說做父親的總該安慰幾句才是。

魏嬤嬤微微一愣，回道：「沒呢！只帶著二太太與二小姐一道離開了。」

蕭老太太重重一哼，魏嬤嬤便覺著手臂一痛，原來是老太太不自覺地使了力氣，她只裝作不知，扶著老太太往屋裡而去，輕聲勸道：「老太太也別多想，好歹二老爺還是孝順您的！」

蕭老太太冷笑一聲。「原本我還不信，如今看來果真是娶了媳婦便忘了娘！」從前莫清言在時，她還不覺得，等到劉氏嫁給了蕭志謙，反被兒子護得像跟什麼似的，想想不免讓人有幾分心寒。

蕭老太太微微瞇了瞇眼，原本她還覺得劉氏不足為懼，可眼下看來卻是不得不防，只要她還在一日，必不會讓這個女人害了蕭晗兄妹。

昨兒個夜裡發生的事情雖然驚動的人不多，但第二日一早瞧著院裡少了個采芙，大家都不禁猜測了起來。

采蓉心裡還是有幾分明白的，在蕭晗面前不免有些畏首畏尾、戰戰兢兢，蕭晗也沒打算立刻發落了采蓉，便讓她在屋外守著，反倒招了秋芬進屋說話。

「如今采芙不在了，妳正好頂了這二等丫鬟的缺，今後就在我屋裡侍候。」蕭晗看了秋芬一眼，這丫頭眼睛晶晶亮亮，哪裡像是昨兒個沒睡好的，反倒顯得神采奕奕。

「奴婢謝過小姐。」秋芬笑咪咪地應了一聲，又往外瞧了一眼，低聲道：「小姐，采蓉與采芙可是一條心的！不過小姐放心，奴婢會好好盯著采蓉的，絕不會讓她犯了小姐的忌諱！」

「我知道妳是個聰明的。」蕭晗目光一掃，輕輕捋了捋袖襬，淡然道：「不過人還是要踏實些好，只要妳用心辦事，我不會虧待妳的。」

秋芬微微一愣，旋即明白了蕭晗的意思，不由臉上一陣泛紅，諾諾道：「小姐教訓得是，奴婢懂得的。」

蕭晗這才點了點頭，揮手讓秋芬退下了。

秋芬這次立了功，難免張揚幾分，蕭晗適時地敲打她幾句，對這丫頭也只有好處。

「除了秋芬以外，咱們院裡的丫頭妳看還有誰能用？」蕭晗擱下茶杯，轉頭問枕月，目光不經意地掃過侍立在一旁的梳雲，這丫頭站得筆直，呼吸綿長，若是不喚她，倒真像是在一旁立著的雕像。

難得梳雲靜得下來，小小年紀能夠這般，已是不易。

枕月想了想才道：「蘭衣性子沈靜，她娘是針線房的王娘子，母女倆都是不愛說話的人，但做事倒是用心；另外還有雪芽和雪蘿，不過她們兩人當初賣進府時，簽的是生契，她們家裡人說了十五歲就來贖身，若是小姐想要用她們，也是能用上幾年的……」

蕭晗略一思忖，道：「妳著意看看，若是合適，再提個人上來。」想來采芙走了，采蓉也待不了多久，她會慢慢地肅清身邊的人，總不能被一粒老鼠屎壞了一鍋粥。

枕月剛應了一聲，便見秋芬腳步匆忙地跑了進來，規矩地對蕭晗行了一禮後，才抬頭道：「小姐，齊嬤嬤回來了！」

蕭晗挑了挑眉，眸中露出一抹笑意來，如今她萬事皆備，早等著齊嬤嬤回來了。

屋外廊道的一端，采蓉伴著齊嬤嬤走了過來，她來不及細說蕭晗這些日子以來的變化，只將心中最焦急的部分說給了齊嬤嬤聽，末了還愁眉不展道：「如今采芙一家子都被發賣了，我心裡好不踏實！」

齊嬤嬤腳步微微一頓，她有著一張瘦長的面頰，三角眼細長，唇角微微抿起，看著便是一副凶惡貌，此刻見采蓉要哭不哭的模樣，不禁低斥了一聲。「沒出息！這事二太太就沒管嗎？」

采蓉被齊嬤嬤一嚇，趕忙收了淚容，小心翼翼道：「我都還不知道發生了什麼事，二太太那裡也沒消息傳過來。」

「我去看看再說！」齊嬤嬤沈下了臉來。

她在蕭晗身邊也侍候了不短的日子，她是清楚蕭晗脾性的，眼下她不過是走了一個來月，便出了這麼大的事，她若是再不回來，豈不是反了天了？

齊嬤嬤疾步向前走去，心中不斷思量，當初劉氏的計策她不是不知道，甚至她還因此藉故回去照顧生產的媳婦，不想被牽連在內，原以為回府後蕭晗早已經不在，可眼下人還留著，只怕真是起了什麼變故。

秋芬得了蕭晗的吩咐早已經在屋外守著，見了齊嬤嬤便揚起一張笑臉，又掀起簾子。「齊嬤嬤快進去吧，小姐等著妳呢！」

齊嬤嬤瞥了秋芬一眼，從前這小丫頭在她面前連屁都不敢放一個，如今倒是開始得意了，卻也沒說什麼便進了屋。

秋芬輕輕一哼，心裡暗自不屑，齊嬤嬤從前便藉著二太太的勢，在辰光小築裡作威作福，如今她就等著看這老姑婆怎麼遭殃！

采蓉原本跟在齊嬤嬤身後，見齊嬤嬤進了屋，她也只敢在外面探探頭，又有秋芬在一旁盯著她，便半點也不敢偷聽，只好咬著唇站到了一邊去。

蕭晗倚在貴妃榻上，正翻閱著手裡的佛經，聽見珠簾響動，她頭也沒抬。枕月與梳雲則站在她兩旁，恍若兩尊雕像，雷打不動。

齊嬤嬤目光一掃，不由氣上心頭。從前綠芙在時見了她都是笑咪咪的，還嬤嬤長、嬤嬤短地喚著，如今換了張新面孔，竟然敢不敬著她？也是蕭晗在跟前，她不好當面教訓這兩個小蹄子，回頭看她怎麼收拾這些沒大沒小的丫鬟片子。

「給小姐請安！」齊嬤嬤強自壓下心頭的火氣，朝蕭晗行了一禮，半晌也沒見蕭晗給個回應，這腿蹲得有些痠了，她便自個兒站了起來。

「齊嬤嬤，我讓妳起了嗎？」蕭晗緩緩合上了經書，抬頭看向齊嬤嬤。

她的目光清冷淡漠，沒有一絲感情，看得齊嬤嬤忍不住心中一跳，這哪裡還是她記憶中熟悉的那個懦弱乖順的三小姐？

無形的威勢籠罩在周身，齊嬤嬤打了個寒顫，卻也不敢反駁，只陪著笑臉道：「小姐也知道老奴這腿不好使，您大人有大量，就原諒老奴這一回吧！」

第十四章 捉贓

南面的窗扇是打開的，屋裡並不顯得悶熱，可被蕭晗那樣清冷的目光看著，齊嬤嬤無端覺得背上出了一層薄汗，黏膩的感覺讓她忍不住聳了聳肩膀。

蕭晗並不回她話，轉而對枕月道：「去將我私庫裡的帳本拿來，今兒個正好齊嬤嬤回府了，咱們便將這私庫的帳好好對一對。」

蕭晗的私庫裡存放的，是歷年來莫清言給她的好東西，也有外祖莫家送來的珍品古玩，連同她每月十五兩的月例銀子，也一併存入了私庫。

以前她凡有用處，都是讓齊嬤嬤開了私庫取出來，可蕭晗不想讓齊嬤嬤以為只要握緊了這私庫，便可以任意拿捏她。主就是主，僕也永遠是僕，她萬不該以為仗著劉氏，就可以隨意僭越。

若不是她重生的時日還不久，尚且騰不出手來收拾齊嬤嬤，早就讓人敲了鎖頭、重新盤對。而眼下她就是要打齊嬤嬤一個措手不及，將事實攤開來說話，看齊嬤嬤還能如何狡辯。

蕭晗雖然沒有親自打理她的私庫，可好歹記得有哪些重要的物件，不過前世她離開蕭家後一樣都沒帶走，也不知道這些東西最後是落入了齊嬤嬤還是劉氏的口袋。

她相信齊嬤嬤一早便背著她做了些不乾淨的事，不然齊嬤嬤給她兒子在宛平買的那兩進大院是哪裡來的錢？就憑她兒子在鋪上做二掌櫃的月錢嗎？那可是遠遠不夠的。

蕭晗這一說，齊嬤嬤立即便慌了神，怎麼蕭晗話鋒一轉便要查私庫的帳，要知道私庫裡的東西只有她最清楚。

上個月離開蕭家時，她還揣了一對前朝粉彩壽桃的賞瓶離開，聽說是宮裡貴人用過的，能抵不少銀子，還有那一對赤金鑲五色寶石的髮簪，她也一併給了自己的兒媳婦。

當然她暗地裡昧下的東西也有不少，可她從沒想過有一天蕭晗會親自過問。

齊嬤嬤開口就要推託。「今日怕是不行……」眼見蕭晗的臉色沈了下來，她抹了抹額頭的汗，強笑了兩聲。「老奴走了一個月，想必這庫房裡都積了灰，要不等老奴命人收拾整理一番，過兩日再與枕月姑娘盤對？」

枕月一直是蕭晗的心腹，齊嬤嬤當初怎麼拉攏也沒將人給拉過來，倒是綠芙一心向著她。

不過眼下綠芙遍尋不著，采蓉那死丫頭又慌了神，沒提起綠芙去了哪裡。眼看著蕭晗身邊另外站了一個眼生的丫頭，齊嬤嬤心下猜想，綠芙恐怕早就不在這院裡了。

壞就壞在她回府後沒先去向劉氏稟報一聲，若是早探了底，也不會這樣慌張地被蕭晗給拿住，此刻齊嬤嬤心中後悔不已。

「打掃個庫房能花多久時間？」蕭晗清淺一笑，緩緩站了起來。「齊嬤嬤就與我在外面坐著等，等她們清理出來再一一盤對就是。」說罷也不理齊嬤嬤，逕自越過她向外走去。

梳雲急忙跟了上去，枕月卻是對著齊嬤嬤扯了扯唇角，又揚了揚手中的帳本。「有勞齊嬤嬤了。」

齊嬤嬤只能黑著臉跟在了後頭。

蕭晗的私庫設在正屋的倒座房，連著三間都是；一間擺著大件的家私及器物，一間放著錦緞絲綢等料子與一些古董字畫，還有一間便擺放了些她平日裡不用的舊物，還有幾箱珠寶首飾和瓷器擺設。

其實就這些私物加在一起，當作蕭晗的嫁妝也是綽綽有餘，若是再加上莫清言留下的那一筆嫁妝，那當真是會讓人垂涎三尺。

枕月找了蘭衣幾個來清理打掃，又有鐘婆子她們幫著搬弄，約莫小半個時辰的工夫，便清理妥當了。

齊嬤嬤不是沒想過去向劉氏求助，可蕭晗一直不放她離開，采蓉又有秋芬看著，幾個婆子根本不近她的身，就是她想要命人私下去傳話都沒機會，只能在一旁乾著急。

「小姐，枕月那裡是存了一本帳本，可平日裡這些東西有什麼增減損耗的，老奴那邊還有一本帳本記著呢！要不老奴眼下就去拿來？」齊嬤嬤商量著對蕭晗說道，已經到了這個地步，說不讓蕭晗查也是不可能的，但她可不能就這樣任人擺弄，橫豎總要想一些理由來搪塞過去。

「齊嬤嬤說說在哪裡，我讓枕月去取就是，怎麼能煩勞妳來回跑呢？」蕭晗笑著說道，又意味深長地瞟了一眼齊嬤嬤那據說不好使的腿。「再說妳腿不方便，好生歇著就是。」

齊嬤嬤沒辦法，只得對枕月交代了一番，看著她去取帳本，自己又愁眉苦臉地坐在了一旁的杌子上。

枕月動作也快，又得了蕭晗的暗示在齊嬤嬤的屋子裡搜了一圈，只用了一炷香的工夫便回來了。

見枕月回來，齊嬤嬤眼巴巴地望了過來，她卻看也沒看齊嬤嬤一眼，等到了蕭晗跟前才摸出一個蜀錦荷包遞了過去。「小姐，齊嬤嬤床下有一塊石板是鬆了的，奴婢在那裡找出了一個瓷罐，奴婢瞧著裡面裝著的像是小姐的東西，便拿了過來。」

蕭晗挑了挑眉，輕哼一聲。「瞧瞧是什麼東西入了齊嬤嬤的眼。」

枕月打開荷包往手掌一倒，幾顆圓滾滾的珍珠滑了出來，珍珠瑩白渾圓，個個都有蓮子般大小，珠光流轉，一看便是上等的好物。

齊嬤嬤一看魂都飛了，作勢便要去搶，卻被梳雲上前攔住，一把便將她推倒在地。

蕭晗目光一凝，眸中似有風雲湧動，她默默地看了那珍珠半晌，不由緩緩攥緊了拳頭。

她記得這是母親還在世時給她的東西，當時她還說想要做一副珍珠的頭面，可緊接著沒兩個月母親便過世了，這些珍珠也不知所蹤，她以為是自己不小心遺失了，沒想到竟是被齊嬤嬤給藏了起來。

「齊嬤嬤，妳好大的膽子！」蕭晗猛地轉身，清冷的目光猶如利箭般射去，齊嬤嬤原本還想爬起身來，被蕭晗這一瞪立刻腳下一軟，匍匐在地。

辰光小築裡一時之間寂靜非常，所有人都屏息凝神，大氣都不敢喘上一聲。

齊嬤嬤冷汗直落，滿臉焦急地想要向蕭晗解釋，可蕭晗根本不想聽她胡亂編造的理由，只接過枕月遞來的帳本，一目十行地看了過去。

帳本上記著歪歪斜斜的字跡，卻清楚地寫明了那些已經不在庫房裡的物件被用到了哪些地方，最後又是因為什麼原因沒被收回。

「這個哥窯牡丹三彩洗什麼時候送了人，我竟是不知……」蕭晗看了直想發笑，指了帳本上的一頁。「和田玉的碟戀花擺件又是怎麼摔碎的？水淨山光圖的真跡竟被妳因破爛不堪而丟棄？」

蕭晗陣陣冷笑，讓齊嬤嬤的腳肚子止不住狂打顫，她想要辯解兩句，可被蕭晗那樣冷冷地看著，她只覺得舌頭都打了結，平日裡原是說話索利，此時卻吐不出半個字。

「齊嬤嬤，看來妳果真是老了！」蕭晗合上帳本，此刻她都懶得再看齊嬤嬤一眼，只吩咐梳雲將人給看好了，又對枕月道：「挨著帳本一件件的點清楚，缺失了哪些一一記明，齊嬤嬤好歹是太太給我的人，如今出了這紕漏，太太自然會給我個說法。」

「是，小姐。」枕月趕忙應了一聲，又招呼雪芽、雪蘿前來幫忙，興致滿滿地清點著庫房。

蕭晗這邊的動靜如此之大，自然沒有瞞過劉氏，不僅是蘭香跑來打探了一番，魏嬤嬤也帶著人到了。

「三小姐這是在清點庫房？」魏嬤嬤笑盈盈地走向蕭晗，看也沒看那坐在地上一臉頹敗之色的齊嬤嬤。

齊嬤嬤見著魏嬤嬤來了，不由全身一顫，那頭縮得更低了。誰不知道魏嬤嬤是蕭老太太跟前的紅人，看來這事也傳到了蕭老太太的耳裡了。

「是啊。」蕭晗對魏嬤嬤很是客氣，親自請了她落坐，又讓采蓉與秋芬去端了茶果點心來。

等兩人坐定後，蕭晗這才嘆了一聲，又指了齊嬤嬤道：「齊嬤嬤也在我身邊待了三年了，沒想到她竟然私下做出這樣的事來……」她一臉痛心的模樣，又將枕月清點過後、已經確定不見的物件指給魏嬤嬤看。「那麼多珍貴的物件，說送人就送人了，說壞了就壞了，我卻是不信的。」

魏嬤嬤只瞄了一眼，心頭便是一驚，那些精貴的物件尋常人不知，她常年待在蕭老太太身邊卻是開了眼的，自然知道價值多少。

齊嬤嬤到底有幾個膽子，竟然敢私下裡昧了這些物件！

雖然齊嬤嬤管著的這些物件被她給說沒了，但蕭晗若是沒有證據，也不能讓人心服口服。

許是看出魏嬤嬤的顧慮，蕭晗微微翹了翹唇角，又道：「從我這裡流出的東西雖都是小件，可放在尋常人家卻也算珍貴了，咱們只要循著齊嬤嬤的帳本去查驗，送沒送人便一清二楚。我已讓人到外院傳了話，要伏風到各個當鋪裡去對對帳，想來這些商家也應該會給蕭、莫兩家幾分薄面，若是這些東西並沒損壞，卻是從當鋪裡過了手的，那就一定查得出來！」

蕭晗這是擺明了要收拾齊嬤嬤，誰也攔不住。

不過在驚訝之餘，魏嬤嬤卻也有些佩服。蕭晗小小年紀便如此心思縝密，從前到底是藏了拙，抑或是年紀大了便開了竅，竟越來越有她母親當年的機敏沈穩。

蕭老太太派魏嬤嬤過來辰光小築，雖是打著探望的旗號，卻也是因聽到了風聲，讓她來給蕭晗撐腰的。

蕭老太太要對付劉氏或許還要顧忌著蕭志謙的面子，可收拾一個犯了錯的管事嬤嬤，自然不在話下。

而齊嬤嬤聽到蕭晗這話，已是徹底地癱在了地上，她有好些東西為了兌換銀子，自然是往當鋪裡去的，若是被查出來，她做的假帳不攻自破。枕月這丫頭也是個賊精，竟然在她屋裡翻箱倒櫃地找出了她藏著的那些珍珠，那些珍珠個個都是上等貨，她連兒子都沒捨得給，就想留著自己養老用的。

若是珍珠沒被發現，齊嬤嬤還能為自己辯駁幾句，可眼下她早已經失了立場，只怕說什麼都沒有人會相信了。

眼看著已經快晌午了，若是劉氏能過來幫她早來了，想必知道自己失了勢，如今避嫌都來不及，哪還會過來惹麻煩上身。

齊嬤嬤各種可能都想到了，臉色一時之間頹敗地猶如死灰。

臨淵閣的正房中，劉氏不停地走來走去，一張抹著濃妝的臉龐，此刻已是布滿了深深寒意。

蘭香立在一旁低垂著目光，話都不敢多說一句，就她剛才打探到的消息，魏嬤嬤已是坐鎮在辰光小築，那就是蕭老太太的面子，誰還敢大張旗鼓地去觸這個霉頭不成？

齊嬤嬤雖然是劉氏的爪牙，可該捨的時候還是要捨的，就如同荷香一般。

想到荷香，蘭香忍不住輕輕一顫。

那可是她帶著人親自下的手，但沒辦法，荷香不死那就是劉氏的麻煩，她唯有狠下心來。

「這個蠢貨，若不是被枕月搜出了那暗藏的珍珠，我還能救她一救，眼下她自己都失了先機，再說什麼也站不住腳了！」劉氏咬了咬牙，手中的絲帕都被她絞得變了形。

齊嬤嬤是她派到蕭晗身邊的，原以為能成為蕭晗的掣肘，可如今一切都白費了。

蘭香在一旁輕聲勸道：「太太也不要多慮，橫豎齊嬤嬤知道的也不多，捨了她，於咱們也沒什麼大礙。」

劉氏依舊沈著一張臉，她怎麼不明白蘭香所說的話？可齊嬤嬤管著的到底是蕭晗的私庫，她都沒先下手，卻讓這老貨撿了便宜，眼下活該得了報應！

可沒有齊嬤嬤這個羽翼，她又能安插什麼人到蕭晗身邊去？

綠芙不知所蹤，采芙被打了板子全家發賣，如今竟然連齊嬤嬤都待不下去了。蕭晗一步步地肅清身邊之人，看來是當真要與她劃清界線，這可是變相地在向她宣戰了？

劉氏微微眯了眼，內宅的較量從來都是沒有硝煙的戰場，最後鹿死誰手還未可知呢！

齊嬤嬤管著辰光小築的庫房也有三年光景，從小貪開始，慢慢地知道蕭晗根本不會查她的帳，這手便伸得越來越長，除了那些遺失的物件都被查了出來，蕭老太太還命人去了她兒子在宛平的家裡搜查，自然又搜到好些贓物。

人贓俱獲，這下齊嬤嬤連辯解都省了。

在這件事情上蕭老太太也徵求了蕭晗的意見，畢竟是她院子裡的人，不管是再嚴謹的門庭都會有這些瞞上欺下的奴才，以為主子年幼好欺負，便昧著良心做事，這樣的人要怎麼處置都不算過分。

蕭晗想了想，才回了蕭老太太。「齊嬤嬤是太太送到我跟前的，原本我也以為她是個好的，卻不想這些年背著我竟然貪了那麼多……」說到這裡眼眶微紅，若有似無地掃了劉氏一眼，劉氏只僵硬地扯了扯唇角，想笑卻又笑不出來，一張臉都繃緊了，蕭晗不由在心中嗤笑了一聲，再看向蕭老太太時，眸中卻有著一抹堅定，說出的話語亦是落地有聲。「我雖年幼，卻也是蕭家的小姐，自然不能讓這些人隨意糊弄了！」

這話一出，眾人的目光都轉向了劉氏。

劉氏只能暗暗咬緊了牙。早知道蕭晗要將這事引到她身上去，可她圖謀的卻不是蕭晗那點私庫裡的東西，所以齊嬤嬤那點小貪她根本看不上眼，也幸好沒有沾手，如今才能將自己撇得一乾二淨。

不過齊嬤嬤始終是她送過去的人，面上有點不好看也是正常。

蕭昐則是不樂意地噘了嘴，似乎想要辯駁兩句，被劉氏一瞪也歇了那心思，只悶悶地坐在一旁。

徐氏母女對望一眼，眸中泛起一抹笑意，看著劉氏吃癟可真是一件快意的事。

「說得好！那晗姐兒的意思是……」蕭老太太頗為期待地看向蕭晗。

蕭晗如今也不算小了，她能幫的就幫，但前提是蕭晗自己也要立得起來，今後嫁人生子，做為當家主母哪能沒點魄力手腕？總要治得手下的人心服口服才是！

「宛平的那間院子我自然是要收回來的，齊嬤嬤他們母子倆的月錢可買不起那裡的房子。」蕭晗心裡也默默算過，她私庫裡有些東西是被齊嬤嬤給變現了的，變現的銀錢有些換做了銀票，一大部分卻被她用作購置宛平那座宅子，如今她收回來更是理所應當。

「至於齊嬤嬤母子，我想還是送官查辦，這樣也能給大家一個公道。」卻是略過了齊嬤嬤的媳婦和孫兒，到底是女流之輩還帶著孩子，即使有知情不報或是同夥的嫌疑，蕭晗也沒打算將他們同罪論處。

蕭晗的目光緩緩掃過眾人，徐氏贊同地點了點頭，若是私下處置無非就是打了板子再發賣出去；而送到官府去，人贓俱獲，該怎麼處置就怎麼處置，不管是發配還是判刑，那也是齊嬤嬤自作自受。

劉氏自然也不好再說什麼，只僵硬地點了點頭。「晗姐兒怎麼說便怎麼做吧！橫豎是妳屋裡的人。」說罷便將頭撇向了一邊，表明這事她不會管。

「如此，就按晗姐兒說的辦。」蕭老太太點了點頭，又對魏嬤嬤吩咐了一番，齊嬤嬤母子被關在柴房也有三天了，如今既然有了決定自然要立刻去辦。

「讓蕭管事拿了大老爺的名帖一起過去，就說等判了刑後再給咱們傳個信兒就是。」魏嬤嬤領命出了門，蕭老太太又安慰了蕭晗幾句。「妳也不要難過，不過是個沒有眼色的下人罷了，祖母再派個經事的嬤嬤到妳那裡去照看著，這點妳不必擔心。」她已打算要越過劉氏安排人手了。

劉氏將這一切看在眼裡，雖然她一肚子的不願意，此刻卻不敢反駁一句，若是她再急著派人過去蕭晗那兒，別人倒真會猜測她有什麼企圖呢！

「祖母安排的人自然是好的。」蕭晗笑著道了謝，又似想到了什麼，目光微微閃爍，看著蕭老太太有些難以啟齒的模樣。

「晗姐兒想說什麼，直說無妨。」蕭老太太拍了拍蕭晗的手鼓勵道。采芙那件事她始終覺得對蕭晗有虧欠，所以對蕭晗這次的雷厲風行便給予了最大的支持，可這些還遠遠不夠，只要是在她能力範圍內的，她都會盡力去滿足蕭晗。

蕭晗輕輕地點了頭。「這次齊嬤嬤的事我也是一起跟著查的帳，祖母也知道從前母親是教過我看這些帳本的，一看之下心裡便有幾分明白，所以我想著……」她的目光轉向了劉氏，看得劉氏心頭一滯，心中漸漸浮上不好的預感，便聽蕭晗又道：「如今我也不小了，該學著管家裡的帳，便想著從太太那裡將我母親的嫁妝給接過來，這些東西橫豎都是要留給我和哥哥的，不如讓我先上上手，再安排合適的人接管了，今後對哥哥也好交代！」

蕭晗話音一落，劉氏只覺得腦中「嗡嗡」作響，整張臉霎時變得雪白，一雙手緊緊地抓住了椅子的扶手，黝黑的眼珠子都快從眼眶裡瞪了出來。

原來處置齊嬤嬤只是個前菜，蕭晗真正的用意竟然是在她母親的嫁妝！

她怎麼能?!她怎麼敢?!

劉氏氣得都快失去了理智，她苦心孤詣這麼久是為了什麼？還不是為了最後能夠趕走蕭晗兄妹，得到莫清言留下的那筆龐大的嫁妝，她握在手中那麼多年了，蕭晗憑什麼要她交出去？

劉氏正想駁了蕭晗，卻見蕭老太太目光淡淡地向她望了過來，眸中夾雜著一絲涼薄，她被憤怒衝暈的頭腦霎時清醒了過來。

蕭老太太收回了目光，只緩緩點了點頭。「晗姐兒這話說得也沒錯。」

「老太太！」劉氏再也聽不下去了，就算要被蕭老太太訓斥，她也要說。「晗姐兒眼下年紀還小，莫姊姊留下的嫁妝又不只是些死物，還有些鋪子和田莊，她一個小姑娘怎麼管得過來？」

劉氏雖然心急，可也儘量讓自己的口氣緩和了幾分，裝出一副真心為蕭晗打算的模樣，只是她眸中的急迫到底是洩漏了她真實的心思。

蕭晗看在眼裡，不由暗自嗤笑。

第十五章　嫁妝

難得看見劉氏這般激動的模樣，雙頰脹紅、唾沫橫飛，若不是顧忌著臉面，此刻只怕已經站了起來。

蕭老太太看也沒看劉氏，一雙眸子只在蕭晗身上打轉。但見她眼神清明、目光堅定，顯然是知道自己要做什麼，不由讚許地點了點頭。「妳母親的嫁妝遲早都是要留給你們兄妹的，妳眼下接過來也不算早了。」

聽了蕭老太太這話，劉氏更是焦急萬分，還想要說什麼卻被徐氏笑著打斷。「二弟妹雖然是為晗姐兒著想，可也不能阻了她這一片孝心……」話鋒一轉又道：「晗姐兒的母親當年可是個能幹的，裡裡外外都是一把好手，母親的嫁妝交到自己女兒手上那是再合適不過了！」

蕭晴在一旁捣著唇笑，見蕭晗望了過來，不由悄悄地對她眨了眨眼。

蕭晗提醒她打探李家公子的事，蕭晴告訴了徐氏，目前打探的人雖然還沒來回消息，但母女倆也記著蕭晗的情，眼下徐氏幫著蕭晗也是應該。

劉氏當真是氣得心肝兒都在疼，豔紅的嘴唇上已經咬下了一排密密的牙印。交或不交，似乎已經輪不到她作主了。

可那麼龐大的嫁妝要交出去，她怎麼捨得，那真是剜了她的肉啊！

蕭盼在一旁看著，完全不知道自己應該說些什麼，蕭老太太與徐氏一唱一和的，她想要幫著劉氏反駁，卻又發現她們說的也不是錯的，只能跟著劉氏一起急得臉紅脖子粗。

蕭老太太發話了，見劉氏那副氣惱的模樣，她也沒打算火上澆油，只見好就收，甚至還勉勵了劉氏兩句。「老二媳婦，我知道這些年妳幫晗姐兒兄妹管著這些嫁妝也不容易，如今既然孩子大了，咱們也不能管束得太過，該放手就放手！」見劉氏仍是不甘的模樣，又道：「不過妳沒有功勞也有苦勞，回頭多做幾身衣裳、打兩副頭面，這錢就算在公帳上。」

既然花的是公帳，徐氏也樂得做這個人情，笑著道：「二弟妹，一會兒就來我屋裡選選樣式，前些天珍寶齋才送了新樣式過來，我瞧著都挺不錯的。」末了又轉向蕭老太太，一副討喜的模樣。「老太太既然要給二弟妹做衣裳，媳婦斗膽討個巧，也順道給幾位姐兒都做兩身衣裳，另打一副頭面，眼瞧著幾位姐兒都是花一般的年紀，可要打扮鮮亮些才好呢！」

劉氏交還嫁妝本是天經地義的事，蕭老太太不過是顧忌著她的情緒，也是怕她在蕭志謙跟前胡亂說話，為了堵劉氏的嘴才給了點好處罷了。

但徐氏也是個不肯吃虧的性子，既然蕭老太太捨得出錢，那就把大家都捎上，也別落下了誰。

蕭老太太略一思忖，便笑著點了頭。「就依妳說的，也別落下了誰，連著咱們娘倆也做兩身，喜氣！」

「那媳婦可要多謝老太太了！」徐氏趕忙站起來對著蕭老太太福了福身，一張臉上笑容燦爛。

一時之間滿堂歡笑，只有劉氏黑著一張臉，手中的帕子早已被她揉成了一團。這婆媳倆竟然就這樣把她給打發了？

劉氏心中的不甘與悔恨早已如江河滔滔，在胸中不斷翻湧。早知道如此她就提前為自己打算。原本以為蕭晗會跟著柳寄生走，到時候只留下個蕭時管什麼用，莫清言的嫁妝照樣能安穩地到她手上，所以她根本沒花心思將那些嫁妝做一番轉移，可眼下說什麼都晚了。

劉氏突然想起了什麼，目光變得閃爍。

不！或許還不算晚！

那些死物就算了，就算被她搬了一些回劉家，可只要一對帳，蕭晗該要回來的還是必須要回來，這是改變不了的。

蕭老太太和徐氏可在一旁看著呢！若是她敢昧下什麼，這婆媳倆絕對會給她好看。

這些死物上面她倒真沒辦法做什麼手腳，不過真正賺錢的卻是那些鋪面和莊子，她早在那些地方安排了自己的人手，這些年也算得了不少盈利。

蕭晗不過是個黃毛丫頭，她能懂得什麼賺錢的法門？到時候只要讓那些掌櫃和莊頭聯手唬弄了蕭晗，該進自己口袋的錢財還是半分也不會少。

不過只是一瞬之間，劉氏已經心念電轉，把自己該得的利益都清算了一遍。莫清言的嫁妝始終要交出去，但是那些賺錢的門道她可不能輕易斷絕，相信蕭晗還沒有那麼大的手腕，能將她手下的莊頭與掌櫃都輕易換了去，小姑娘只怕連行情都不懂吧！

這樣想著，劉氏心中稍安，總不能讓這些人一下把湯都端走了，連骨頭都不給她啃。

就在劉氏兀自思量時，蕭晗已出聲喚了她，又起身對著她行了一禮。「太太，還要謝謝太太這些年為我們兄妹看管著母親留下的嫁妝，要不明日咱們就開始過手，連帶著我母親留下的鋪面和莊上的帳目也一併給清算了吧？」

「既然晗姐兒這樣說，我自然不能說不。」心中暗自計較了一番後，劉氏的心緒已經緩緩鎮定了下來，只是扯起的唇角卻還是有些僵硬，將那些東西交給蕭晗，到底也是在她心頭剜了塊肉。「不過有些莊子和鋪面到底隔得遠了些，就算我眼下讓人去傳信，只怕也要好些天呢……」劉氏這樣說也是要給自己一個緩衝的時間，她自問那些帳目是做到位了的，尋常人也看不出有異，但為了將蕭晗給唬弄過去，還是得用點心才是。

莫家當初嫁女也算是大手筆，沒能明著給蕭家送的禮，便借著莫清言的嫁妝給塞了過去，所以有一部分田莊、商鋪以及大量的銀票，是直接轉到了蕭家的公帳上，這一點蕭晗是清楚的。

雖是這樣，可莫清言的嫁妝裡還是餘下了五個莊子以及十八家鋪面，分布在全國各地，而最近的兩處莊子，一個在大興，一個在宛平，十八家鋪面裡京城也占了五間。

蕭晗倒是不著急，橫豎蕭老太太已經點了頭，這些鋪面與莊子早晚都是他們兄妹的，她一時之間也顧慮不到那麼遠的地方，不若就近開始清算。

第二日蕭老太太便派了兩個會看帳的僕婦到蕭晗跟前幫忙。

劉氏見了自然不敢怠慢，一邊推說自己頭疼，讓蘭香陪著這兩個僕婦一起點算清查，一邊悄悄地喊了轎子出門，回娘家找劉老太太去了。

彼時蕭晗正在書案前抄著佛經，聽秋芬前來回話只是淡淡一笑，手腕微微一沈，寫下重重的一筆。

她知道劉氏這是回娘家找劉老太太討東西去了，畢竟若是缺失的貴重物件太多，在蕭老太太跟前她也是沒法交代的。

蕭晗又沒管著莫清言的嫁妝，就算要說劉氏是自己甘願送給劉老太太的，但這又何嘗不是在打劉家母女的臉，這是兩個長輩合著欺負人家年幼呢！

蕭老太太如今已經擺明了立場，劉氏更不想要在這件事情上與她作對，所以還是息事寧人的好，畢竟之後她還有更大的打算呢！

此刻，劉老太太的正屋裡，氣氛正僵冷著，丫鬟們早已經知趣地退了出去，靜靜地守在廊廡下，大氣都不敢喘一聲。

劉氏不得不陪著一張笑臉，又輕輕地搖了搖劉老太太的胳膊。「娘，橫豎就這一回，咱們把東西先給她還上。」

「還上？」劉老太太削瘦的臉龐陰沈一片，有些恨鐵不成鋼地瞪了劉氏一眼。「憑什麼要還給她？明明已經送了人的，豈有拿回去的道理？」說罷冷笑一聲。

劉氏也知道劉老太太是過怕了苦日子，劉家當初被流放，家中財物盡都充了公，如今再想積累些好東西可不容易，是以一旦被劉老太太收進了手裡，再讓她交出來就像要了她的老命一般，可是不要回來不行啊！

劉氏哭喪著一張臉，又拿了絲帕抹淚。「娘，我婆婆發了話的，今兒個還派了人來一同清算，我若是填不上豈不成了蕭家的笑柄！」又偷偷瞧了劉老太太一眼，見她狀若深思，不由心下一横，再加了一把火。「若是娘手頭上不寬裕，我那裡還有些銀兩，娘先拿著用！」劉氏趕緊從袖袋裡取了一千兩銀票。塞進了劉老太太手裡。

劉老太太登時眼睛一亮，趕忙攥緊了這銀票。要知道劉父如今雖然起復了，可在朝中卻是步步小心謹慎，不敢走錯一步，連別人送上門的禮都要挑著收，貴重的更不敢往兜裡揣。

劉家雖然如今看著還不錯，可實際上的生活水準只有她知道，若不是劉氏時不時地接濟一番，她連出門走一圈的體面都沒了，想到這裡，劉老太太不禁嘆了一聲，到底是鬆了口。「行，那座雞翅木底座的珊瑚擺件妳搬回去，還有那座雲母屏風和那對夜明珠也一併拿去。」微微一頓後又癟嘴道：「只不過那套赤金鑲正陽綠翡翠的頭面我要留下，若是妳婆婆問起，盡說是我老婆子污了的，不願再還給啥姐兒，若是她們還想要，就讓她們親自來找我拿！」

那可是她如今唯一拿得出手的一套頭面，劉老太太說什麼也不會放手的。

劉氏只能點了點頭，心想著這套頭面也幸好是她拿了銀子在珍寶齋定的，如今也只能再拿銀子補上，好在這幾年鋪子、莊子都有盈餘，她手頭還是寬裕的。

母女倆剛商量好了，便聽到外頭有丫鬟回報，說是二太太鄧氏到了。

劉老太太與劉氏對視一眼，不覺皺起了眉頭。「難不成是明哥兒又怎麼了？」卻還是讓人請了鄧氏進屋。

「娘先別擔心，聽聽二嫂怎麼說。」劉氏安慰地拍了拍劉老太太的手背，心中卻漸漸起了一個主意。

當年他們全家被流放，若不是自己好運被蕭志謙給找了回來，只怕今天的命運也與劉家眾人無異。

大哥劉繼東被人打瘸了腿，大太太張氏雖還在，可性子變得沈默寡言，不會輕易出現在人前；大哥的兩個女兒一個在流放之地嫁了人，一個做了別人的小妾，若不是劉父起復，這最小的女兒也不會被接回家裡，可大哥的一個幼子卻病亡在外。

二哥劉繼北是死在了流放途中，劉啟明是他與二太太鄧氏唯一的兒子，可這孩子從小身子就弱，從前劉家還未流放前便用各種名貴藥材給養著，原以為這樣一個體弱的孩子會支撐不住死在外頭，卻沒想到劉啟明硬是撐到回了京城，只是身體依然不好，走幾步就發喘，劉家人自然不敢讓他去考功名，也就等著將來娶了媳婦給劉家留個香火。

劉啟明雖然是個不頂事的，卻是如今劉家第三代裡唯一的男丁。

鄧氏一進門就瞧見了劉氏，不由眼睛一亮。她就是聽到消息說劉氏回了娘家，這才跑過來的，如今府裡用度節儉得很，劉老太太手頭也緊，哪裡比得上從前在劉家的日子，她就是想趁著劉氏在要些補品藥材錢，總要給劉啟明補好身子，她也盼著兒子早日娶妻生子呢！

鄧氏的目光劉氏一點也不陌生，不就是窮親戚想要打秋風嗎？看著她那雙眼睛亮得就像狼似的，從前劉氏厭煩得緊，可此刻再見到鄧氏，她不由漾出了一抹笑來。「好久沒見著二嫂了，明哥兒可還好？」

「明哥兒的身子是老毛病了，姑奶奶也不是不知道，若是他真好了，我定要拉著他來給姑奶奶見禮的。」鄧氏對劉氏尤其熱情，瞧著劉老太太與劉氏中間還隔著個位子，也不管自己身子肥壯，當場就擠了過去坐定。

劉老太太不由厭煩地看了她兩眼，若不是關心著劉啟明的近況，她連話都不想與鄧氏說。

劉氏卻熱情地拉了鄧氏的手閒話家常，這次也不用鄧氏怎麼求她，便爽快地應下了鄧氏的種種請求，又親切地將人給送出門去。

等劉氏回來坐定，劉老太太便奇了。「也沒見妳從前對妳二嫂這般上心，今兒個怎麼就轉性了？」

「娘，您聽我說。」劉氏笑著坐近了些，將心頭的想法說給了劉老太太聽，末了還道：

「若是將來明哥兒娶了晗姐兒，她那嫁妝不也就是打個轉又回到劉家來，那可是面子、裡子都有了，我婆婆也挑不出什麼錯處來！」

劉氏知道蕭老太太打定主意要為蕭晗相看一門合心意的親事，可他們劉家也不差，劉啟明還是二房唯一的嫡子，能嫁進劉家來也是蕭晗的福分。

當然若是明著說，蕭老太太肯定是不會同意的，趁著這段日子她也要好好琢磨琢磨，該怎麼做才能讓這門親事順利地促成。

劉老太太聽了之後，滿心的不願意。雖然劉啟明是個病秧子，卻是她的心肝寶貝，就是娶了一品大員的嫡女也是使得，如今卻要配給蕭晗？

可耐不住劉氏說起娶了蕭晗的種種好處，特別是那筆價值不菲的嫁妝就夠讓人眼饞的，劉老太太略微計較了一番，還是點頭同意了。就因為這樣，等劉氏命人將那些東西搬走時，她也不覺得太過肉痛，橫豎這些東西轉了一圈，早晚也會回到她劉家來。

蕭晗不知道劉氏正在背地裡打起了她的主意，此刻的她正在細心地看著手中的帳本。

經過幾天的清查核算，莫清言嫁妝裡大件值錢的東西倒是如數找了回來，卻有些小件物品還不知所蹤，劉氏竟然涎著臉說是她不小心給使壞了，想要用銀子補回去。

這話劉氏也是當著蕭志謙的面說的，蕭老太太縱使想要幫蕭晗一把，可拗不過蕭志謙竟搬出身為子女的孝道來教育蕭晗，說什麼劉氏好歹也是她如今的嫡母，難道嫡母取用些物件用壞了，還要件件賠給女兒不成？

蕭晗也不想當著蕭老太太的面與蕭志謙爭論，她這個父親的心眼早已長歪了，多說無益，橫豎也只是折了幾千兩銀子，她就當是餵狗去了。

蕭晗合上帳本的最後一頁，不由重重地鬆了口氣，母親前世留下的嫁妝，她總算拿回了一半，心裡不由踏實了許多，至於另一半，當然就是那些田莊與鋪面。

京城的幾家鋪面昨天交了帳本過來，她也粗略地看了看，單從帳本看是沒什麼錯的，可幾個鋪面的盈利都偏低了些，她也對比了往年母親在世時的帳本，確實是少了不少。

掌櫃的解釋是貨源少了，拿貨的成本高，自然就賺得少，還有那幾個鋪面的位置人流相對來說少了些，這些都是盈利變少的原由。

蕭晗當時只是笑笑沒有接話，便讓他們先回去了，如今留在鋪面上的掌櫃，有哪些人是忠心於劉氏、有哪些人是忠心於從前莫家，她還是能夠看得出來的。

不過就是欺她年少不經事嗎？可他們卻不知道她已經有過大半輩子的經歷。

從小母親莫清言便教她看帳、管帳，只是那時她尚年幼，也不喜歡這些商戶的瑣事，東西是學進去了，可她半點也沒用過。

真正讓她學以致用的，是在上輩子離開蕭家以後。

起初以為蕭家要抓他們回去，兩人都有些驚慌失措，蕭晗便與柳寄生在外流落了幾年，而後兩人才回到了柳寄生的老家。柳母本來還滿心歡喜地以為兒子娶了個千金小姐，回頭讓人一打聽才知道蕭家早已經放棄了這個女兒，對外只推說她重病身亡。

這下蕭晗回不去了，柳寄生失望，柳母自然也是越發看蕭晗不順眼，除了讓她與村中的農婦一樣下地幹活，忙累了一天之後回到家裡，柳母還會想著辦法折騰她。

那樣的日子她都忍了下來，可到底是小姐之身，那些農活勉強可做，卻並不稱手，為此柳母沒少被村中的婦人說閒話，只說他們家養了個富貴媳婦，要嬌養，半點苦都吃不得。

柳母還氣了好久，若不是那一次她陪著柳母去鎮上趕集，偶然為一家鋪面的掌櫃搭把手看了看帳，她還換不來一個女掌櫃的活計。

那兩年她拋頭露面地養家，柳母對她的態度稍稍緩和了些，也就是在這些細小繁瑣的帳目中，她將莫清言教給她的東西漸漸運用了起來，舉一反三，靈活致用，原來這些並不起眼的帳本裡竟然有這麼多的變化與玄機，她琢磨得越深入，才越覺得這是一門學問。

直到柳寄生與掌櫃家新寡的女兒看對了眼，再後來就沒她什麼事了，下堂婦便是這樣換來的。

蕭晗不由扯了扯唇角，眸中泛過一絲冷笑，想到從前的日子，真是苦多於樂，可沒有從前的經歷，也不能成就如今的她。

「梳雲。」蕭晗抬頭喚了梳雲過來，瞧她一臉不解的樣子，不由笑了笑。「我記得妳說過妳有個兄長在神機營當差？」

梳雲點了點頭，若不是有這層關係在，當初她也不會被葉衡相中，送到蕭晗的面前。

這幾日蕭府裡發生的事情太多了，一件接著一件，看似是蕭晗吃虧，可到最後反倒占了便宜。當然這些事情梳雲暗地裡都稟報給葉衡知道了。

至於被蕭家發賣出去的采芙及荷香一家人，聽說是送往邊境為奴，這一路路途遙遠，能夠走到最後而不在半路上給餓死、病死的人，只怕還不到一半。

她還聽大哥說齊嬤嬤母子被發配到山西挖煤去了，這輩子只怕就要終死在那裡。

「有件事情想要他幫忙打聽一下。」蕭晗眨了眨眼睛，一雙明眸中閃動著狡黠的光芒，招了梳雲近前低聲吩咐了一番。

對於蕭晗的吩咐，梳雲一一點頭應是。回頭她便告訴了世子爺，畢竟對自家小姐的事，還有誰比世子爺更上心呢？

果然葉衡聽了梳雲的稟報便沈思了起來，片刻後才道：「這事真是她說的？」

「是小姐親自交代的，奴婢自然不敢說假話。」梳雲垂了目光，端正地站著，她覺得葉衡一身的威嚴，平日高冷得讓人不敢親近，就連問話也是公式化地一問一答，就像她從前瞧著哥哥對自家上峰時的態度。

「我會命人去查探的。」葉衡微微點了點頭，眉頭一抬。「府裡可還有人欺負她？」

上次采芙那件事讓他震怒不已，沒想到劉氏竟然如此可惡，就差沒有正大光明地陷害蕭晗了，這樣的女人不收拾她遲早要出亂子。

他也正在琢磨著，怎麼才能讓劉氏自食惡果，打蛇打七寸，要麼不做，要麼就要打得對方再無還手之力！

「小姐可聰明著，沒那麼容易被人欺負！」梳雲與有榮焉地抬起頭來，想到那個漂亮得似畫中美人的小姐，那可不是個花瓶般的人物，蕭晗的聰慧與睿智她到如今才一點一點地瞭解，心中也多了幾分佩服。

「那就好，妳先回去吧！」葉衡唇邊的笑容一閃而過，沒想到蕭晗能在不知不覺間便收攏了梳雲的心，果然是他看重的女子，樣樣都不一般！

第十六章　可笑

葉衡的辦事效率確實驚人，沒過兩天就讓人來回了話。

等梳雲將一切稟報給蕭晗知曉時，她還笑著點了點頭，不忘對梳雲道謝。「妳哥哥幫了我的大忙，替我好好謝謝他！」又讓枕月拿了五十兩銀票給梳雲。

梳雲忙推說不要，這事可是世子爺辦的，他們兄妹怎麼敢拿這打賞？

「小姐又不是賞妳的，給妳哥哥拿回去！」枕月笑著將銀票塞到梳雲手裡，這丫頭憨直了點，不過只要真心為小姐辦事，她自然是喜歡的。

秋芬在一旁看著只有羨慕的分，不過蕭晗不是個小氣的主子，如今秋芬在她跟前當差，來來回回已是得了好些賞賜，竟是比待在蕭府幾年所存的積蓄還多。

有這樣的主子，秋芬自然更加賣力地做事了。

幾個丫鬟退了出去，蕭晗便開始翻著手中那書寫著字跡的紙張，上面仔細記錄著如今商行各種物品的市價以及進貨價，當然如果你是老主顧，買的量大些那價格還能便宜不少。

京城的五家商鋪，一家是酒行，一家是米糧鋪子，一家是綢緞莊，還有兩家是書舍及古玩店，前面三家就不說了，後面兩家明顯不是能賺錢的鋪子。

蕭晗一時有些沒想明白，母親為什麼會有這樣兩間鋪子呢？難不成只是為了迎合蕭志謙的愛好？

說起她的父親蕭志謙，蕭晗真的覺得是個沒什麼本事的男人，學問恐怕是有點的，不然也不能考上庶起士，但面上端著一派風雅，做的卻不是正人君子的事。

若是蕭志謙真有他自己標榜的那麼好，當年會養外室嗎？會在她母親百日孝裡就迎了劉氏進門嗎？

所以對蕭志謙，蕭晗向來是敬而遠之，反正他的心思也不在他們兄妹身上，她也早過了對父愛還有期許的年紀。

書舍是虧著本在做的，而古玩店也積壓了好些貨物，這壓下的可都是成本啊！

依蕭晗的意思，這兩個鋪面真沒有什麼存在的必要，要麼就賃出去給人做，還能收些租金回來，要麼就徹底轉行，總好過這樣只虧不賺地做下去，指不定她接手後還要拆了東牆補西牆，實在太不划算。

至於其他三個鋪面，每年是有些盈利，可是也賺得太少了，那點錢連蕭晗都看不上眼，如今對比著她打探到的消息，果然這些人是背著她做了私帳的，就是不知道這些虧空的銀子到底是收進了他們自己的荷包，還是填了劉氏的窟窿。

或許，她應該親自去實地察看一番。

晚膳後，蕭晗去向蕭老太太請安，也說了自己明天想要出門的事情，老太太聽了，緩緩點了點頭，又叮囑蕭晗多帶幾個人手。「如今妳鋪上的掌櫃有新有舊，就怕他們欺妳年幼，要不然我讓魏嬤嬤陪著妳去？」

「哪裡就用得著魏嬤嬤了！」蕭晗笑著看了一眼站在蕭老太太身旁的魏嬤嬤，這可是老太太跟前最得用的人，走到哪裡都代表著老太太的臉面，但她只是巡個鋪子，還不用這般小題大作。「再說她又是您身邊得用的，萬一見不著人您老不習慣可怎麼好？孫女知道祖母是為了我好，不過好歹也是我母親留下的鋪子，我能管得過來！」

「就依妳。」蕭老太太牽唇一笑。她是看著蕭晗一步步走過來的，不但收拾了齊嬤嬤，又從劉氏手中奪回莫清言留下的嫁妝。

老太太年紀大了，看過的骯髒事也不少，雖然喜歡那等心無城府的，但也知道太過單純的女子是無法在這後宅裡存活下去，更別說蕭晗這種母不在、父不疼的孩子。

其實對蕭晗，蕭老太太還是心疼的，只是在面對著兒子與媳婦時，她到底還是有些取捨，不然上一次劉氏犯了錯，老太太也不會因為蕭志謙的關係睜一隻眼、閉一隻眼，只是沒有真正地去計較罷了。

又與蕭老太太說了一會兒話，蕭晗這才告辭離去，魏嬤嬤親自送了蕭晗出門，又回到老太太身邊服侍她去了頭上的釵環。「老奴瞧著三小姐是越發會理事了，老太太也能少操份心。」

「晗姐兒確實是個聰慧的，像她母親。」蕭老太太看著銅鏡中有些昏黃的影像，不覺伸手撫了撫有些發白的鬢髮，輕輕嘆了口氣。「兒孫大了，想不服老都不行！」

魏嬤嬤笑著道：「哪個人不老？咱們老了，才能瞧著兒女成行，孫兒遍地嘛！」

「對了，我為晗姐兒相中了孫老夫人家的三公子，眼下聽說已是考中了舉子，年紀才十八，與晗姐兒正是般配。」蕭老太太與孫老夫人從年輕時就交好，兩人性格一個直率、一個爽朗，倒是個知根知底的人家，這孫三公子便是孫老夫人次子所出的嫡孫，稟性與人才都是好的，就等著合適的機會再讓兩人見上一面。

「老太太挑的定是好的，老奴瞧著那日孫老夫人也是喜歡三小姐喜歡得緊，還一個勁兒地拉著您問呢！」魏嬤嬤說到這裡也笑了起來。其實與蕭老太太交好的幾位夫人都是脾性相投的，但若是有適齡未婚的，還是孫老夫人家的公子好，知禮識趣、家風持正。

「他們家倒是從沒有納妾的，我瞧著晗姐兒只是表面柔弱，可心性堅強，也是個外柔內剛的，家裡若是沒有那等子骯髒事，這日子也能過得好。」蕭老太太瞧著手中那把黃楊木梳上纏著的幾根白髮，不甚在意地取了下來繞在指間。「妳瞧瞧，這白髮都多了幾根，真是不服老都不行。」說罷自嘲地一笑，又說起蕭時來。「我記得時哥兒也是秋日裡生的，他們兄妹差了四歲……」一頓又道：「不過男人晚些成親也沒什麼，讓他有些建樹再說親事，先把晗姐兒的親事給定下吧。」

「老太太說得是。」魏嬤嬤附和著點了點頭，又想到劉氏與蕭昐那裡，不由提醒了蕭老太太一聲。「那三小姐的親事說定了，二小姐那裡您可要插手？」

「我插什麼手？」想到劉氏，蕭老太太不由輕嗤一聲。「她們母女倆心思大著呢！我可不敢給二丫頭挑丈夫，由著他們劉家人自己折騰吧！」

「大小姐的親事只怕快要能定下了呢！最近大太太常常出門，跑得熱絡得緊。」給老太太換了睡覺的衣裳，魏嬤嬤這才扶著老太太往床榻而去。

「這是想給晴姐兒置辦首飾、嫁妝吧？」蕭老太太聽了不由一笑。「她就這一個嫡女，若是要出嫁自然比旁人要緊張些，李夫人那裡我瞧著也是歡喜的，若這門親事成了，對咱們蕭家也只有好的。」言語中頗贊成與李家結親。

魏嬤嬤又笑著與蕭老太太閒聊了幾句，眼見老太太睏倦了這才服侍她躺下，又坐在一旁看著她熟睡後便輕手輕腳地退了出去。

第二日蕭晗一早便出了門。

劉氏聽了消息還不由嗤笑一聲，與一旁的蘭香道：「只怕是這幾日看著帳本正頭疼呢，小姑娘家的哪能靜得下心來，這不一下勁頭過了，就找玩樂的去了。」說罷還得意地搖了搖頭。

她倒不信蕭晗能夠看得出什麼，就算覺得帳上的盈利少了，那也有名目和來源，怪不到誰的身上。

至於莊子遠的不說，近的宛平與大興從前的莊頭她都換掉了，那些冥頑不靈的人留著也沒用，只有事事妥當了，她才不怕蕭晗會再出什麼餿主意。

蘭香也跟著點了點頭。「太太說得是。」卻沒敢多提什麼。

要知道前些日子將莫清言的嫁妝交了出去，劉氏雖然明著沒說，可回到屋裡著實發了好幾頓火氣，若說不心痛那是不可能的，那麼多真金白銀的東西交了出去，可不就是在人身上剜肉嗎？

眼見著劉氏這幾日心情稍稍好些了，蘭香才跟著鬆了口氣，主子陰晴不定的，受苦受累的都是他們這些下人。

劉氏笑了笑，眼珠子一轉不知道又在想些什麼，半晌後唇角才浮現出一抹算計的笑容，任憑蕭晗再能折騰，最後這些嫁妝不也得進他們劉家的門？

她已經與劉老太太說好了，至於鄧氏那邊也只要知會一聲就是，若真娶個那麼有錢的兒媳婦，就算鄧氏今後餐餐都用人參給劉啟明養著，她也不會心疼了。

不過這事暫時還急不得，等先過了眼前這一關再說，至少在蕭老太太眼裡要看著她暫時消停了下來，要算計蕭晗也不差這一時半會兒的。

劉氏默了默，又想到那日劉老太太給蕭昐提的兩個人選，一個是恭郡王家的六公子，一個是雲陽伯家的大公子，兩個門第都瞧著光鮮她也喜歡，但別人不一定會選擇蕭昐啊！

劉氏也愁了起來，為了蕭昐的親事她少不得要親力親為，只有女兒嫁得好了，她今後才能好，這一點劉氏自然是清楚的，少不得要在這兩家人身上多下些功夫，最後再挑出那個最合心意的人選。

這邊劉氏在暗自替蕭昐打算著，那頭蕭晗已經坐著轎子到了東邊的坊市。

東邊的坊市最是清靜，歷來便是書舍、畫坊還有各種珍奇古怪店鋪的匯聚之地，人流算不得稠密，卻是文人雅士最愛賞玩的地方。

蕭晗落了轎子，便戴上了冪籬，長及腰間的青紗將她整個人都籠在其中，端看身量當真不好分辨出年齡來，不過她身姿窈窕細緻，隱約能瞧出幾分少女的形貌來。

漫步在這條古老沈厚的大街上，似乎還能依稀看到歲月流經的痕跡，經年的屋簷早已經脫落了紅漆，斑駁得就像老人掉落的牙齒，灰白的石橋與古井靜靜地佇立在不遠處，無一不透露著一種滄桑的感覺。

蕭晗腳步輕巧地向前邁動著，目光沒有四處打量，卻也知道前進的方向，她的眸中帶著一種沈靜而悠遠的光芒，看起來格外地溫柔。

枕月與梳雲緊隨其後，蕭老太太派來的護衛卻只是遠遠地跟著，蕭晗並沒讓他們近身。

這條街蕭晗是來過的，那時有母親帶著她，她也有著那般年歲孩童該有的天真無邪，好奇地四處打量，卻又在別人善意或打探的目光中羞怯地縮回了腦袋，只緊緊地牽著母親的衣角，生怕一個不留神便走失在人海中。

回憶起與母親在一起的時光，蕭晗微微有些出神，腳步不由慢了下來，便見得不遠處的一家古玩店中正走出了一個半瘸著腿的中年男人，而在瞧見這男人的第一眼，蕭晗已是回過了神，清亮的眸子不由微微瞇了起來。

「小姐，那是……」枕月顯然也認出了那個男人，不由緊張地上前。

蕭晗揮了揮手，止住了枕月要出口的話，又對著兩個丫鬟輕輕頷首。「咱們過去看看。」

古玩店前，劉繼東懶散地打了個呵欠，眼眶下浮著一圈青色，一看便是昨兒個沒睡好，倚在門框邊上還不住地回頭催促道：「老劉，東西到底包好了沒，我今兒個要送人的，晚了就不行了。」說完又連打了兩個呵欠。

「就來了，大舅老爺！」被喚作老劉的男子長得微胖，蓄著八字鬍子，聽了劉繼東的話後已是捧著個八寶長條的錦盒走了出來，點頭哈腰地將錦盒給遞了過去。「昨兒個就給您備好了，就是您一直沒來取，我這也不好送回劉家去不是？」

「行了，知道你機靈！」劉繼東讚賞地看了老劉一眼，又打開盒子瞧了瞧，這才滿意地點頭。「昨兒個我在堵坊，一夜都沒回去，你若送到劉家指不定就進了我娘的口袋，那回頭我可得找你問話來著！」

「是、是，這不今兒個一早就等著您來取嗎？」老劉笑得更殷勤了，又伸手扶了劉繼東一把。「小的給大舅老爺喚頂轎子吧，這走著得多累啊！」

「還是你想得周到。」老劉這一說，劉繼東立刻便不走了，等著老劉安排夥計給他雇轎子去，自己則坐在了門口的長條凳上，不住地打著呵欠。

「他們這是在拿小姐鋪子裡的東西送禮呢！」枕月在不遠處看得直咬牙，就說劉家沒一個好東西，果然個個都讓人瞧不上眼。

梳雲這才明白過來，看向劉繼東的眼神不由變得冰冷了起來。

青紗下的蕭晗面無表情，只是一步一步走向前，停下了腳步，往頭上的牌匾看了一眼。

「翠玉閣」三個字正安安穩穩地散發著金色的光亮，黑底白字鑲了金邊，確實是他們莫家店鋪的牌匾。

劉繼東她是認得的，但這個老劉她卻不熟悉，看來以前的掌櫃早已經不在了，而這老劉是新換來的劉家人。

老劉在鋪裡安排夥計，劉繼東便在店口坐著，百般無聊之際見到一女子站定在他面前，雖然面垂青紗看不清姿容樣貌，可那身姿一瞧便是玲瓏有致，一股若有似無的蘭花香氣撲面而來，讓他不由自主地打了個激零，整個人一下子便精神了。

想當年劉家昌盛之時，劉繼東也曾經是京城的紈袴子弟，雖如今人已近中年，但仍然喜愛年輕鮮亮的顏色，這不劉父起復回京之後，他就立刻收了兩個通房，不說日日尋歡，至少時不時地可以嚐嚐那些新鮮的滋味。

美人香氣如蘭，那味道一進鼻端，讓他忍不住深深地吸了一口氣。

瞧著眼前青紗覆面的女子，雖則玲瓏有致可還未長開，看那身段就是個雛，劉繼東那顆騷動的心一下就不平靜了，不禁涎著笑站了起來，袖袍一甩，擺出了一個自命風流的姿勢。

「這位小姐可是來挑選古玩的？」

蕭晗淡淡地看了劉繼東一眼，並沒有搭理他，男人眼中對她流露出的垂涎之意再明顯不過，前世裡她就見過不少，心中自然厭惡得很。

梳雲與枕月上前一步護在了蕭晗左右，怒目瞪向劉繼東。

「喲，這還是來找不自在的？」蕭晗不理他，劉繼東自然覺得丟了面子，不由抿緊唇角。

這時老劉已讓鋪裡的夥計去安排轎子了，一見門外這架勢不由笑著上前。「小姐可是來挑選古玩的？快請！」又對劉繼東擠了擠眼。「大舅老爺要不先到裡面坐坐？」夥計已經去了，轎子一時半會兒還來不了。

看蕭晗這身穿衣打扮也不像是沒錢的主子，老劉自然殷勤得很，雖說鋪子生意不好，可好歹也要做下去不是，這也是他賴以生存的行當嘛！

「這是你們鋪上的舅老爺？」蕭晗唇角一勾，不自覺地便想要給老劉與劉繼東下套。

「那可不是！」老劉看了一眼劉繼東，又瞧了瞧蕭晗，這位大舅老爺的心思再明白不過了，心下不由暗暗思忖了一番。

老劉這一說，劉繼東自然便挺直了背脊，也忘記了先前曾被蕭晗輕視，又一瘸一拐地走到了蕭晗跟前諂媚道：「小姐若是喜歡什麼隨意挑就是，我劉某還是能作得了主的。」

「劉老爺是說挑了什麼，盡可以作主送給我嗎？」蕭晗眼波婉轉，一顰一笑淨是勾魂攝魄，雖則隔著青紗看不真切，但劉繼東已是心癢難耐，無論如何都想要得到眼前的小美人，管他什麼古玩鋪子，就是裡面的貨物盡皆送給了她，只要她喜歡就好。

「不過一些小玩意兒，劉某還給得起！」蕭晗的嗓音清麗柔婉，劉繼東聽在耳裡如聞仙樂，整個人都有些飄飄然了。

老劉卻在一旁抹了把汗，不過想著劉繼東是劉氏如今唯一健在的哥哥，心中也不由嘆了口氣，心想由著他吧！

平日劉繼東也不少上他們古玩店裡來拿東西，劉家關起門來都是一家人，他何苦去惹得主家不快，到時候怕是他連掌櫃都做不成。

「掌櫃的，可是這樣？」蕭晗牽了牽唇角，目光卻轉向了老劉。

老劉自然只有點頭的分。「咱們大舅老爺既然發話了，小姐自然隨意挑選就是。」說罷身子一側，讓出了道路。

「不急！」蕭晗又看向了劉繼東，其實是瞧著他懷中抱著的那個錦盒，輕聲道：「不知劉老爺懷中抱著的是……」一臉很是好奇的模樣。

「這個啊，不過是柄翡翠如意！」劉繼東瞧著小美人感興趣，不由打開了錦盒，只見裡面鋪著的紅絲絨布上靜靜地放著一只翠綠的如意，那濃綠的翠色鮮豔欲滴又瑩潤透亮，一看便是經年的老貨，只怕沒有兩千兩銀子買不下來。

青紗下蕭晗立即黑了一張臉，劉家人倒是慣愛占便宜的，若是由著他們長期這樣白拿，她這個古玩店不開也罷。

「這柄如意在咱們店裡是要賣到五千兩銀子的，若是小姐喜歡，送妳又如何？」劉繼東額髮一甩，瀟灑地合上了錦蓋，又一臉殷切地遞到了蕭晗跟前。

當初他要這柄翡翠如意也是為了討一寡婦的歡心，如今就算轉送給眼前的小美人，他也是不心疼的，橫豎年輕鮮亮的總比那陳年貨色來得好。

「不用了，我怎麼能奪劉老爺所愛？」蕭晗淡淡地擺了擺手，又問老劉。「既然是你們鋪上舅老爺想要的東西，自然是不用付錢的？」

這話問得莫名其妙的，讓老劉不禁愣了愣，卻還是直覺地點了頭。「咱們大舅老爺要的東西自然不用給錢，不然回頭東家問起來豈不是要怪我老劉不會做事？」

「那你看看我是誰？」蕭晗輕笑一聲，旋即不疾不徐地取下了頭上的冪籬，一頭青絲頓時如流水般傾瀉在腦後，她只在頭上鬆鬆地綰了兩個垂髻，沿著髻邊斜插著兩彎珍珠髮簪。她眉似新月、眼如桃花，紅唇嬌豔得如枝頭綻放著的海棠，雖然穿著素淡卻難掩清豔之姿，猶如畫中走出的美人，讓人不由屏住了呼吸。

劉繼東自然是驚豔不已，唇角也不由大大地咧開，一根銀絲自唇角順沿而下猶不自知。

老劉自然也是被蕭晗的美貌給驚住了，可他瞧著這姑娘的樣貌怎麼有幾分熟悉，好似他們家二姑爺的模樣，又好似曾經的莫清言。

想到莫清言，老劉心裡不由一滯，他過去倒是偶然瞧見過一眼，那樣的驚鴻一瞥，他怎麼都不會忘記。這樣一想，老劉頓時一個激靈，又有些震驚地看向蕭晗，伸出了手指卻半天蹦不出一個字來。

「大膽奴才，咱們小姐也是你可以隨意用手指的？」梳雲已是一個閃身上前，也沒見她如何動作，手上一拂一推，老劉已是發出了殺豬般的慘叫聲，只摀著手驚退連連，面上的神色猶如見了地獄惡鬼一般，再一看他摀住的那根手指，竟已呈一種詭異的姿態彎曲著。

就那麼一下，梳雲竟已折了老劉一根手指，果然是高手！

蕭晗忍住笑意，給了梳雲一個讚賞的眼神。

梳雲心中也有幾分得意。世子爺說了，誰敢對小姐不敬她儘管出手就是，橫豎最後有世子爺收尾，她倒當真是誰也不怕。

「妳……妳到底是誰？」見了老劉的慘狀，劉繼東也驚醒了大半，不由嚥下了口中的唾沫，小心翼翼地看向蕭晗，竟是也看出了幾分熟悉的感覺來，可心中又不敢肯定。

「劉大老爺，你站在我的鋪裡，拿著我的東西，竟然還不知道我是誰？」蕭晗嗤笑了一聲，眼波一橫已是泛出幾許冷意來。「當真是可笑至極！」

第十七章 發威

街道上人流稀少，可古玩店鬧的這一齣，到底還是吸引了不少人駐足觀望，間或小聲議論，間或竊竊私語起來。

而古玩店內，劉繼東正愣愣地看著蕭晗，腦中思來想去，突然靈光一閃，不由激動地一手拍在了腿上，直看著蕭晗傻笑。「這……不就是我外甥女嗎？」看向蕭晗的目光越發肆無忌憚起來，他就說怎麼這小美人有些眼熟呢！原來是眉眼長得與蕭志謙有幾分相似，如今確認了對方的身分，他仍舊一臉淫笑，腦中盡是浮想聯翩。

若是蕭晗成了他的人，那些鋪子的銀錢還不是嘩嘩地流向自己的口袋，哪裡會盡入了劉氏那裡，讓他還要仰仗著自己妹妹混口飯吃，想想便讓人覺得氣不順！

「妳的外甥女如今正在蕭府，我可當不起！」蕭晗側身避過劉繼東，這男人一上前，噴出的熱氣便帶著幾分口臭，她早已不想搭理他。

梳雲順勢上前擋在了蕭晗跟前，一雙小拳頭隨意握了握，可誰也不敢忽視那其中的力道，老劉便是最好的證明。

劉繼東心裡還是有些怯怯的，步子緩緩挪開了一步，又隔著梳雲對蕭晗打著招呼。「不當就不當，晗姐兒，大舅舅可是一直念著妳的！」

「掌嘴！」蕭晗沈下臉來，袖中的拳頭不由握緊了。她對劉家人確實是太忍讓了，就連一個劉繼東都敢欺負到她頭上來，當真是不教訓不行。

梳雲得令後身形一晃，一上前就「啪啪」兩下，打得劉繼東頓時摸不清方向，手中的錦盒隨即脫落，被梳雲給穩穩接住。

「妳……妳竟然敢打我?!」劉繼東痛得齜牙咧嘴，一說話口門還透風，覺著嘴裡好像含著什麼硬硬的東西，一口吐出的血沫裡竟帶著一顆牙齒。

「讓他閉嘴！」蕭晗淡淡地橫了劉繼東一眼。

劉繼東想罵又不敢罵，只能哭喪著臉杵在那裡，又有梳雲瞧著他，越發地不敢隨意動彈了。

等蕭晗看向老劉時，這人已是止不住地渾身一抖，又強忍住手指被折斷的疼痛，掙扎著站起身來，恐懼地看了一眼一旁的梳雲，這才向蕭晗哭訴起來。「三小姐是蕭家的人，可二太太還是妳的嫡母，妳如今就這樣欺負大舅老爺，欺負我們劉家的人，二太太知道了定會怪罪於妳的！」他說完眼神一閃，眸中藏恨地垂下了目光。

老劉是識時務的，不然當初也不會被劉氏找來給派到古玩店當了這個掌櫃，他如今確實是仰劉家鼻息而活，自然不能得罪主子。

眼下瞧著蕭晗那清冷的模樣，一旁還有個打手般的壯丫頭，看模樣也絕不是好惹的，他也不過是威嚇一下，希望蕭晗看在劉氏的面子上見好就收，不要把這事鬧大了，不然今後他在這條街上還怎麼做人？

「老劉是吧？」蕭晗扯了扯唇角，嘲諷一笑。「你也知道你是劉家的人，如今這是我蕭家的鋪子，是我母親留給我的嫁妝，我今日就是來收回這鋪子的。你先前交給我的帳本我也看過，古玩店積壓的貨物太多，甚至還有好多是打了條子、拿貨就走，我也不知道是誰給你的膽，竟然敢這樣行事？不過今日連同劉大老爺在內，拿了貨就把借條給我寫清楚，回頭我自會讓人一一上門收帳，至於這古玩店的掌櫃，從今日開始你不用再當了！」

蕭晗一席話說得老劉都傻了眼，鋪裡的夥計左看看、右看看，都不知道該聽誰的，眼前這美得如仙女下凡的小姐才是他們真正的東家？

蕭晗掃了一眼老劉身後的幾個夥計，見其中有個機靈的已經退到了一旁，並沒有護在老劉左右，心想這人或許與劉家還沒有牽扯過深，便指了他道：「劉老爺剛才說這柄翡翠如意要賣五千兩銀子，你就打個五千兩的借條，讓他按了手印，回頭我自會找人去劉府收帳。」

那夥計也是機靈，見蕭晗點了他的名，立刻就往前躥了幾步，忙不迭地給蕭晗作揖。「小的許福生給東家見禮！」見蕭晗讚許地看了他一眼，立即便拿了筆墨來書寫借條，末了又遞到劉繼東跟前。「劉老大爺請蓋個手印吧！」卻沒有再稱呼他為大舅老爺，這見風轉舵的本事可玩得活靈活現。

「你……這是要造反了?!」劉繼東氣惱地看向眼前瘦小的許福生，這些人從前他根本沒拿正眼瞧過，眼下竟然還敢逼著他按手印，這一按下去可就是五千兩銀子啊！

「梳雲！」蕭晗一個眼神過去，梳雲也沒與劉繼東廢話，抓著他的手便按了下去，鮮紅的指印在潔白的紙張上是那麼明顯，又順手遞過了手中的錦盒。「拿好了你的五千兩！」

劉繼東接過錦盒，欲哭無淚，他剛才不過是順口說的五千兩，可這柄翡翠如意的價格老劉根本沒向他提過，想來也是值不了那麼多的，卻沒想到他隨口一說，竟然讓自己成了這個冤大頭！

「許福生，你可知道老劉將經年的借條都放在哪裡？若是還有劉大老爺的借條，一併翻出來讓他蓋個手印，到時候這幾筆帳也好一起算算！」蕭晗當真是語不驚人死不休。

聽了她這話，劉繼東已是雙股打顫，一個不穩跌坐在地，只悲悲切切地看了老劉一眼，嗓子都啞了，疑似帶著哽咽。「老劉……你害死我了！」

「大舅老爺！」老劉此刻恨不得能與劉繼東抱頭痛哭，他是一次也沒收過劉繼東的銀子，可劉繼東每次來拿過什麼他總要記下一筆帳來，此刻見許福生二話不說就去翻了舊帳本，嘴裡也是罵聲連連。「好你個吃裡扒外的許福生，若等你劉爺爺喘過氣來，看我怎麼治你！」又給幾個夥計使眼色，讓他們上前阻止，可在蕭晗面前這些人卻像吃了黃連似的，不只不敢說話，連動都不敢動了。

俗話說神仙打仗，凡人遭殃，主子們在較勁，做奴才的怎麼敢上前？他們還怕那把火燒到自己身上呢！再說他們也只是老劉雇回來的，可不是劉家什麼人，還是先觀望一陣再說。

牆倒眾人推，蕭晗怎麼會不明白這個道理？看來這鋪裡也就只有老劉是劉家的人，至於劉繼東這個主子，看著可真夠窩囊，早已不復當年劉家風光之時。

許福生找了薄薄的一本帳本出來，其實那也算不得是帳本，只是在鋪子裡白拿東西的都在上面記了一筆，哪年、哪月、哪日、哪戶人家取走的，都記得詳細得很，其中關於劉家人的就有好幾筆，除了劉繼東，也有劉老太太，甚至還有兩位劉家太太以及那個做了小妾後又回娘家的小姐。

也不知道這古玩店怎麼經營得下去，難道真是拆了東牆補西牆，恐怕最後這些欠著的帳，劉氏也還要賴在了她的頭上。蕭晗不禁有些冒火，重重地扣下帳本，只對梳雲道：「趕他們出去。」又轉過身來問：「蕭潛何在？」

「三小姐，蕭潛在！」人群中不知道什麼時候閃出一個穿著藍色細布長袍的男子，他對著蕭晗抱拳躬身，態度很是恭敬。

蕭潛長得濃眉虎目，原本斯文的袍子穿在他身上，竟多了幾分英武壯碩的感覺，二十來歲的年紀看著很是沈穩，正是蕭老太太派來保護蕭晗的蕭家護院之中的領頭人。

「你帶兩個人將劉大老爺給送回劉家去，依著這帳本上記下的，找他們索要銀子！」蕭晗淡淡地看向蕭潛，面上沒什麼表情。「若是劉家人不肯給錢，就說是我說的，欠債還錢天經地義，他們要是耍渾賴帳，明兒個我就讓人遞了狀紙去京兆尹衙門。」

清冷的話語擲地有聲，蕭潛聽著不由挺直了背脊，看向蕭晗的目光也變得不一樣了。他原本還以為這位三小姐無聊才往這裡逛來，瞧著劉繼東時他也覺得眼熟，手下的人立刻來告訴他這是誰，還想著是不是等蕭晗為難時他再出手相幫，畢竟是蕭老太太的吩咐，他可不能讓三小姐在外面受了委屈，回府哭訴。

可蕭潛沒想到的是，事情根本不是他想像中的那樣，蕭晗身邊有個厲害的丫鬟不說，這位三小姐自己也不是省油的燈，不聲不響地就將劉繼東給坑了，眼下劉家人一個傷、一個廢，只怕再也不敢與三小姐鬥下去。

這哪裡還是整日裡關在府中的小姐？簡直刷新了蕭潛的認知！心裡對蕭晗也多了幾分敬畏。

他們一大家子本來就是蕭老太太從川蜀之地帶來的，老太太也捨得下本錢供養他們這些人學武，如今府裡能夠得他們敬重的只有老太太一人，至於劉氏之流，蕭潛根本看不上眼。

拿了劉繼東送回劉家去，這是蕭晗吩咐他做的事，也是他做下人的本分。

蕭潛二話沒說便照做了，順帶也將老劉給帶走，免得留在這裡礙眼，又留了兩個人跟著蕭晗，這才放心離去，想來有那個厲害的丫鬟在，蕭晗的安危應該無虞。

對著店裡的四個夥計，蕭晗恩威並施地訓誡了一番，願意留下的她歡迎，不想留下的拿了錢走人，只要肯用心做事的，就算這古玩店今後做不下去了，她自有辦法安置他們。

古玩店的現狀只是讓蕭晗看出了一點苗頭，但若照著這只出不進的現帳來看，老劉到底是怎麼將帳目做到少少盈餘，還能持續經營下去，這一點才是讓她納悶的事情，可問鋪子裡幾個夥計，就連許福生也對這事情不是很清楚，只說有個跑海運的老闆與老劉關係很密切，每隔兩、三個月便要來鋪裡一趟，兩人每次都會商談許久，之後便會有一次進出貨。

因為都是老劉經的手，他們下面人對此是全然不清楚的。

蕭晗聽了後不由眉頭深皺，直覺這裡面有什麼蹊蹺，可她一時也想不明白，只能帶著心中的疑惑往下一間鋪面而去。

他們家的書舍也在這條街上，與古玩店之間還隔著幾間鋪面，書舍後面還有一座帶著兩層小樓的院子，蕭晗記得那時跟著母親來書舍時，也常在小樓裡坐坐，小樓臨著一條溪水，春日裡柳樹茂盛，風光正好。

到了書舍，果然如蕭晗想像中一般清靜，店裡只有一個夥計，約莫就是十來歲的年紀，長得很是清秀，見了他們主僕到來，態度算不上殷勤，卻也不是那種愛理不理的，只客氣地請她們隨意看看，若是有合心意的再詢價不遲。

蕭晗暗暗點了點頭，書舍環境清雅，若是個諂媚的夥計倒是讓人覺得無趣生厭。

她目光四處一掃，見書架上擱著的各種話本雜書，有些是翻舊了的，有些卻是新上的書皮，她隨意拿下一本看了看，書頁被翻得有些褶縐，裡面甚至還有一些小字注解。

蕭晗不由失笑地搖頭，這哪裡是賣書，分明就是給別人提供一個借閱書籍的場所，對那些無錢購書的窮書生倒是一項福利。

「你們掌櫃的可在？」蕭晗笑著看向小夥計，不知怎的一來到這書舍裡，原本在古玩店裡的怒氣都一一平息了下來，此刻她已是取下了冪籬，桃花眼中泛起一抹清豔的波光，那婉轉含笑的模樣不由讓人看呆了去。

小夥計在看清蕭晗的模樣後，驚豔中還有一抹不可思議的樣子，只急急地往後院跑去，整個人一下便消失不見了。

蕭晗怔了怔，身後的兩個丫鬟更是不明所以，不過半盞茶的工夫，小夥計已是轉了回來，只是他身後還跟著一名男子。

那男子一身青袍，墨髮披散，只用一根竹簪鬆鬆綰起，那步履比小夥計還急，已是轉到了店前。在看清蕭晗時，整個人如被電擊僵般佇立不動，眸中的眷戀溫柔一閃而逝，快得讓人來不急分辨。他顫聲開口道：「妳可是……清言的女兒？」

書舍後的院子裡有一口古井，遮蔭的葡萄架子上已經爬滿了藤蔓，木雕的長條桌子擺在一側，茶香繚繚中，似乎連對面的人影都看得不真切了。

原本蕭晗只是覺得書舍清雅，卻沒想到真正清雅的地方竟是在這後院裡。她小的時候也不止一次來過這裡，或許這裡的佈置擺設並沒有變化，卻因為住下了不同的人，連帶著這裡的一草一木都沾染上了他的氣息。

要說這青袍男子長得有多俊美倒也不是，可他眉眼清雋，舉手投足間都有股天生的貴氣，特別是那股淡然悠遠的氣質忍不住讓人有些沈醉。

蕭晗默默地看著，直覺這是一個有故事的人。

「妳一定很好奇我是誰吧？」青袍男子端起茶水抿了一口，平日裡覺得甘甜的茶味今日竟然覺出了一抹澀意，他不禁苦笑著放下了手中的紫砂杯。

「您是……我母親的故友？」眼前的青袍男子年紀怕是與母親相仿，可蕭晗並不認識他，也只能作此猜測。

「算是吧！」青袍男子笑了笑。「我姓岳，單名一個沖字。」說罷微微一頓，片刻後又笑道：「我倒是沒想到清言的後人，竟然會走進這家書舍。」

「小的時候我也常陪母親來這裡，可您那時並不在這兒。」蕭晗抿了抿唇角，她明白岳沖話中之意，母親去世劉氏進門，她根本無暇他顧，這些鋪面也漸漸被劉氏接手過去，她自然就沒再來過。

「是啊！那時我雲遊四方，並不想停留一處。」岳沖感慨了一聲，清淺一笑中似乎流淌著歲月的痕跡，連眼角淺淺的皺紋都平添了幾分風霜。

蕭晗靜靜地看著他，半晌後才聽他嘆道：「可沒想到是在妳母親去世後，我才歇了這遊走之心，安心地留在了京城，為她看著這裡、守著這裡。」

「您是這鋪裡的掌櫃？那先前的帳本……」蕭晗微微有些驚訝，她早就知道書舍是不賺錢的，可翻看這裡的帳目雖不是月月有盈餘，虧得卻也不多，處於一個持平的狀態。

或許也是因為這個原因，劉氏並沒有插手書舍，這才能讓岳沖等人留待至今。

「當初清言開這書舍本就不是為了賺錢，我不過是回到了她為我準備的地方罷了。」岳沖說得簡單，可蕭晗聽得卻是心驚肉跳，不由狐疑地看向他，難不成她母親曾與岳沖有什麼關係不成？

眼下莫清言已經不在了，蕭晗不想去揣度什麼，若是會影響她母親名聲的事，她為什麼要知道？

見蕭晗眸中神色變幻不定，岳沖無奈一笑，又執壺為她滿上了茶水。「妳不用胡亂猜想，君子之交淡如水，而妳母親也算是我一生的知己了。」

紅顏知己，又有誰不想求一個呢？等岳沖明白了自己的心，明白了莫清言不可能永遠等著他，明白了有一天她已經不在人世，那種遺憾與追悔再沒有人能夠明白。

「岳叔叔誤會了，我是相信我母親的。」蕭晗淡淡一笑，她母親性子清傲，眼光也獨到，被母親看上的人自然是不差的。

她看眼前的岳沖也是一派光風霽月，只是流言可畏啊！

岳沖挑了挑眉，沒有說破蕭晗話中之意，只相信她母親，也就是不大相信他了？畢竟對於蕭晗來說，他還只是個陌生人，岳沖無奈一笑。「如今妳來，可是想要收回這間鋪面？」

鋪面的房契、地契都在他這裡收著，不過帳還掛在蕭府裡，只因為這鋪面沒有賺錢所以劉氏並沒深究，若是蕭晗想要，他自然會雙手奉上。

「不。」蕭晗搖了搖頭，見過岳沖後她突然改變了想法，就算書舍收回去了又能做什麼呢？難道重新改造後再作他用？

不！這裡留著太多關於母親的回憶，甚至讓她一踏進這裡便有種親切感，眼前坐著的岳沖還是母親視為知己的故人，她為什麼非要攆他走？

若是兩人能坐在一起回憶母親的點點滴滴，會讓她覺得母親並沒有離開，因為他們都不曾忘記她。

「岳叔叔，我想進小樓裡看看。」蕭晗突然站起了身來。

岳沖笑著點頭。「去看看吧！妳母親不時也會歇在這裡，她的那間房我一直為她留著的。」看向蕭晗的目光已然透著長輩看晚輩的和藹親切。

也許蕭晗還對他有些警惕，畢竟誰也不會對初見面的人交付真心，可他看著這姑娘卻很是喜歡，因為那是莫清言的孩子。

莫清言不在了，難道他還不能代替她好好地照顧她的孩子嗎？

蕭晗緩緩走進小樓，卻不能忽視身後那雙一直溫柔地注視著她的目光，這讓她在跨進小樓時腳步微微一滯。

岳沖這是透過她在看母親嗎？

那樣溫柔眷戀的目光，那樣親切柔和的微笑，若說岳沖對母親沒有感情，她是怎麼也不會相信的，可他們之間卻能發乎情、止乎禮，當真是君子之交，一杯濁酒，一壺清茶，已經是外人無法懂得的交心。

小樓的佈置倒是一如她記憶裡的一般，那些藤椅、方几已經帶著歲月磨礪後的沈光圓潤，窗邊的花觚裡斜插著兩枝帶著朝露的梨花，純白的花瓣飽滿鮮嫩，朵朵向著窗邊綻放，似乎讓人一瞧見便多了幾許生機與希望。

蕭晗不由會心一笑，她與母親都愛梨花，那樣的高潔悠遠，想來岳沖也是知道的。

留了枕月與梳雲在樓下等候，蕭晗踏上階梯，剛轉過二樓便瞧見了迎面掛著的美人圖，她整個人一下子怔住了。

畫中的美人憑窗而望，綠色的裙角靜靜地垂在腳邊，她十指纖長、肌膚白皙，眉眼更是精緻得猶如雕像般，那含笑的唇角不過微微勾起一抹弧度，卻已然有顛倒眾生之態。

這眉眼樣貌她怎麼會不熟悉，那就是她的母親啊！

這樣傳神細緻的畫作，若非與莫清言本人極為親近，又怎麼能畫得如此傳神？

這幅畫以前她卻是沒見過的，蕭晗走近細看，見畫卷左下角落了紅色的印章，上面只有兩個大字：海川。

岳沖……難道就是岳……海川？

腦海裡閃過這樣一個認知，蕭晗不由驚訝地睜大了眼。

岳海川可是當世名儒，是家族沒落的貴公子，他的畫千金難求，甚至連國子監祭酒都想請他前去任教，可這樣的人怎麼會待在一間不起眼的小書舍裡？還偏偏就是坐在院子裡那個一身青袍、磊落倜儻的男子？

第十八章　還錢

馬車轂轆地轉動著，略顯顛簸的路面卻打不斷蕭晗的沈思。

她還沒從知曉岳沖就是岳海川的震驚中回過神來，沒想到母親竟結交了這樣了不起的一位當世名儒，就連岳海川都視她為知己，可嘆家中那個自以為一身學問的蕭志謙，卻瞧不起身為商人婦的莫清言。

想到這種種，蕭晗忍不住想要發笑，可笑意過後又是深深的悲涼。

她的母親當真是一個奇女子！

越是深想，越是覺得母親的不一般，可愚蠢如蕭志謙眼裡卻只能看到劉氏那個口蜜腹劍的女人，白白錯失了這樣一個好女子。

可蕭晗一點也不替蕭志謙惋惜，因為作為父親他是不合格的，作為丈夫他更是不配！母親那樣聰慧，是不是早就知曉了劉氏母女的存在？所以她從來沒瞧過母親主動與蕭志謙親近，甚至難得對他展露一個笑顏。

那樣一個驕傲的女子，即使知曉丈夫的背叛，恐怕也能一笑帶過。

蕭晗的目光低垂而下，不禁緩緩握緊了袖中的拳頭，這一次出行讓她獲益良多，還再次瞭解了自己的母親。

這樣一相對比，劉家的事情反倒顯得次要了，她也沒想過讓蕭潛帶著劉繼東回去就能討要到那些欠債，只怕劉老太太此刻已是鬧上了蕭家，不過橫豎有蕭老太太在那裡，劉家人應該掀不起什麼風浪才是。

想到這裡，蕭晗不由吩咐枕月道：「枕月，今日既然出了門，就索性把另外三家鋪子都看了吧！」

「是，小姐。」枕月應了一聲，轉頭就往前吩咐了車夫，眼下時辰還早，反正回到府中也是不早不晚的，在外面也好打發時間。

京城的五家商鋪，除了古玩店與書舍，餘下的有一家酒行、一家米糧鋪子、一家綢緞莊。

綢緞莊在南坊市，那裡相連著許多首飾行，是京城裡豪門貴族最愛光顧的地方，且蕭晗的這間綢緞莊占地位置極好，剛好在一個十字路口上，按理一年也不會只有這一千兩的盈利。

酒行與米糧鋪子在北坊市，這裡多是批發糧食的市場，薄利多銷是這個行當的規矩。

剩下的三家鋪面，蕭晗一視同仁，不管掌櫃如何辯解，只要她將進貨價錢與各家一對比，再與鋪面的銷量一番加減，到底當年是多少盈利便一目了然。

各家掌櫃也沒想到蕭晗這姑娘看著年紀不大，竟然心思細密、聰敏異常，起初不動聲色地收下了帳本，反過來便開始查上他們，這一來一回掌握了這麼多的證據，就連他們的進貨管道也都一一挑明了。

面對這樣的境況，竟是無一人能夠反駁。

若眼下劉氏在這裡還好，他們還能藉著二太太的威勢壓一壓三小姐，可看眼前蕭晗這架勢，可是一點也不準備買他們的帳。

「從前我母親管著鋪面時，倒沒出過這般多的紕漏，想來各位是在清閒位置待久了，這心思也就不純了，以為二房主母易人，這鋪面的主子也就換人當了不成？」蕭晗坐在上位，面色冷凜，眸中不見絲毫軟弱之色，訓斥著這些比她還年長的掌櫃們，也是半點不嘴軟。

「我也不過於追究了，你們都按照過去我母親在世時每年的盈利，給我把吃了的錢補上來，否則休怪我不念舊情，送官查辦！」

梳雲遞來的資料足夠讓蕭晗有證據將這幾名掌櫃送到官府衙門，就連他們進貨的管道、價格、經手人也是一清二楚。

梳雲還曾說，若是蕭晗需要人證，她也能立刻找來，如此貼心忠誠的下屬，讓蕭晗是越來越喜歡，可歡喜之餘她心中也升起一個疑惑，僅憑梳雲那個在神機營中任職的哥哥，真的有那麼大能耐能夠在短時間內，查清這其中的種種來龍去脈嗎？

能有這樣的人脈關係網，有這樣靈通的消息打探管道，怎麼她一想，就覺得與錦衣衛脫不了干係呢？

而且梳雲是誰送來的人，蕭晗可知道的一清二楚，不禁越發肯定了心中的猜想。

幾個掌櫃聽了這話已是戰戰兢兢，冷汗直流。

蕭晗命府中的護院將他們先給押了回去，以防他們串供，誰先交代清楚了便先放了誰。橫豎都是被收著賣身契的家奴，不過是主子給了體面他們才能在人前作威作福，眼下主子要抓了他們，難道還敢反抗不成？

蕭晗又挑了幾個還算機靈的夥計暫代管事之職，之後再另作安排。

今日一番忙碌後，蕭晗回到府中已是申時末了，剛進二門便見蔡巧候在那裡，一見到她，蕭晗便帶著身後兩個小丫鬟迎上前去。

蕭晗心思一轉，笑咪咪地說：「竟是蔡巧姊姊在這兒，可勞妳等候多時了。」

「三小姐折殺奴婢了。」蔡巧規矩地向蕭晗行了禮，側身讓開道來。「老太太有請三小姐。」

蕭晗點了點頭，心中料想的也是這樣，遂一邊走著，一邊與蔡巧閒話起來。「老太太可用過晚膳了？」

「還沒呢！正等著三小姐一道用膳。」蔡巧悄悄瞟了蕭晗一眼，今日午後蕭家可是鬧得翻了天，可作為事主的三小姐卻還在外面閒逛，眼下好歹事態平息了下來，老太太想要個說法也是無可厚非的事，也就三小姐還能有這樣的氣度，若是別人，此刻怕已不知道是怎樣的焦急了。

一路走來都是寂靜無聲，直到入了敬明堂後，蕭晗才發現那些丫鬟、婆子看她的目光有些不一樣了。若說從前還帶著幾分討好，可如今卻是變成了敬畏，三分敬、七分畏，直把她都給弄糊塗了。

蕭晗眨了眨眼睛，不由小聲問著身旁的蔡巧。「蔡巧姊姊，這到底是怎麼了？」

「三小姐當真不知道？」蔡巧腳步一頓，頗有些無奈地搖頭。「三小姐今兒個在外發了威，竟是連劉家的大舅老爺都敢扭送回去，二太太可是氣急了……」微微一頓，又小心翼翼在蕭晗耳邊道：「不過沒討著什麼好，老太太都給壓住了。」

「還是祖母對我最好了。」蕭晗笑著點頭，倒是讓蔡巧哭笑不得。

如今院子裡的人敬畏三小姐，是覺得這笑得像菩薩似的三小姐，也不真正是那等慈眉善目之人，就連收拾嫡母娘家舅舅也是絲毫不手軟，別人怎麼還敢在她跟前放肆？

伴隨著眾人敬畏的目光，蕭晗坦然地跨進了門檻。

蕭老太太此刻正在喝著一盅菊花茶，見蕭晗進門也只是瞄了她一眼，並不搭理，轉而與魏嬤嬤說上了話。「這菊花清火，今日我少不得要長幾個燎泡，回頭再給我燉一盅蓮子羹來降降火。」

魏嬤嬤一一應是，見蕭晗俏生生地立在那裡，忙給她使了個眼色，這才悄無聲息地退了出去，將正屋留給了她們祖孫倆。

蕭晗恭敬地行了禮後，才笑著上前道：「今日可是氣著祖母了？孫女這不就來向您陪不是了？」她自顧自地站在了老太太身邊，為她捏著肩膀。

蕭晗到底不是不經世事的小女孩，知道蕭老太太只是面上看著難親近，若是真明白了老人家心裡所想，便會知道她也只是個怕寂寞的老人罷了，只要多哄著、多順著一點，她就會掏心掏肺地對妳好。

蕭老太太輕哼一聲，癟了嘴道：「妳不是只去鋪子上走走，怎麼還沒回來，就有人哭天搶地地追了上門？妳可沒見著那老虔婆撒潑的架勢，若不是我讓人在屋裡、屋外守著，她非要把這裡給掀翻了去！還說自己是什麼名門之後，我看這一股子耍無賴的勁兒，真是誰也比不上！」

蕭晗挑了挑眉，忍住唇角的一抹笑意，專心地聽著蕭老太太抱怨，末了才道：「祖母是怎麼解決她的？我瞧敬明堂上下都安安穩穩的，那還不是祖母治家有方！」

「妳少在我跟前貧嘴！」蕭老太太嗔了蕭晗一眼，面色卻是緩和了不少。「她想要鬧，我便叫了人來看著她鬧騰，連帶著妳大伯娘，還有妳父親和劉氏都來了，一家老小都看著她呢！我看她有什麼臉面來鬧！」話一說完，蕭老太太還得意地輕哼了一聲。

「那後來呢？」蕭晗想像著當時的場景，只怕徐氏是來看熱鬧的，而蕭志謙和劉氏指不定要怎麼羞愧呢！

「後來？」蕭老太太嗤笑了一聲，眉梢眼角卻有掩不住的笑意。「還能怎麼著？這白紙黑字寫著呢！劉繼東還蓋了手印的，他們劉家怎麼推託得了？前前後後一共得還上一萬八千兩銀子，劉氏拿了八千兩出來先抵著，妳父親那裡也出了五千兩，那老虔婆卻是不答腔，想來她是巴不得有人替她那破敗兒子還錢，餘下的只說後面慢慢還就是。」老太太說到這裡，逕自打開了羅漢床上小方几的櫃子，將一疊銀票塞到了蕭晗的手裡。「好好收著。」

這次雖然不關蕭志謙什麼事，但他娶了那樣一個老婆，有了那樣一個親家，就也有責任，與其讓兒子的錢流入劉家人的腰包，蕭老太太情願他都給了蕭晗，那好歹還是他的女兒、她的孫女不是？

蕭晗拿著那疊銀票，一時之間愣住了，她原想著以蕭老太太的威嚴收拾劉家人，還是綽綽有餘的，卻沒想到回了府後，還有這等意外之喜。

「怎麼，樂傻了？」蕭老太太又喝了口茶水，這才伸手彈在蕭晗的額頭，笑道：「一點小錢罷了，我看蕭潛拿來的帳目單子，還有些人家都欠了妳的帳，要不要我挨個派人去討了回來？」

蕭老太太還真不怕那些人會欠帳，而且那欠了錢的，莫不是與劉家有些關係的，她見不得這些人一大把年紀了還占小姑娘的便宜，真不嫌害臊。

有人替她出頭，蕭晗自然樂得點頭。「那就有勞祖母了。」

她是不適合做這古玩店的，畢竟這行的水太深，又有許多規矩和忌諱。

祖孫倆正說著話，魏嬤嬤便讓人進來擺飯，蕭老太太順勢留了蕭晗用飯，又叮囑她道：「回頭妳父親指不定還要尋妳說話，他若說什麼妳聽著就是，總之錢已經到了妳手裡，可別犯傻再交了出去，知道嗎？」

「祖母說的我都記住了。」蕭晗笑著點頭，如今她好歹挽回了一些損失，可想到老劉那事，心裡又沈了幾分。

這些被壓下的貨款尚且不說了，老劉到底是私下做了什麼營生，才讓古玩店的明面帳目有了少少盈餘，他總不可能拿自己的錢填上吧？

想必在古玩店的掩藏下，他還有更大的利潤收入。

蕭晗帶著這樣的疑惑出了敬明堂，人還沒跨入辰光小築的大門，蘭香便帶人攔住了她，只客氣地傳話道：「老爺與太太請三小姐過去！」

蕭晗眉頭一挑，該來的總是會來的，她躲也躲不過去。

臨淵閣裡，蕭志謙正在輕聲安慰著劉氏，眼見妻子一雙眼睛都哭紅了，他更是止不住地心疼，對蕭晗的怨懟便更大了。

哪家的女兒能有蕭晗這樣的作為，也不說一聲就讓人抓了自己的大舅舅回去要帳，說出去他都沒有面子，果真是商人婦生出的閨女，滿心滿眼都掉在了臭銅錢裡，怪不得讓人瞧她不起！

「老爺……」劉氏見好就收，也不想自己的哭訴讓蕭志謙覺得煩了，只倚在他懷中輕聲道：「我也知道做後母不易，可這些年我是怎麼對晗姐兒的，您也是看在眼中，她就算不顧忌著我，好歹也要顧忌著兩家的顏面，看我娘今日在府裡那般委屈，我的心都快碎了！」說完又輕聲抽泣了兩下。

「妳莫要難過，等晗姐兒過來，我定會好生訓導她一番，若是再放任下去，只怕今後她真要無法無天。」蕭志謙也很是氣惱，蕭晗從小在他跟前長大，他也沒覺得這個女兒有什麼不對勁，可如今怎麼會做出這種事來？

劉氏點了點頭，又惦記著自己交出去的銀兩，不由扯了扯蕭志謙的衣袖，可憐兮兮地道：「老爺，那咱們拿給老太太的一萬三千兩銀票……」她抽抽泣泣的，眼看著又要哭了出來。「您也知道那是我為盼姐兒存的嫁妝，我就這麼一個女兒，也沒有莫姊姊留下的豐厚嫁妝。再說還有老爺的錢呢！晗姐兒若是個孝順的，怎麼也不會要了您的銀子……」

「妳放心！」蕭志謙拍著劉氏的肩膀保證道：「等老太太將銀票交給晗姐兒之後，我一定讓她拿來還妳，怎麼著也不能虧了妳的銀子！」

「老爺對我真好！」劉氏這才小意溫柔地伸手撫了撫蕭志謙的胸口，心中頓時覺得舒暢了不少。天知道當時被蕭老太太和自家老娘給逼著，要她拿出銀子來擺平這件事時，她有多麼不甘願，現在想想心口還疼呢！也是她低估了蕭晗，沒想到這臭丫頭會私下跑到鋪子裡查帳，竟然還讓她翻出了劉家人的舊帳，弄得她還也不是，不還也不是。

當時蕭老太太與徐氏的臉色，可真是讓人難忘，就差指著鼻子罵她貪了蕭晗的銀子。

原以為蕭晗是個萬事不懂的千金小姐，沒想到還是繼承了莫清言的精明勁兒，為了一點銀子就搞得滿身銅臭，怪不得不討蕭志謙的喜歡。

劉氏與蕭志謙剛剛溫存了一會兒，便聽得蘭香在外稟報說是蕭晗到了。

蕭志謙立即正了正神色，端正地坐好，劉氏又為他理了理衣襟，隨即便站在一側，這才傳話讓蕭晗進來。

將兩個丫鬟都留在了屋外，蕭晗一人進了內室，瞧見眼前一站一坐的兩人，上前行了一禮，口中淡淡稱道：「見過父親，見過太太！」

「晗姐兒，妳可知錯？」蕭志謙沈著面容，看向眼前的少女，她低垂著目光，長長的睫毛微微顫動，給人一種柔弱堪憐的感覺，他原本想要硬起心腸，可這說出的話語卻先軟了三分，心想著若是蕭晗就此認錯，他便也大度的寬恕她一回。

「女兒何錯之有？」不問緣由便先斥了她有錯，當真是她的好父親啊！蕭晗在心中冷哼一聲，緩緩抬起了頭來，她面色清冷、紅唇緊抿，無端便給人一種距離感。

劉氏在一旁看得咬牙，若是可以，她恨不得上前撕碎蕭晗，這個丫頭一次又一次地坑她，就在她以為一切盡在掌握時，又給她生了無數事端，她已是恨蕭晗恨入骨髓。早知如此，她當初也不用扮什麼慈母，就該早早料理了這個禍害才是。

父女倆一對視，蕭志謙卻是愣住了，他已經有多久沒認真地看過這個女兒了？久到他甚至已經想不起蕭晗的模樣，可眼前的對視，卻讓他的記憶如潮水般湧了過來。

在恍惚的光亮中，他好似看到了曾經的莫清言。

那個總是光亮自信的妻子，那個充滿了活力的女人，明明應該卑躬屈膝地在他身下，卻往往站得比他還高、看得比他更遠。

蕭晗那豔麗逼人的容色、清亮通透的眼神，還有倔強的目光和不服輸的神情，當真是與莫清言一個模子刻出來的！

蕭志謙恍若被雷電擊中了一般，那垂在膝頭的拳頭又收緊了一分。

莫清言是他心頭永遠的恥辱，永遠的痛！

她是那麼的美、那麼的驕傲，甚至捨棄了身為女性該有的溫柔體貼，對他這個丈夫不屑一顧，如此怎麼能不讓身為男人的他深深挫敗？

蕭志謙承認，有那麼一段日子他曾經迷戀過莫清言，為了她，甚至將自己對商人婦的情結都扔在了一旁，只想與她好好過日子。

可她又是怎麼回應他的？

蕭志謙想想不由發笑，也為自己曾經的愚蠢後悔不已。

莫清言就是一座冰山，就算他放下自尊與高傲，也取悅不了這個女人。

後來收到了劉氏託人送來的求救書信，他的心一下子就熱乎了起來，覺得自己還是能被一個女人所需要的，為此他不惜跋涉千里、四處尋找，終於找回了那個溫柔乖順的女人，也讓她成為了自己如今的妻子。

與劉氏比起來，莫清言當真不配做一個妻子！

他早已將這個女人丟在了腦後，卻不想今日再見到蕭晗，卻喚醒了他強壓在心底的記憶，或許他不是不想關注自己的女兒，可就是如此相同的容貌，會讓他忍不住想起那個曾經對他不屑一顧卻又讓他愛入骨髓的女人。

在過去那段與莫清言相處的時光裡，他恨、他悔，他也煎熬、掙扎過。

可如今，一切都過去了。

蕭志謙深深地吸了一口氣，緩緩調整著心中奔湧的情緒，他不能用那樣的心態對蕭晗，她不是莫清言，她只是莫清言與他的女兒。

第十九章　夜會

劉氏沒發現蕭志謙的異樣，聽了蕭晗的問話，不由冷笑一聲，踏前一步道：「妳不敬嫡母、忤逆長輩，竟然連同外人來羞辱劉家的人，妳置我於何地？置妳父親於何地？」

蕭晗不惱，反倒笑出聲來。「太太這話說岔了，我不過按著規矩辦事，欠債還錢本就是天經地義的事情，到哪裡都是這個道理，難道賴帳的人還成了苦主，那我豈不是更冤枉？」

蕭晗掃了蕭志謙一眼，見他神情肅然，唇角緊緊地抿著，眸中神色變幻不定，顯然心思並沒有在這件事情上，頗有幾分神遊太虛的意味，心中不禁有些納悶起來。

「就算妳大舅舅拿了妳鋪裡的東西，妳是晚輩，不應該孝敬他們幾分嗎？」劉氏越說越來氣，又向前踏了一步，直逼蕭晗眼前。「妳倒好，竟然能捨下臉面找上門來要錢，還藉著妳祖母的手逼著我拿錢抵上，還有妳父親的銀錢也一併給了妳，妳拿了不覺得燙手？不覺得良心不安嗎？」

「太太，妳好歹是蕭家二房主母，可要注意妳的行為舉止。」蕭晗淡淡地掃了劉氏一眼，腳步卻是向後一退，又拿了帕子掩面輕拭，想來是嫌棄剛才劉氏不顧形象地逼到她跟前來，那唾沫星子四處飛濺，她可怕被沾染上幾分。

「妳……」見蕭晗這般動作，劉氏一陣羞惱，不禁滿面通紅，她沒想到自己步步緊逼，蕭晗非但沒亂了陣腳，竟然還有閒功夫扯這些，不由氣得拉扯著蕭志謙的衣袖。「老爺，您看看晗姐兒，分明沒將我這個嫡母放在眼裡！」

蕭志謙本來沈浸在自己的思緒中，被劉氏這一拉也回過神來，見蕭晗站得遠了，看向他們兩人的目光冷冰冰的，心下不禁一滯，暗道這個女兒果真也如莫清言一般，天生就是與自己不對盤的，心下也惱了起來，只大聲喝斥道：「晗姐兒，妳母親說的有哪裡不對？妳還敢駁斥她，還不快向妳母親認錯！」

「我母親早不在了，如今站在跟前的只是父親的妻子，二房的太太。」蕭晗抿緊了唇角，她原本是想要忍住的，可看著蕭志謙對劉氏一臉維護又心疼的模樣，心裡那股倔勁就壓不住了，連蕭老太太對她的叮囑都拋到了腦後。

「反了妳！」蕭志謙大怒，他猛地站起身來，疾走兩步就到了蕭晗跟前，右手高高地揚起，眼看著就要落到蕭晗的臉上，卻見她不僅不躲，反倒抬起了頭來，一雙眸子璀璨若星辰，泛著亮光直直地向他看來。

蕭志謙舉起的手突然便揮不下去了。

她們母女真的太像了！

蕭志謙面色鐵青，舉起的手微微有些顫抖，從前他對莫清言揮不下手掌，如今對著蕭晗……他竟然也下不了手。

眼見蕭志謙緩緩地放下手來，劉氏心中那點壓抑著興奮的火苗也瞬間熄滅了。

怎麼就打不下去呢？

劉氏攥緊了手中的絲帕，她可不相信他們父女間還有什麼感情，蕭志謙連蕭晗的面都沒見過幾回，至少在她嫁到蕭府後就是這樣的狀況，可眼下為什麼卻下不了手？

劉氏百思不得其解，不由咬緊了唇。

蕭晗抿了抿唇角，垂下了目光。

剛才那一瞬間她以為蕭志謙會打下去，畢竟他眸中的怒火真真切切，他是父親，他容不得一個做女兒的這樣駁斥他。

可為什麼就沒有打下去呢？若是真打了下去，留著臉上的手指印，她還更有理由去向老太太告狀，可如今到底是不能如她的願了。

蕭晗心裡不禁有些遺憾。

眼見蕭志謙父女兩個就這樣僵持著，劉氏眼珠子一轉，便上前勸了一句，拉了拉蕭志謙的胳膊道：「老爺何必為了我動怒呢？橫豎我是把晗姐兒當作自己女兒來看待的……」她佯裝難過地用絲帕沾了沾眼角。「就算她沒有將我當作母親，我也認了。」

「妳別難過，是她不識好歹，與妳無關。」見劉氏傷心，蕭志謙不由回過頭來勸了兩句，轉頭又瞪向蕭晗道：「妳母親這樣傷心難過，妳也不知道來勸上一勸？」見蕭晗仍然站著不動，表情冷冷的，他不禁有些意興闌珊。「別的我不多說了，妳母親在老太太那裡抵上的銀錢，妳拿到了便還給她就是，至於我給的那份，全當補了妳鋪裡的虧空。」

蕭晗還沒說什麼，劉氏一聽卻是瞪圓了眼，扯了蕭志謙的衣袖急聲道：「老爺，那怎麼行？您的五千兩可也是私房銀子，平日裡不說添些筆墨，就是買些畫卷、孤本也是要使銀子的。」

「太太說得是。」蕭晗勾了勾唇角，看著這兩人一唱一和的模樣，她權當是在看戲了。

「那這麼說，妳願意將銀子還給我們了？」劉氏頓時眼睛一亮，忙又看向了蕭晗。

「還給太太也不是不行，只是劉家欠我的，他們還是要還，若是不還，我一紙訴狀給遞過去，劉家想來也是丟不起這個人的。」蕭晗一副沒得商量的模樣，劉氏氣得直跺腳，這一來一去地又回到了原點，那不如什麼都不說。

蕭志謙氣得唇角的兩撇鬍鬚直抖，他訓也訓了，想打又打不下手，只覺得面對這樣的蕭晗他頗感無力，又彷彿是對上了曾經的莫清言，那種挫敗的感覺一波接一波襲上心頭。

「時辰不早了，若是父親與太太沒什麼要吩咐的，那女兒就先退下了。」蕭晗屈膝一福，也不待兩人說話，轉身便往外走去。

只聽得身後的劉氏哭天搶地，又拿了粉拳捶著蕭志謙的肩頭，泣聲道：「你到底是養了個什麼女兒啊！」那哭聲就沒有斷過。

蕭晗嘲諷一笑，頭也不回地跨出了門檻。

屋外的枕月與梳雲趕忙迎了上去，枕月還關切地扶了蕭晗的手，壓低嗓音道：「小姐，您沒事吧？」

天知道蕭晗進去多久她就擔憂了多久，那裡面可不僅僅有二太太劉氏，還有二老爺蕭志謙呢！

雖說從最近的戰績來看，她們家小姐對上二太太那是穩贏不輸，可如今又加上一個二老爺，這結果就未可知了，所以她擔心得很。

「我沒事。」蕭晗搖了搖頭，又扶住了一旁梳雲遞來的手，笑道：「就是勞累了一天有些疲倦，咱們回去歇息吧！」

梳雲與枕月對視一眼，都不禁點了點頭，可不就是勞累了一天嗎？

扶著蕭晗的手往前走著，梳雲還忍不住回頭瞄了一眼，她是練過功夫的人，耳力自然好，此刻還能聽到那正屋裡頭傳來斷斷續續的哭聲，想來這次那位二太太也沒討到什麼好。

梳雲的唇角不由翹了起來，果然還是她家小姐厲害！

敬明堂的正屋裡，蕭老太太聽了臨淵閣裡傳來的消息，一時之間笑得嘴都合不攏，魏嬤嬤見了不由笑著搖頭。「老太太這般模樣要是被人瞧見了，可有損您的威嚴！」

「我這是高興不是？」蕭老太太抿了抿唇，這才將笑容淡下去幾分，卻又止不住心中的快意，端起桌上的菊花茶又喝了一口。「我就知道晗姐兒不是好欺負的，這劉氏想要討銀子回來，還不是要觸一鼻子的灰？」說罷又笑得咧開了嘴角。

「聽說二老爺也是氣急了，當時還差點動了手呢！」魏嬤嬤聽傳消息那丫鬟描述得繪聲繪影，不過想著蕭志謙那一臉儒雅的模樣，真要動起手來，只怕也是不好收場的。

「他若是為了劉家人敢打晗姐兒，明日我就要劉氏好看！」蕭老太太輕哼一聲，又癟了嘴道：「晗姐兒好好的鋪子被劉家人給吞了，她還滿腹的委屈呢！做父親的非但不安慰體諒，這心還全偏向了劉氏……」老太太對這點早就不滿了，不由側頭看向魏嬤嬤。「妳說我怎麼就生了這麼個兒子，完全不像他大哥的精明，只被女人牽著鼻子走！」

「二老爺這還不是重情意。」魏嬤嬤寬慰了蕭老太太兩句，眼看天色不早，便讓丫鬟端了熱水給老太太洗漱，服侍她上榻安歇。

蕭晗這一夜卻是睡得不大踏實，這一天經歷的事情太多了，多到她一時之間還難以消化，在床榻上一直輾轉難眠，因此第二日起榻後，眼圈下竟是多了一絲烏青。

蕭老太太瞧見了止不住地心疼，又見劉氏在場，更是拉了蕭晗到懷裡來輕輕拍了拍，安慰道：「我就知道妳昨夜睡不好，明明不是自己的錯，別人還緊揪著不放，可沒想過自己家裡人當初是怎麼欺負妳年紀小的，以為沒人管著便無法無天，眼下該還了又捨不得，當初早幹麼去了？」

蕭老太太一番話說得劉氏臉上青一陣、白一陣的，只能轉頭與蕭昐低聲說著什麼，假裝沒有聽到。

蕭昐昨兒個沒有待在臨淵閣，若是有她在，只怕早就上前打了蕭晗一頓，她也是今日才聽說了這件事，心中真是氣急了，不禁惡狠狠地瞪向蕭晗。

「好了，這事就這樣吧！缺了的銀子還是要慢慢補上。」蕭老太太一錘定音，又斜斜地睨了劉氏一眼。

劉氏強笑一聲，不敢不應。「老太太說的是，回頭我一定好好跟他們說。」

蕭老太太淡淡地應了一聲，又轉而與徐氏說起話來，等到老太太疲了，各房的人散去後，蕭晗卻被蕭昐給堵在了路上。

「二姊有何事？」來者不善，蕭晗不動聲色地退後了一步。

蕭昐插著腰，一臉凶惡地斥責道：「蕭晗，妳好大的膽子！妳欺負我大舅舅不說，連著外祖母和我娘都不放過，妳的心眼太壞了！壞透了！」她就這樣站在那裡喋喋不休地罵了起來。

蕭晗表情淡淡地掃了蕭昐一眼，等她罵聲稍歇，這才不疾不徐地說道：「那二姊認為我該怎麼做才對？就該合了你們的心意，任劉家人予取予求，將我母親留的嫁妝揮霍殆盡嗎？」

劉家人就是那麼奇怪，他們怎麼樣對別人都是應該的，但只要別人稍稍反抗一點，那便是天理難容，連帶著擁有劉家一半血脈的蕭昐也是一樣。

當真讓人覺得可笑至極！

蕭晗壓根兒不想搭理蕭昐的無理取鬧，只道：「若是二姊想要幫妳外祖家還上這筆銀子也是使得的，妳要還嗎？」

被蕭晗一刺，蕭昐立即脹紅了臉。「我哪有那麼多銀子?!」

「沒銀子妳還擋我的路幹什麼？我還真以為妳要還呢！」蕭晗嗤笑了一聲，一手撥開蕭昐往前走去，淡淡的話音卻飄了過來。「二姊，有多大的腳就穿多大的鞋子，別沒有本事還強出頭，當心讓人看了笑話！」

蕭昐被氣得暈了頭，哪裡還顧忌得了那麼多，拔腿就往蕭晗奔去。「蕭晗，妳這個混蛋！我今日就要代替我娘好好教訓妳一番！」高高揚起的手還未落下，便傳來一陣驚訝的痛呼，蕭昐痛得臉色都變了。「放開，快放開！」

蕭晗腳步微頓，轉過身來，瞧著蕭昐正怒目圓瞪，可一隻手臂卻被梳雲給穩穩攥住，根本動彈不得，她不由冷笑道：「下次想要打人可要想清楚了，就連父親都沒有打過我，妳憑什麼？」說罷對梳雲使了個眼色。

梳雲重重一推，蕭昐倒退幾步跌在了地上，一邊抹淚、一邊哭訴道：「蕭晗妳沒有良心，欺負自己的姊姊，回頭我要告訴我娘去！」

「妳也就那點能耐了。」蕭晗嘲諷一笑，也不再理會蕭昐，帶著梳雲與枕月轉身離去，她還有更重要的事情要琢磨，眼下可沒功夫與蕭昐在這裡耗著。

回到辰光小築後，枕月為蕭晗取下了身上的雪緞披風，有些擔憂道：「今日小姐這樣下了二小姐的面子，就怕二太太回頭找您的麻煩。」

「我就算對蕭昐和顏悅色，該找的麻煩她們母女倆也絕對不會落下，橫豎我占著理呢，不怕她們鬧騰！」蕭晗淨了手後，坐在臨窗的美人榻上，又招了梳雲上前說話。「妳老實對我說，這次幫我查訪消息的可是世子爺的人？」

梳雲怔了怔，旋即慚愧地低下了頭。「真是什麼都瞞不過小姐。」這頭她領了小姐的賞，那邊世子爺也賞了她，她心裡早就有些不踏實了，可世子爺沒讓她主動說，她又不敢據實相告，眼下小姐問起了，她又不好隱瞞。

「我想也是，只有錦衣衛才能這般神通廣大！」蕭晗唇角一翹，微微一頓又傾身向前。「眼下我還有一事想要請世子爺幫忙。」

既然有這樣的人脈為何不用？大不了之後她再慢慢還葉衡這份人情就是，再說還有她哥哥蕭時的前途，也要勞煩他呢！葉衡這棵大樹可是她早就準備抱上的，不如在該用的時候就用個夠本。

這樣一想，蕭晗唇角的笑容不由緩緩拉升。

寂靜的內室中，葉衡掬了把溫水洗臉，又接過吳簡遞來的帕子擦乾了，這才抬頭問道：「她真讓梳雲來拜託我了？」

「那可不是。」吳簡趕忙點頭。「蕭三小姐聰慧過人，大人這樣幫她，她心裡也記著您的好呢！」面上笑嘻嘻的，心中卻是一陣腹誹。

許是見慣了那些京中的名媛小姐們找著各種理由想要搭上他們家大人，可大人偏偏不屑一顧，卻對蕭家那名不見經傳的三小姐上心得很，若說大人沒那個意思，吳簡可是怎麼樣也不相信的。

「她倒是會物盡其用。」葉衡手中動作一頓，不禁有些失笑。當然，他幫蕭晗是心甘情願的，這丫頭使喚起人來卻是一點也不客氣呢！

吳簡但笑不語，便聽葉衡吩咐道：「去查查古玩店那掌櫃，若是私下裡做了什麼見不得人的買賣，切記不要聲張，只速速回來稟報我就是。」

「是，大人！」吳簡恭敬地一揖，旋即便退了出去。

沒過兩天，一份完整的情報便擱在了蕭晗的案桌上，她一目十行地看過，眉頭不由深深皺起。她沒有想到，老劉竟然有這樣大的膽子和運貨的海幫搭上線，利用古玩店進貨的管道幫他們私運五石散，並且售賣給京中的權貴子弟，當然海幫的人也找了幾條門路，包含了賭坊和花樓。

老劉那日也是沒想到蕭晗會突然找上門來，後續都還來不及交代便被她給抓住了，如今人雖然回了劉府，可古玩店裡也有蕭晗安插的人，老劉不敢輕易上門，只想著法子打探消息，想來在古玩店裡，他還有重要的東西沒有拿到。

「他們還有一次交貨的日子，就在後天了！」蕭晗眉頭微垂，眸中精光乍現，旋即猛地抬起頭來看向梳雲。「世子爺還有什麼交代沒有？」

梳雲愣了愣，便點頭道：「世子爺的確是有交代，若小姐想要人贓俱獲，他很樂意搭把手。」微微一頓後，又有些猶豫道：「只是世子爺也勸小姐，這些江湖討生活的人不能將他們一次得罪死了，再說斷人財路猶如殺人父母，過猶不及。」

「我明白了。」蕭晗點了點頭，緊皺的眉頭也緩緩舒展開來，她握拳堅定道：「我自然不是針對海幫，但若是他們以後想要走這條路子卻是不行了，老劉我是一定要辦了的。」

或許這後面還有劉氏的影子，不然老劉真有這麼大的膽子敢豁出身家性命不要，做這鋌而走險的買賣？若不將這買賣從她這裡斷了，或許今後還會牽連上其他家商鋪，甚至還有蕭家和莫家，那可就得不償失。

如今的律法對賣五石散的人，那可是殺頭的重罪，卻也拗不過一些貴人們想要一擲千金，享受那種醉生夢死的時刻，所以這種買賣才能在暗地裡興起。

有腐朽便有昌隆，這世間萬物不可能都是美好的存在，前世的蕭晗已經歷經過種種，自然不會將一切想得太過簡單。

「小姐，那後日……」梳雲小心翼翼地看向蕭晗，她雖然長得粗壯，但到底還有女性細膩的一面。

蕭晗挑眉一笑。「後日請世子爺搭把手吧，我也一道去瞧瞧！」

好在第二日便是初一，蕭晗藉著去上靈寺為母親上香的緣由出了府，等到了寺裡安頓後便遣退左右，又讓枕月為她掩護。

這事她不敢讓隨侍的護院知道，不然平白讓蕭老太太擔心，自己便趁著夜色帶了梳雲與葉衡派來接應的人一道回了京，下榻在城郊的一個客棧裡。

港口的庫房也設在郊外，老劉必然會在那裡出現的。
夜色朦朧，萬籟俱寂，蕭晗卻是一點睡意也沒有。
據葉衡打探到的消息，這幫人約定交貨的時辰是在丑時中，到時候料理完這邊的事，她還要趕回上靈寺，確保那邊的人不會知道她夜裡曾經離開過。
「世子爺到了！」梳雲豎起了耳朵，她是習武之人自然比常人要先洞察周圍的聲響。
蕭晗這才聽到官道上一陣陣的馬蹄聲，不由打開窗戶看了一眼，只見茫茫夜色中幾匹神駿遠遠而來，到了定點才拉住了韁繩，最前頭馬匹上的人，一頂黑色的斗篷迎風飄搖，幾乎要與濃黑的夜色混雜在一起，唯一可辨的是馬上那人灼灼發亮的眼神，透過夜色直直地向她望了過來。
蕭晗怔了怔，清亮的目光與他對視著，竟半天回不過神來，似乎有什麼東西觸動了她的心弦，她緊緊地揪住了衣襟，慌忙地轉過了身去。
葉衡緊抿的唇角不由微微翹了起來，也不枉他料理完公務，這大半夜的都趕了過來，看來這丫頭對自己也不是全無感覺的。
有人進了客棧，走道裡響起一陣沈厚的腳步聲，到了門前便輕輕叩響了房門。
「奴婢去開門！」梳雲早已經候在了一旁，此刻聽到敲門聲便上前拿開了門閂。
今日這間客棧幾乎裡裡外外都是葉衡佈置的人手，安全應是無虞的，所以梳雲才敢這般大膽。

蕭晗早已經穩住有些紛亂的心神，低垂的目光中瞧見一雙黑底雲紋的皂靴出現在眼前，不由屈膝行了一禮，抬頭時纖長的睫毛輕輕眨了眨，笑意盈盈地喚道：「葉大哥！」

「不用這般客氣！」少女身上清新的香味撲鼻而來，她巧笑倩兮，展現出無與倫比的美麗與嬌豔。葉衡忍住心中的激動伸手虛抬了一把，蕭晗順勢便站了起來，又引了葉衡坐到桌旁，執壺為他倒了一杯溫水。「走得匆忙沒帶什麼好茶，葉大哥一番奔波，先喝口溫水順順氣。」

葉衡「嗯」了一聲，抬起杯子輕輕抿了一口，溫熱的水順著喉嚨而下，他頓時覺得整個人舒爽了不少，甚至連回味中都帶著一股甘甜。

「這事原本我幫妳料理就是，若是妳哥哥在京城，只怕也不會允許妳這樣做。」葉衡放下了杯子，一臉不贊同地看向蕭晗。

她這是以身犯險，他還得提前做好多重防備，但若不是這樣，他又不能這樣正大光明地見到她，如此矛盾的心情在胸中激蕩著，只怕沒幾個人能夠明白。

第二十章　親近

屋內一時之間很是安靜。

蕭晗微微咬了唇，有些尷尬地看向葉衡，兩手糾結在一起，頗有些認錯的感覺，連聲音也細若蚊蚋。「葉大哥說得是，原本我不該以身犯險，可這事若沒有個結果，我心裡是怎麼也不踏實的……」微微一頓後又抬頭瞥了葉衡一眼，見他仍然目光淡淡，臉上沒什麼多餘的表情，她眉頭一皺，很快又低下頭道：「還要勞煩葉大哥跑這一趟，我著實不安！」

「行了，既然人都來了，便一同去看看吧！」葉衡無奈地搖了搖頭，瞧見蕭晗皺眉他心裡就不舒坦了，他不想看到她這般小心翼翼的模樣。

葉衡對梳雲使了個眼色，這丫頭會過意來悄悄地退了出去，也順帶關好了門，這才鬆了口氣。天知道世子爺的威壓有多厲害，也就小姐在他面前能夠說話自如，她早便想溜了。

蕭晗瞄了一眼退出去的梳雲，不由癟了癟嘴，這丫頭果然還是更聽葉衡的話，到底也是他找來的人，雖然還算忠心，但卻少了點什麼。

「梳雲這丫頭妳可還用得順手？」葉衡裝作未見，又端起水杯抿了一口，這才看向蕭晗。「若是不順手就告訴我，再換一個也行。」

「梳雲很好。」蕭晗立刻回覆道，又見葉衡用眼神示意她坐下，這才慢慢地挪到他對面坐了下來。

葉衡到底不是蕭時，此刻兩人獨處她難免有些不自在，又想到剛才在樓上瞧見他那熾熱的眼神，蕭晗覺得臉頰似乎微微有些發熱。

「若真是那麼好，妳不說我也知道。」葉衡似乎洞察了蕭晗心中所想，只道：「若是妳不希望她今後聽命於我，我自然會與她斷了聯繫，只是鄧世君的事情還沒解決，我總怕妳會出什麼意外，讓梳雲替我瞧著些，我也放心不是？」口氣已是軟和了不少。

見蕭晗又低頭想著什麼，葉衡不由唇角微翹。鄧世君只是他的一個藉口罷了，那傢伙被他派去的人盯得牢牢的，鄧世君在定國公府做了什麼醜事，他一清二楚，若是這人真的不安分，他不介意揭了他的底，讓定國公親自去收拾這個逆子。

「葉大哥說的是。」葉衡這一說，蕭晗還真沒辦法反駁，別人都一心為妳著想了，難不成妳還真要挑三揀四地嫌棄？

「好了，時辰不早了，早些辦完事情我再送妳回上靈寺去。」葉衡站起身來，蕭晗自然也不能再坐著，又見他往外走去，這才屈膝一福，貝齒卻輕輕咬了咬唇瓣，似乎她在葉衡面前總要笨上一截，不知不覺這步調就被他牽著走了。

蕭晗不由在心底長長地嘆了一聲，卻不知道她這糾結的模樣正巧被葉衡收入眼底，他抿唇一笑，隨即便開門出去。

這一路過去坐轎子太慢，必須騎馬，蕭晗卻不會騎馬，也不知道為什麼，竟然被安排與葉衡同乘一騎，她總覺得針扎似的難受，而跟隨在葉衡周圍的人卻是視而不見，連眼角都沒往他們這裡瞟過一次。

「我知道有些不舒服，妳且先忍忍。」見身前小姑娘不自在的模樣，葉衡也好不到哪裡去，只能僵硬地保持著騎馬的姿勢，小心翼翼地不碰到她。

「葉大哥，要不我去和梳雲共乘一騎？」蕭晗試探著提出這個想法，卻換來葉衡大手一揮，寬大的袍子立刻將她嚴實地籠罩起來，幾乎只留了腦袋在外，她立刻嚇得不敢動了，濃烈的男性氣息撲面而來，還帶著一股略有些熟悉的竹葉清香，蕭晗整個人一下子便僵住了。

風聲在耳邊呼嘯而過，身下馬匹的顛簸似乎都被蕭晗拋在了腦後，她只怔怔地看著頭頂微微泛著青色鬍渣的堅毅下頷，悶悶地道：「葉大哥，你是不是來過我的閨房？」

這幾乎不是問句，而是肯定句。

蕭晗不是傻子，除了那幾次在夢中聞到的味道，還有那一次恍惚中曾瞧見過他的樣子，若這一切都不是作夢呢？

「想什麼呢？沒有的事！」聽見蕭晗這話，葉衡瞬間挺直了背脊，面不改色地回道：「妳想多了，我平日裡辦案都忙不過來了，怎麼會有空去妳的閨房？」他低頭看向蕭晗，一雙黑眸猶如深邃的漩渦，那裡面有著濃濃的深情，似乎能將人給溺斃了，偏偏說出的話語卻是再正經不過。「難道在妳心中，葉大哥就是這樣的登徒子不成？」

有些事情是打死都不能承認的，眼下還不是時候，若蕭晗因此而疏遠了自己，那他真是得不償失啊！

葉衡有些後悔了，早知道便忍住心中對她的念想，安心等著她長大不成嗎？

不過隨著她一天天長大，那一身風華絕代可還能掩藏得住？或許該早些向她家提親，定下這個未婚妻，也少了別人覬覦的可能。否則若是別人也與他一樣動了心思，捷足先登了可怎麼好？

蕭晗微微側頭，有些狐疑地看了葉衡一眼，見他一副大義凜然的模樣，心下也有些不確定起來，若說自己哪裡能夠吸引葉衡，恐怕也就只剩這副容貌了。

可葉衡是長寧侯世子，他見過的美人難道還少嗎？而自己也就是個還未長成的小豆芽，他用得著這般費盡心機嗎？

這樣一想，蕭晗也就釋然了，或許真是她想多了，可這鼻端飄然不去的竹葉清香又讓她陷入了深深的矛盾中。

所以在接下來的時間裡，蕭晗都沒再搭理葉衡，而葉衡也因為心虛不敢多說什麼，兩人一路寂靜無聲，終於在半個時辰後，順利到達京郊港口外的倉庫。

直到被葉衡牽著下了馬，蕭晗才覺得兩股痠痛難受，還有點火辣辣的感覺，只怕是被擦破皮了，可周圍人多她也不好說什麼，只能硬著頭皮跟著葉衡。

夜色中，偌大的港口倉庫隱在深深淺淺的濃墨中，就好似幾隻匍匐在地的巨獸一般，寂靜無聲，突然，有火光在不遠處閃爍了起來，由遠而近，慢慢地聚集在了一處。

「能看清嗎？是不是老劉？」蕭晗與葉衡蹲在足有半人高的草叢裡，她個子稍矮，只能探身向外望去，想要把遠處的人影給看個清楚。

「應該是他了。」葉衡微眯了眸子，練武之人視力自然是好的。「還有一個便是華三了。」說罷抿緊了唇。

華家在海幫裡，也算是大有來頭，華三正是如今華家幾位接班人之一。

「那咱們現在就過去？」蕭晗有些緊張地揪住了葉衡的衣袖，他不由低頭瞄了一眼，微弱的亮光下能瞧見她粉色的指甲上光芒流轉，小巧圓潤得恍若一顆顆上好的珍珠，他看得微微出了神。

「葉大哥？」見葉衡半天沒有回應，蕭晗不由轉過了頭來。

「再等等，我讓沈騰他們先過去，若是確認沒有危險了，妳再跟著我去。」葉衡淡定自若地收回了目光。

蕭晗也沒有多想，只問道：「沈騰？可是錦衣衛？」

「不是，那是我的護衛統領。」葉衡搖了搖頭，查探這事他是利用了錦衣衛的職務之便，讓吳簡幫忙去辦的，可真要運作起來，還是用他的人更得心應手，到底是私事。

蕭晗點了點頭，她是覺得那些人身手詭異又來去無聲，卻不大像穿著飛魚服的錦衣衛。

過了約莫一刻鐘左右，葉衡瞧見不遠處沈騰發來的暗號，這才帶著蕭晗走了出去，只是走到一半他又回過身來，從梳雲手裡接過冪籬，戴在蕭晗的頭上。

蕭晗愣了愣，她倒沒有留意到梳雲還帶了她的冪籬過來，也沒有多說什麼，自己伸手繫上了帶子。

等到進了倉庫後，蕭晗已瞧見那裡跪了一圈的人。

當真是一個整圈，那些人身子伏地，兩手還被綁在了頭頂之上，這才能確保他們不會做出什麼危害別人的動作。

蕭晗特別留意到守在一旁最高個的黑衣人，他面色木然，只在葉衡到來時恭敬地行了一禮，又一言不發地站在葉衡的身後。

蕭晗目光一掃，便鎖定了那個肥胖又熟悉的身影，不由輕踱著步子走了過去。

老劉早已經嚇得冷汗涔涔，伏在地上一動也不敢動，他也不知道自己為什麼這般倒楣，原以為做成了這筆買賣後，他就能洗手不幹，或許到其他的地方去謀生，總好過被劉家逼迫，又被蕭家那丫頭攥著不放來得好。

他本就不算是劉家的家生子，若不是從前他娘在劉家當差，做得也不算差，他也不會早早得了主子的恩被放出府去，可惜在外營生不利，他賺過錢、虧過本，卻也打聽到了一些做生意的暗門。

原以為能藉著古玩店的生意好好地做上幾票，讓劉氏吃點甜頭，也能任由他這般做下去，可好景不長，竟連半夜在這裡交易都被人逮著，他當真是倒楣透了！

此刻聽到身後有一陣輕盈的腳步聲，老劉不由大著膽子瞄了一眼，戴著冪籬的熟悉身影映入眼簾時，他徹底呆住了，連牙齒都有些打顫。「三……三小姐？」

「老劉，當真是好久不見！」冪籬下，蕭晗微微勾起了唇角，笑容卻泛著一絲冷意。「我記得這是古玩店堆放貨物的倉庫，深更半夜的你跑到這裡來做什麼？」微微一頓，她的目光掃視了周圍一圈。「若是不說，還以為你這是帶了人來要搬走我的貨物，好報復當日我對劉家所做的事。」

「不敢，小的不敢！」老劉嚇得腿都在打顫，再次確定了蕭晗果真不是好惹的，就看那些俐落拿下華三一幫手下的黑衣人，也絕非善類。

「好你個老劉，原來是你犯的事！」一旁的華三忍不住面色一獰，狠狠地踢了老劉一腳。他就說往日無怨、近日無仇的，該打點的都打點了，怎麼還有人敢來扣他的貨？原來是老劉這人沒搞好內部關係，被自己的主家給陰了。

老劉一身痛呼，跌撲在地，卻不敢再多說什麼，只趕忙在蕭晗跟前跪定了。「三小姐饒了小的這一遭，小的再也不敢胡來了。」

「你本就不是我店裡的人了，若說往日欠著什麼本也是劉家的債，我卻沒想到你竟然利用我鋪裡的關係做起了這樣的營生，你說我如何能放過你？」在訓斥老劉之際，蕭晗也乘機瞄了一旁的華三一眼，這人約莫已過而立的年紀了，一臉的贅肉，特別是鼻梁到左邊的眉頭處還有一道深深的刀疤，確實有幾分駭人。

「這位可是蕭三小姐？」見老劉在一旁哭著求饒，華三呸了一聲，隨即轉向了蕭晗。其實他真正忌憚的是蕭晗背後站著的那個男人，可那男人隱在陰影裡，讓人看不真切，他只能與眼前的小姑娘說話。

再說與老劉做生意，他自然是將一切都打探了清楚；原本是個不理世事的千金小姐，只不知如今怎麼敢有這樣的作為，倒頗有幾分江湖兒女的風範。

蕭晗挑了挑眉。「三當家的有什麼話要說？」

「看來三小姐當真是知道我的。」華三咧嘴一笑，此刻也不怕了，若說這些人要殺他早就抹了他脖子，也不用等到現在。

見蕭晗微微點頭示意，華三便接著道：「華三無意冒犯小姐，既然老劉這條路不能走了，我們以後自當不再與他合作，還望三小姐放咱們一馬，山水有相逢，日後好相見！」他隱隱看向那陰影中站立的男子。

「是我御下不力，本也不想為難三當家的……」蕭晗微微一頓，不由看向了葉衡，之前葉衡與她說過的話她都記在了心上，此刻見著葉衡不著痕跡地向她點了點頭，這才道：「三當家就拿了你的貨物離開吧，從今往後便井水不犯河水！」

「好說、好說！」華三忙點頭，沈騰這才讓人上前給華三的人鬆了綁，這些人雖然受了些驚，卻不敢多說什麼，很快便在那些釘好的木箱子裡取出了幾樣物件，華三又對蕭晗抱拳道：「三小姐的恩情華三記住了，若是有緣，他日再報！走！」他帶著一票人走了，只留下了老劉與他所帶來的兩個手下。

葉衡淡淡地瞥了華三一眼。這樣無足輕重的小角色，自然不用放在心上，在他與自己擦身而過時低語道：「走得遠遠的，別再出現在京城這塊地頭，若再讓我遇到，必不輕饒！」

華三打了個冷顫。依照江湖人的直覺來看，身邊這人定是高手中的高手，特別是他周身散發的那股冷寒及威壓，就是借他一百個膽子，也不敢來招惹此人，當下腳步走得更快了。

華三一行人離開後，葉衡又讓沈騰單獨審了審老劉，看來這些事情劉氏的確是不知道的，只怕也是因為老劉給的孝敬太過豐厚，她便睜隻眼、閉隻眼了。

「原本還以為與她有關，可惜了。」蕭晗有些惋惜地搖了搖頭，又看向葉衡道：「葉大哥，你看老劉該如何處置？」

這人萬萬不能再留在鋪子裡，但若放他回劉家，她又有那麼一絲不甘心，今夜不就都白忙活了。

「交給我吧！我自有用處。」葉衡微微瞇了瞇眼，他自然將蕭晗的失望都看在了眼裡，心中洞悉。「要對付妳繼母也不急在這一時，再說小打小鬧的拉不下她來，只要妳父親向著她，她在蕭家總是有恃無恐的。」

「你說得對。」蕭晗思忖之後緩緩點頭，唇角泛起了一抹苦笑。「有我父親站在她那一邊，她是什麼都不怕的。」

「好了，別想太多，今後的事我自會安排。」葉衡伸出手來想要輕拍蕭晗的肩膀安慰兩句，又覺得不妥，手轉了一圈便收了回來，見蕭晗奇怪地朝他看來，不禁有些尷尬，只裝作坦然道：「那古玩店妳還開是不開？」

「不了。」蕭晗搖了搖頭。「那行我也不大懂，再說若又被別人盯上了，我可不想哪天有官差找上門來。」

那日去古玩店一趟之後，她心裡也在琢磨著，鋪子是開在古玩街上，不賣古玩又能賣什麼呢？不如將這間鋪面整個賣了出去，她也省事不是。

「想要賣出去？」葉衡看出了蕭晗的心思，不由一清嗓子道：「我倒是有個朋友想要買間古玩店玩玩，若是價錢合適，我再派人給妳傳消息？」

「好啊！」蕭晗聽了眼睛一亮，葉衡真是太懂她想要什麼了，這人恐怕比自己的親哥哥還瞭解她，這樣想著，她看葉衡的目光便有些不一樣了。

單就人才來看，葉衡的確是無可挑剔的，家世好、樣貌好，還在錦衣衛擔任要職，並不像京城中的那些紈袴子弟，靠著祖宗的庇蔭便整日溜鳥、鬥雞，虛晃度日。

這樣的葉衡，也不知道什麼樣的女子才能夠配得上他？

待一行人回到上靈寺時，天邊已經微微泛出了魚肚白，蕭晗眼圈下有些烏青，眸中亦是掩不去的疲憊，卻也記得向葉衡道謝。「這次的事情多虧了葉大哥，大恩不言謝！等著我哥哥回來，便由他作東，在我外祖家的飛雪樓請葉大哥吃飯！」

莫家的飛雪樓在京城也算排得上名號，來往的達官貴人不少，用來招待葉衡也不算怠慢了。

「由妳下廚？」葉衡挑了挑眉，自從那一日嚐過蕭晗所做的菜之後，他便一直念念不忘，雖然不是什麼珍饈，卻讓他回味再三。

蕭晗怔了怔，又想起蕭時曾經說過葉衡將她做的菜吃得一點都不剩，唇角便露出一抹笑來。「若是葉大哥不嫌棄，我到時候便獻醜了。」

其實她提議在莫家開的飛雪樓裡請客，自然也是料到了葉衡或許會有這樣的要求，若是其他酒樓她倒無法隨意的做菜，在飛雪樓卻是能行。

「好！」葉衡這才勾唇一笑，又道：「妳哥哥只怕過兩天也該回來了，這趟差事聽說他辦得不錯。」

「葉大哥知道我哥哥去做什麼了？」蕭晗眨了眨眼，一臉期待地看向葉衡，像是巴望著他再說點什麼，葉衡卻是搖了搖頭。「妳快回去歇息吧！至於妳哥做什麼去了，想必他回來自會與妳交代，我先走了。」說罷便翻身上馬，調轉了馬頭。

既然葉衡都這樣說了，蕭晗也不敢再去追問，見他們一隊人馬揚長而去，她這才打了個呵欠，又如來時一般走了側門悄悄而入。

初三一過，蕭晗便從上靈寺打道回府，這一路還算順利，回了府中又去蕭老太太跟前回稟一番，聽說蕭時也回了府，她又忙不迭地讓梳雲去外院請他進來。

洗去一身的風塵，蕭晗換了一身水藍色的長裙坐在鏡前，由著枕月給她擦乾頭髮，只拿本札記坐在貴妃榻上翻了翻。

秋芬原本守在屋外，瞧著蕭時來了，忙向裡稟報一聲，蕭晗聞言便擱下手中的札記，坐正了身子。

「妹妹！」蕭時像一陣風似地捲了進來，些許日子未見，他看著清瘦了不少，可一雙眼睛卻是炯炯有神，一見蕭晗便抱怨起來。「妳也忒大膽了些，怎麼府中這段日子發生了那麼多事，妳竟然一件都沒說給我聽！」言語中不乏擔心。

蕭晗怔了怔，隨即便反應過來。采芙那事她當時並沒有及時告知蕭時，而後便忘記了；至於古玩店之事，她也是想等著蕭時回來再說，眼下卻被他提前知道了。

還有老劉與海幫勾結……看著蕭時一臉的責備與擔憂，蕭晗想了想還是決定將這件事情壓在心裡，說了不是又讓他平白擔心？

「既然哥哥都知道了，那也該明白沒什麼大礙，該處置的都處置了，沒有人能占咱們兄妹的便宜。」蕭晗說這話時似乎是想到了劉氏，眼神無端地一冷。

「采芙害妳定是受了劉氏的指使，可恨父親卻偏幫著她，連祖母也……」想到這些蕭時也頗感無力，可孝字為大，他也不敢去質問自己的父親與祖母為什麼不護著蕭晗一些，是真當他們沒有母親庇佑、好欺負嗎？

「祖母有她的顧忌，至於父親……」蕭晗冷笑一聲，輕哼道：「他偏心也不是一天、兩天的事了，我是不指望他會幫我什麼的。」

見蕭時又要再說什麼，蕭晗便按了他坐在榻上，自己也挨著坐近了，笑道：「古玩店的事情咱們也不虧，若是不去看看我怎麼知道欠了這麼多筆爛帳，好歹收了些回來，等著我把後續事情料理妥當，這古玩店便也不開了，收些銀子回來存著，到時候好給哥哥娶媳婦！」

「妳……說什麼呢！」蕭時難得紅了臉，有些不好意思地撇過頭去。「小姑娘別說這些，省得讓人聽了笑話！」

第二十一章　端午

見蕭時這樣，蕭晗不禁抿唇直笑。「哥哥，你年紀也不小了！再過幾個月我滿十四，哥哥不也十八了，尋常人家這個年紀早該說親，哥哥你還害羞什麼？」

「就算我要說親，也不是妳一個小姑娘該操心的事！」蕭時沒好氣地看向蕭晗，又清了清嗓子道：「我在和妳說正事呢，少岔開話題！」

「我與你說的也是正事呢！」蕭晗笑咪咪，一臉天真的模樣。

蕭時拿她沒辦法，只能攤了攤手，片刻後表情卻又嚴肅了起來。「以後發生了什麼事情一定要告訴哥哥，哥哥雖然沒什麼本事，但也能豁出性命護住妳的。」

蕭晗微微一怔，鼻頭微酸，唇角卻綻放出一抹笑容來，拉了蕭時的手柔聲道：「我就知道哥哥對我是最好的。」她親暱地倚在了蕭時的肩頭。

「妳是我妹妹，哥哥不對妳好，還能對誰好？」蕭時輕輕地拍了拍蕭晗的肩膀，兄妹倆一時靜默無言，卻有淡淡的溫情流轉其間，蕭晗仰頭看了蕭時一眼，又說起了在書舍裡遇到的岳海川。「哥哥曾聽母親提起過岳先生嗎？」

岳海川聲名遠播，如今卻安心地窩在他們家的書舍裡做個清閒掌櫃，蕭晗怎麼想都覺得有些奇怪。

「當真是岳先生嗎？」蕭時有些激動，轉身扶住了蕭晗的肩。「我竟然不知道他與母親是昔日好友，現在還在書舍裡？」

「是啊！我也不好趕他走不是？」蕭晗無奈地一笑。岳海川這樣的大人物她可不敢輕易得罪。再說君子坦蕩蕩，既然當年母親有心與他相交，他們做晚輩的還能說什麼呢？

「那自然是不能的。」蕭時站了起來，來回地踱著步子，有些不知道怎麼辦才好，想了一會兒又看向蕭晗道：「改天我便去拜訪一下岳先生，他有什麼要求咱們也儘量滿足，這樣的人本就該好好敬著才是。」

蕭時雖然沒有從文，但軍中有好些同袍卻是世家子弟出身，像岳海川這樣的人物可是被他們經常掛在口中的，就算不能結交也絕對不能怠慢了。

蕭晗笑了笑。「隨哥哥的意吧！岳先生很好相處，若是知道你的身分必定會以禮相待。」她又特意叮囑了蕭時一句。「岳先生在咱們書舍的事情哥哥不要告訴別人。」

「這我自然知道。」蕭時憨憨地一笑，又揉了揉蕭晗的額髮。「後天便是端午節了，到時候哥哥帶妳去看賽龍舟！」

「好啊！」蕭晗笑著應了一聲，想起與葉衡的約定，又問蕭時。「我想請葉大哥吃頓飯，畢竟他幫了咱們很多忙，就定在了飛雪樓，端午那天用晚膳行嗎？」

「行，我到時候告訴他一聲就是。」蕭時想也沒想便點頭應了，兄妹倆又說了會兒話，眼見天色已是不早，蕭時便起身回了外院。

第二日蕭晗早早起床，想要包粽子，蕭晴與蕭雨聽說了都到廚房幫忙，說是幫忙也就是應個景罷了，都是十指不沾陽春水的千金小姐，也沒有蕭晗那樣的經歷，就只能在一旁看著，等著蕭晗給她們安排些輕省的活。

魏嬤嬤還特意來傳了蕭老太太的話。「老太太讓三小姐給做些椒鹽味的肉粽子，她老人家明日看龍舟的時候吃正好！」

「行啊！鮮的、甜的、辣的、鹹的口味我都做一些，到時候祖母想吃什麼味的都行。」蕭晗笑著應下了，魏嬤嬤這才回去覆命。她便一邊調著手中的餡料，一邊與蕭晴聊了起來。

「大姊，明兒個咱們家也搭棚子看龍舟？」

「也不只是咱們家。」蕭晴目光一閃，便附在蕭晗身邊小聲道：「還有都察院左僉都御史孫家和太常寺少卿的李家，咱們三家一起搭了棚子，這位置也能靠前些呢！」

「孫家和李家？」蕭晗細細琢磨了一陣，孫老夫人她是見過一面的，為人很是和藹風趣，至於李家……「大姊，李大公子的人品妳可都查探清楚了？」

「查清了。」蕭晴聞言臉上微微一紅，耐著性子小聲道：「李沁在書院裡一向是規矩的，我娘也找人查探了一番，他在京中確實沒有什麼劣跡，人品應該是好的。三妹也別多想，我知道妳當日是為我著想才那樣說的，如今知道他沒那些歪心思，我也放心了。」

蕭晗聽了這話，眉頭卻是皺了起來，怎麼會沒有查到呢？

她記得李沁成親前，在外定是與別的女子有所牽扯的，不然怎麼會平白無故地抬回一個懷了孩子的妾室？這絕對不是一、兩天的事。

是現在還沒有發生，抑或是李沁掩藏得太深？

畢竟眼下正是兩家要說親的時候，若是這些事情曝了光，那還能說什麼親？

見蕭晗神色變幻不定，蕭晴不由扯了扯她的衣袖。「三妹怎麼了？」

蕭晗回過神來，對著蕭晴一笑。「沒什麼，就是想著待會兒是不是要再調個棗泥餡的？」或許她再求求葉衡，深入查一下李沁這個人，總不能讓蕭晴再次所嫁非人。

打定主意後，蕭晗便想等著端午時再拜託葉衡，想來葉衡幫她已是幫得習慣了，也不差這一遭；再說他們錦衣衛就是打探的能手，沒有他們挖不出的事。

「三姊真是能幹，怪不得老太太這般喜歡妳了。」蕭雨方才便在一旁調著餡，此刻將手中的大瓷碗遞給一旁等候的廚娘，又在水盆裡淨了手後，往蕭晗她們這邊走來。

「妳那餡調好了？」蕭晴轉頭瞧了蕭雨一眼，便見她笑著點頭。

蕭雨的神情溫婉柔順。「三姊說了該怎麼調，再說東西都有廚娘準備好了，我不過就是攪弄一下罷了。」

「咱們都是外行，也就三妹真正懂些。」蕭晴不好意思地笑了笑，她也只在一旁幫些簡單的活兒，就是將花椒給搗細碎些，費不了什麼功夫。

「大姊和四妹快別誇我了。」蕭晗笑道：「平日裡本也不用擺弄這些的，不過是節氣到了，應個景罷了，若是東西不好吃，妳們可不能在背後說我。」

蕭晴與蕭雨對視一眼，趕忙搖了搖頭，便又聽蕭雨道：「難得有這空閒，也不知道二姊在幹什麼？」

「好好的提她做什麼，這不是堵了三妹的心？」蕭晴瞪了蕭雨一眼，又壓低了嗓音道：「妳不是不知道二嬸他們一家子做了些什麼，還有那次采芙與荷香串通在三妹窗下埋藥的事，我可聽娘說了，那都是些陰毒的藥物，若不是二嬸做的，妳相信嗎？」

「我不是故意的。」蕭雨咬了咬唇，面色微微泛紅，又向蕭晗道歉道：「三姊別放在心上。」

蕭晗掃了蕭雨一眼。「四妹說了什麼嗎？許是我剛才調餡太用心了，也沒聽清楚。」她往灶臺上瞧了一眼。「想來第一鍋要煮出來了，大姊與四妹替我去嚐嚐，看看有哪裡不好，咱們再改。」

蕭雨紅著臉應了聲「是」，蕭晴也不好再說她什麼。

蕭雨這丫頭的性子她也瞭解，平日裡最是溫和不爭，想來也不是故意這麼說的，便又與蕭晗聊了兩句，姐妹倆便往灶臺那頭嚐鮮去了。

知道蕭晗姊妹三個在廚房裡忙活著，蕭昐在劉氏屋裡卻是坐立不安，賭氣癟嘴道：「娘，就由得她們三個在廚房裡賣弄，我不用去幫手？」

劉氏正在抄寫著《女則》，聞言抬頭看了蕭昐一眼。「妳就這般沈不住氣？就算妳去幫忙，能做些什麼？做出來的東西老太太又會賞臉吃上一口？」

「就算不吃，但我總要做做樣子啊！」蕭盼急得站了起來，眼眶微微發紅，她怎麼就不像蕭晴那般有個會討蕭老太太歡心的母親，如今是事事不順，她心裡對劉氏也起了些怨懟。

「妳且歇著吧！」劉氏擱下了手中的毛筆，又輕輕吹了吹墨跡，讓蘭香晾到一旁去，在水盆邊淨了手，這才走向了蕭盼，輕輕撫了撫她柔嫩的臉龐。「盼兒，如今正在風頭上，且過了這陣子再說吧！」

蕭盼撇過了臉去，悶聲道：「那娘給我再打套紅寶石的頭面，等大姊及笄宴請那日，我好戴上！」

「行，晚些時候娘便讓珍寶齋拿些新款式過來讓妳選。」劉氏想著要安撫蕭盼，便也順了她的意，如今是多事之秋，能少一事便少一事。

「為什麼不能出去逛逛，還要窩在家裡？」蕭盼卻還是有幾分不滿，紅唇高高地嘟了起來，她有好些日子沒出門了。

「老太太讓人瞧著咱們娘兒倆呢！太常出門也不好，明日端午龍舟賽咱們再出去。」劉氏說罷又附在蕭盼耳邊低語了幾句。「還有妳外祖母為妳瞧上的人家，藉此機會也可以相看一番。」

這才是劉氏真正的目的。想起要為蕭盼打一套紅寶石頭面必須用到銀子，她便記起老劉那裡的事了。

雖然如今蕭晗接管了古玩店，也不讓老劉插手，但她記得還有一筆銀錢是老劉早就說好要給她的，不管這鋪面如今是誰接管，可對方認的是老劉，只要辦妥了差事，便有銀錢入帳，可如今她已是等了兩天，怎麼老劉那邊一點消息都沒有？劉氏不禁皺眉深思。

端午這日，蕭家人聚在一起用過午膳後，便出門去看賽龍舟。

等到了比賽的地方，蕭府的馬車依次停下，蕭晗被枕月扶著落地，抬眼一看才知道這裡竟已是人山人海，連路都被人給堵住了，好在有蕭家的護衛以及婆子護在左右，又有蕭志謙與蕭時領路，總算將蕭家的一眾女眷給安穩地護送到了棚子裡。

孫老夫人也帶著幾個兒媳婦與孫媳婦到了，還有孫家的兩位未出閣的小姐。見著蕭老太太後，孫老夫人立刻親熱地上前握了她的手。「老姊姊可算是到了，讓我好等啊！」兩方見了禮後，她又招了蕭晗到跟前來，見著蕭晗穿了一身絳紅色繡菱花紋的長裙，顯得穩重許多，頭飾也不用金銀，只用一支羊脂白玉簪給壓住，不禁越發滿意起來。「晗姐兒可是越長越美了。」又介紹了孫家的眾人給她認識。

蕭晗也一一向她們見了禮。她雖然容貌豔了些，可行為舉止卻是落落大方，目光更是坦然清澈，讓人討厭不起來。

不一會兒李夫人也帶著李思琪到了，徐氏自然也拉著蕭晴湊了過去。

蕭志謙本帶著蕭時、蕭昀兩個蕭家子弟守在一旁，雖然幾家人共搭一棚，卻也分了男女隔間，此刻蕭家的兩個小輩繞過了隔間，前來拜見女眷中的長輩。

蕭昀是徐氏的次子，在蕭家小輩男丁中排行第三，往上還有個哥哥蕭昕，如今正在外任職。

孫家兩位小姐與蕭晗站在一處，瞧見蕭時與她眉眼有些相似，身姿英武俊逸，孫四小姐便小聲問道：「蕭三姊姊，那便是妳兄長嗎？」

「是啊！他如今在五軍營中任職。」蕭晗笑著點頭，孫家兩位小姐一個溫柔、一個活潑，倒都是識禮的大家閨秀。

「四妹！」孫二小姐看了孫四小姐一眼，她便微微紅著臉不說話了，雙手卻絞著衣襬，顯然是在想著什麼。

小姑娘的心思蕭晗不難猜到，孫二小姐今年及笄，但聽說還沒定下人家，而孫四小姐今年卻才十三，看她那樣子，怕是對哥哥起了心思。

蕭家的人退下後，便又有李家的幾位公子前來拜見。

李沁是李家的大公子，他年紀在三位公子裡最長，穿著一身天藍色的長袍，腰上垂下碧綠色的絲條，看起來溫文俊雅，還有幾分出塵之姿，就是人顯得有些清瘦。

李沁一出現，蕭晴的眼神便沒離開過他身上，想來是很滿意的。

李家另兩位公子才是十二、三歲的稚嫩少年，有模有樣地與眾人見了禮後，便站到李沁的身後去了，想來是以長兄馬首是瞻。

見到這樣的情景，李夫人自然是很滿意的，本想喚了蕭晴過來與李沁見上一面，又怕顯得太過，畢竟兩家雖然有相看的意思，但這親事還沒有說定呢！便喚了蕭家幾位小姐一同過來。「兩家都是世家，沁哥兒你們兄弟幾個，也來見見幾位蕭家小姐吧！」

「見過幾位蕭家妹妹！」李沁拱手行禮，風度翩翩，另兩位李家公子也在他身後跟著行了一禮，口中稱的卻是「蕭家姊姊」。按年紀來算，蕭家幾位小姐也確實比李家另外兩位公子大上一些。

「李大公子客氣了。」蕭晴帶頭還了一禮，她今日刻意裝扮一番，芙蓉鬢、翡翠簪，一身煙霞紅緹花錦緞裙，腰間纏著銀色的束封，更顯得她身形窈窕飽滿，頗有幾分少女的風姿。

李沁的目光自然在蕭晴身上停留得最久，想來李夫人也與他說過這便是他今後要娶的女子，看著蕭晴嬌美的面容，他心裡也是滿意的，目光便隨意地向後一掃。

無可否認蕭家的幾位小姐都是漂亮的，在容貌上也各有所長，只是在目光掃向那抹絳紅色的身影時，他整個人卻是怔住了，眸中的驚豔甚至來不及掩飾。

這樣的眼神蕭晗見得多了，不由微微垂下了目光。

今日她就是不想出眾，所以穿了偏暗色的衣裳，也平白顯出幾分老氣，這份穩重或許能入得了孫老夫人的眼，卻不一定能讓年輕公子瞧上，可當著這麼多人的面，李沁就看她看得走了神，當真是讓人氣惱得緊，偏生還罵他不得。

「大哥你怎麼了？」李二公子瞧出了李沁的異樣，不由伸手碰了碰他。

李沁這才回過神來，見蕭家幾位小姐的目光都向他望了過來，蕭晴的眼中不乏疑惑和詢問，他立即清咳了一聲，掩飾自己的尷尬。「這幾日上火了，怕是嗓子有些疼。」說罷又咳嗽了幾聲。

蕭晴眉頭輕蹙，顯然是有些不信。

李夫人聽了關切地問了幾句，蕭家幾位小姐便順勢退到了一旁。

李沁的目光有些不捨地掃過蕭晗，見她已退到了人群之後，低垂著頭，心中不無遺憾，想著剛才的驚鴻一瞥，李沁的心頓時滾燙了起來。

蕭晴這下子似是明白了什麼，不由眉頭緊皺，蕭雨挽著她不知道該說些什麼。

蕭晗的容貌放在任何地方都是最顯眼的，雖然她今日特意打扮得低調了些，可難免也會入了某些人的眼。

蕭雨是瞧清了李沁眸中的驚豔，不由低聲對蕭晴道：「大姊，這與三姊沒關係的。」她的勸說也算是還了那日蕭晗不計較她失言的情分。

蕭晴略有些僵硬地點了點頭，唇角的笑意卻是緩緩收斂了，目光低垂著不知道在想些什麼。

蕭晗在一旁看著，不由輕聲一嘆，這個時候她反倒不好上前解釋，這一解釋還真以為她對李大公子有什麼心思呢！

蕭晗眼神一黯，李沁這人的人品確實不可靠，看來得加快查清楚他背地裡的那些隱私了。

孫老夫人家有四位公子，也就最小的兩位還未成親，孫三公子與孫四公子都是謙謙君子，待人和氣，見著蕭家幾位小姐也能目不斜視，並沒有往蕭晗那裡多看一眼。

蕭老太太看在眼裡，暗暗點了點頭，又想起剛才李沁的那一遭，覺得徐氏眼光差了點，卻也怕孫老夫人的二兒媳婦不喜蕭晗容色過豔，畢竟那人或許就是蕭晗未來的婆婆。

孫二夫人特地招了自己的兒子到跟前說話，又隱晦地指了指一旁的蕭晗，低聲道：「你祖母提過的人，可還滿意？」

孫三公子面上一紅，只點頭道：「但憑祖母與娘作主就是，兒子沒有意見。」目光微微掃過蕭晗，這樣豔麗的容色可不多見，要說他不動心是不可能的，而此女看起來溫婉端莊，應該是個好相處的。

「剛才娘與她也聊了幾句，她談吐不俗，人也大方……」孫二夫人又看了看蕭晗，卻是眉頭輕皺，壓低了嗓音道：「可就是長得太好了點。」這才是她猶豫的地方。媳婦太美是好也是不好，特別是在他們這樣的人家，她怕兒子今後守不住人，平白地惹了麻煩。

孫三公子無奈地一笑。「長相皆是父母所賜，娘您也挑剔得太沒道理了。」已是隱隱幫著蕭晗說起話來。

孫二夫人與孫三公子母子倆在那裡嘀咕了一陣，目光卻往自己這邊打量了幾下，蕭晗便警覺了起來，看樣子倒是有點像在相看她啊！

蕭晗不由看向了蕭老太太，這樣的事情也就她老人家安排得出來吧？

不過瞧老太太也沒給她一個眼神暗示什麼的，蕭晗只能作罷，規矩地立在那裡，安靜地低垂著目光。

「好了，你快些走吧，再留下來別人也要起疑了。」孫二夫人打發了孫三公子幾句，他便與幾個兄弟離開了，只是在離去前又瞧了蕭晗一眼，那眼神似乎已是透著幾分期許。

蕭昐在一旁噘了嘴，咬牙道：「怕誰看不出他是來看蕭晗的嗎?!」說罷輕哼一聲。

劉氏最善察言觀色，剛才她也在暗自打量著蕭老太太與孫老夫人的神情，的確是有些像在為蕭晗相看婆家似的，不過她心裡還打著將蕭晗嫁到劉家的主意，眼下只能先看看情況。

「行了，咱們也去妳外祖母那頭吧！」劉氏抿了抿唇，不過就是個都察院左僉都御史，有什麼了不起的？她可還看不上眼。遂帶著蕭昐過去與蕭老太太說了幾句，母女倆這才出了自家的棚子。

過了一會兒，棚外響起一陣緊密的鑼鼓聲，一聲高過一聲，蕭老太太便轉頭對孫老夫人道：「看樣子這龍舟賽要開始了，咱們一起去看看！」

孫老夫人順勢挽住了蕭老太太，雖然她的品級比老太太高，可一直很尊重這位老姊姊。

棚裡的女眷都簇擁著往河邊的圍欄而去。

第二十二章　親密

勛貴官員以及女眷們所搭的棚子都是臨河而設，還有官兵把守，一般的百姓是不能隨便出入的，就是蕭晗他們一行人到了後，也是蕭時遞了牌子才准許放行。

每個棚子之間又有帷布隔著，看不到別家的情景，但到底相鄰著的是誰家的人還是知道的。

鑼鼓喧囂中，蕭晗也被擠著往前走了幾步，能瞧見河上已是立了好些條龍船，有幾條特別顯眼的金龍船立在最前頭，應該便是幾位皇子的船，可隔得太遠了，船上的人卻是看不真切。

「瞧瞧，那條烏金船是長寧侯府的吧？」蕭晗聽見一旁的棚子裡傳來一道陌生的女聲，聽著還有些稚嫩，想必年紀不大，便有另一道聲音回了她。「是長寧侯府的，不過不是世子爺呢，像是侯府的另外幾位公子。」這話一落，便有好些人暗自惋惜。

「世子爺不來又有什麼看頭？」還是最初的那個女聲，不過已是有些意興闌珊，一旁的幾個女聲也附和著，聲音漸漸低不可聞。

蕭晗不由抿了抿唇，看來葉衡的確是很受歡迎的，即使他在外人面前表現得冷峻高傲，卻也抵不住這些少女對他還存在著美好的愛情幻想。

或許從前她還會一笑而過，可眼下心裡卻有幾分說不明、道不清的情緒。

想著那一日夜裡他曾策馬而來，烏黑的長袍迎風飄搖，高貴而神秘，那一刻他就在窗下望著她，那目光熾熱專注得好像天上的星子，她不知道為什麼就紅了臉，再也不敢與他對視。

這是一種什麼樣的感覺，蕭晗不敢深想下去。

葉衡是什麼樣的身分，就算娶了公主與郡主都不為過，長寧侯府又怎麼會看上她這一個區區五品翰林的女兒？

再說了，經歷過前世的種種，她還有那樣的心情再去愛上任何一個男子嗎？

蕭晗苦笑一聲，或許她對葉衡有些過於依賴了，便生出了一些多餘的、不應該有的感情，看來這一次答謝過後，還是少與他見面吧！也免得真讓人誤會了去。

心中有了煩憂，後面龍舟賽得如何，蕭晗便沒花心思去關注，直到孫四小姐湊到她耳邊笑著道：「蕭三姊姊，妳瞧瞧是五皇子奪冠了呢！」

蕭晗這才回過神來，有些心不在焉地聽著孫四小姐說了好些比賽時的激烈戰況，這才點頭道：「往年我沒怎麼出來看這龍舟賽，倒是沒有孫四妹妹明白。」

「哪裡的事，妳多來幾次咱們不就熟悉了？」孫四小姐親熱地挽著蕭晗的手，剛才她也瞧出來自己哥哥有多喜歡蕭晗了，若蕭晗成了她的嫂子自然是好，那她不也有機會親近蕭時了嗎？

孫二小姐孫若萍也走了過來，蕭晗與孫家姊妹聊了幾句，眼見蕭老太太與孫老夫人都有些乏了，各家便都散去了。

蕭家人走在最後頭，徐氏往兩邊瞅了瞅，奇怪道：「怎麼沒見著二弟妹與盼姐兒回來？」

「她們是在劉家那裡，丟不了。」蕭老太太不甚在意地揮了揮手，又指了魏嬤嬤安排個婆子去傳話。「就說咱們不等她們，先回府了，讓她們自個兒回去！」

「是，老太太。」魏嬤嬤應了一聲，轉頭便吩咐人去辦這事，蕭老太太這才轉向蕭晗與蕭時，目光透著和藹。「你們兄妹也早去早回，別耽擱得晚了。」

蕭晗跟蕭老太太說是要與蕭時到飛雪樓去坐坐，也沒稟明是要去會葉衡，畢竟葉衡的身分太過顯赫，說出來要麼是嚇壞了別人，要麼別人也不會相信。

「是，祖母。」蕭晗與蕭時對視一眼，紛紛點頭應是。

「好孩子。」蕭老太太別有深意地看了蕭晗一眼，這才扶著魏嬤嬤的手先行離去。

劉氏得了蕭老太太那邊傳來的口信後，臉色一變，隨即似想到了什麼，不屑地輕哼了一聲。「也沒叫他們等著，走就走吧！」

「蕭家的人都是眼皮子淺的！」劉老太太很是不以為然，只摟了蕭盼在懷中輕輕拍了拍，語氣得意至極。「他們可不知道咱們家盼姐兒，是有大造化的人！」

「外祖母您又笑話我！」蕭盼害羞地咬了咬唇，紅著臉將頭撇向了一旁。

今日她瞧見了雲陽伯家的大公子，那可真是一表人才，長得俊朗不說，一身的氣宇軒昂，聽說如今已是在錦衣衛中任職，雖走的是武將的路子，可將來的成就不可限量呢！

而恭郡王家的六公子雖說長得也不差，可為人作派卻是太過女氣了些，她只隔著簾幕悄悄看了一眼，若不是仗著祖宗的萌蔭，只怕如今還得不到眼下在工部的這個閒差。

恭郡王府也就是名字聽著好聽點，真拿人一比較，蕭盼自然知道該選哪個。

「好了，我瞧著還是雲陽伯家的公子好上一些，音兒妳說呢？」劉老太太的目光轉向了劉氏，雖然恭郡王府的名頭大些，但這些年卻是漸漸沒落了，他們家人口又多，哪能為每個兒子都尋個合適的前程呢？

可雲陽伯家卻不一樣，那畢竟是他們家長公子，就憑著今後會繼承爵位，劉老太太也覺得應該選雲陽伯府。

「女兒也是這樣想的。」劉氏點了點頭，又看向一旁羞澀的蕭盼，笑道：「我剛才在一旁瞧著，大公子看著咱們盼姐兒眼睛都不眨了，想來心裡也是喜歡的。」

「那就好，回頭我請蔡夫人去探個口風，若是這事成了，就讓他們家早日來提親。」劉老太太笑咪咪的點頭，連帶著臉上刻薄的線條都柔和了不少，也是最近太不順，她是極需要些喜事來沖沖，以免一直被蕭晗給壓著，她心裡早就氣不過了。

「這事就要娘您多費心了。」劉氏又在劉老太太耳邊說了些什麼，母女倆笑作一團。

一旁的蕭盼心裡甜滋滋的，想著將來能夠嫁給雲陽伯家的大公子，等到他承了爵，自己做了伯夫人，到時候看看蕭晗還拿什麼與她鬥？就憑那個如今只是舉人的孫三公子，恐怕就是十個孫三公子也比不上一個雲陽伯。這樣想著，蕭昐唇邊的笑意也緩緩拉深了。

在去飛雪樓的路上，蕭時為了省事，便與蕭晗同坐了一輛馬車，想著剛才與孫、李兩家人在一起時的情景，不由撓了撓腦袋。「妹妹，剛才孫三老纏著我說話，也不知道這小子是怎麼了，他是讀書的，我是學武的，八竿子打不著嘛！」

蕭晗挑了挑眉，目露深思。的確孫家的人對她也太過熱情了些，這讓她微微有些不適應，而孫二夫人還拉著她的手誇讚了半晌，眼下又結合蕭時所說，這讓她隱隱有種預感。

難不成蕭老太太真是想撮合她與孫家三公子？

蕭晗在腦中回憶了一下，孫三公子長得斯文俊逸，人也客氣守禮，聽說孫家的男人都沒有納妾的，家風倒是很正。

若是嫁給這樣一個男子，想來任何女人都會願意。孫三公子如今也考中了舉人，再進一步也不是多麼困難的事，與這樣的男子相伴一生或許才會平安順遂。

蕭晗抿了抿唇，蕭老太太肯定是為她千挑萬選，這才相中了孫三公子，她該喜歡的不是嗎？

若她無論如何一定要嫁人，孫三公子倒當真是個良配。

「許是哥哥氣度斐然，令孫三公子心折吧！」想通了這些，蕭晗不由坦然接受了這樣的安排，老太太這樣為她著想，她怎麼也不能讓老太太傷心不是？

只是心裡的一個角落似乎還停留著那一雙熾熱明亮的雙眸，當時的情景一浮現在腦海中她便立即壓了下去。

這樣的事情她想都不能去想。

「就妳抬舉我吧？」蕭時沒好氣地看了蕭晗一眼：「妳哥哥我有幾斤幾兩，自己是知道的，我就覺得他別有目的才是。」說罷輕哼了一聲，他是愚鈍了一些，可他不蠢。

聽蕭時這樣一說，蕭晗反倒不說話了，她只是心裡有些猜想，自然不能胡亂說道，若是想錯了可就讓人笑話了。

等到了飛雪樓後，掌櫃的便親自迎了出來，蕭時一早便讓人來傳了話，知道是莫家的表少爺與表小姐來了，掌櫃的熱情地將人迎至了雅間，讓丫鬟端上熱水給兩人擦洗，又沏了頂尖的雲霧山茶奉上。

「世子爺還沒到吧？」蕭時轉頭看了掌櫃一眼，這掌櫃大概有四十來歲，蓄著兩撇小鬍子，身材適中，滿臉笑意，一雙眼睛都笑得瞇成一條縫。

「回表少爺的話，還沒呢！」掌櫃的殷勤點頭，今兒個蕭時要宴請的是長寧侯世子，他可早就得了話，原本他是想要廚子好生弄一手的，卻不想……眼神不由瞄了瞄坐在一旁安靜飲茶的少女。

茶香嫋嫋中，少女眉眼微垂，長長的睫毛舒卷輕顫，白皙精緻的面容彷彿玉器雕琢而成，紅唇微微抿著，那淡然與悠遠的氣質，像極了從前他們家的大小姐。

蕭晗擱下了茶盞，慢條斯理地站了起來。「哥哥，那我就先去廚房了。」她轉身對著掌櫃微微頷首，便帶著枕月與梳雲往廚房而去。

飛雪樓她來過不止一次了，對這裡的布局她很熟悉，蕭晗還記得從前母親過生辰時最愛帶著他們兄妹來這裡吃飯。

廚房裡的食材自然是很足的，可蕭晗所會的也不過是些家常菜色，便也沒有用那些昂貴的食材。她記得蕭時說過葉衡是喜歡吃魚的，便弄了一條家常的豆瓣魚，然後又燒了個馬鈴薯排骨，炒了個魚香茄子和蔥花蛋，再做了一道紫菜黃瓜湯，又讓枕月將自己做的粽子蒸熱了，各種味道的都挑了一些裝成一盤。

想著或許這是最後一次為葉衡做吃食，蕭晗心裡竟有幾分失落，直到掌櫃的來請，說是葉衡已經到了，她這才回過神來。

「枕月，將這些菜都裝好呈上去吧！」蕭晗點了點頭，又低頭嗅了嗅身上的油煙味，到底還是決定梳洗一番再過去，這樣一身髒污見客，也太不禮貌。

掌櫃的自然明白，不由笑道：「表小姐只管去梳洗就是，樓上的廂房一直為姑奶奶留著的。」又吩咐了幾個小廝端了盤子過去，枕月倒是得了空閒。

「走吧！」蕭晗沒有拒絕掌櫃的好意，逕自往三樓的廂房而去，枕月去馬車上拿了衣物也上了樓，此刻蕭晗已對梳雲吩咐了一番。「這事只怕還要麻煩世子爺了，妳得空時幫我去說上一聲，不要讓我哥哥知道了。」她說的是暗地裡查探李沁的事。

「奴婢明白。」梳雲低頭應是，做這些事情她已是熟門熟路，眼見著枕月進了屋，她便退了下去，打扮什麼的她確實幫不上忙，便守在了門口。

一番收拾打扮後，看著鏡中的自己，蕭晗的目光有些恍惚了起來，枕月卻在一旁誇讚道：「小姐還是穿豔色的衣服漂亮，您瞧瞧這身衣服，也就您穿著才能這般美麗動人！」

蕭晗淡淡一笑，鏡中的美人也回以一笑，當真是個豔光美人。

葉衡正喝著小酒，與蕭時說著今日龍舟賽的盛況。「也是衙門裡事務繁忙，竟然沒能去瞧上一眼。」為了赴今日與蕭晗兄妹之約，葉衡已是將時間儘量往前擠了，龍舟賽自然也就沒去湊熱鬧，不過聽說他幾個堂兄弟倒是出賽了。

「師兄是大忙人，咱們都知道。」蕭時呵呵一笑，笑聲裡頗有幾分爽朗，又為葉衡滿上一杯。「幾位皇子倒是爭得激烈，最後還是五皇子奪冠了！」

「喔，是嗎？」葉衡微微挑眉，不甚在意地抿了一口酒。幾位皇子之間互相競爭已不是稀奇的事，只是太子不願意摻和進去罷了，不然哪裡有他們出風頭的機會。

兩人正說話間，房門被人輕敲了三聲，緊接著便有人推門而入。

蕭時笑著站了起來。「定是我妹妹到了，我去迎一迎她。」說罷便走了過去。

雅間裡四壁都點了燈，裝飾得富麗堂皇，燈光一照便亮閃閃的，整個屋子一時亮如白晝，而蕭晗穿著一身紫羅蘭摻金絲瓔珞紋的長裙跨了進來，她的光芒無疑比燈光更甚，淺紫藍的腰帶束住那不盈一握的小腰，垂下的銀色絲絛上掛了一塊濃綠欲滴的觀音翡翠，白皙的耳垂上扣著兩枚淺淺的紫丁香，烏黑如雲的墨髮插著一對赤金嵌暗紅色寶石的海棠花，紅色的寶石見得多，可這暗紅色寶石又這般晶瑩剔透的卻不多見，看起來既華貴又優雅。

蕭晗一向不愛這種濃豔的打扮，今日她也不知道怎麼的就讓枕月給帶上了，卻並沒有在看龍舟時穿上，而特意挑了這個時刻，其中的意味不言而喻。

許是慎重，許是一種惋惜和紀念，畢竟前世今生，恐怕她再也遇不到一個如葉衡般優秀的男子。

讓他記住自己如鮮花般盛放的時刻，這應該是每一個女子都會去做的事，或許歲月如流沙，那些記憶總會被淹沒，可總有些東西真實地存在過，例如那年的花開，例如此刻豔光四射的自己。

「葉大哥！」蕭晗目光微抬，對著葉衡淺淺一笑，似乎連這滿室的華彩都在她這一笑中失了顏色。

蕭時不覺得有什麼，他的妹妹他自然看習慣了，怎麼樣都是最美的。

葉衡卻是抿緊了唇角，眸中隱隱帶著一股熾熱，連握住杯盞的手都不覺收緊了。

「坐吧！」葉衡借著低垂目光的瞬間掩飾了自己的失態，每次見蕭晗都覺得她很美，卻不知道她還能一次比一次更美，那種美不只是流於眼前的表相，更像是沈澱在他心底的玉石，寶光流轉，溫潤細膩，值得一生珍藏。

「妹妹，咱們可等妳好一會兒了。」蕭時如常地落坐，而蕭晗坐在葉衡的另一邊，到底是他們兄妹請葉衡吃飯，做主人的自然該陪坐左右。

「怠慢貴客了，我先自罰一杯。」蕭晗起身為自己斟了一杯酒，對著葉衡微微舉杯，然後一飲而盡。

熱辣的酒水穿過喉嚨，讓她有種暢快淋漓的感覺，兩頰因酒意而微微泛紅，比鮮花還要嬌豔幾分。

「少喝些，加了雄黃的。」葉衡目光掃了蕭晗一眼。今日他穿了一身靛青色的暗紋緙絲窄袖袍，玉冠束髮，更襯得他整個人猶如青竹般冷峻傲然，雖然口氣聽著冷淡，但言語卻透著關心。

蕭時自然聽明白了，也笑著勸道：「妹妹平日就是不飲酒的，還是少喝些。」

「哥哥，我知道的。」蕭晗淺淺一笑，目光卻多了一絲迷離的色彩，漂亮的桃花眼中水波盈盈，看著便讓人有些失魂。

「今日做的菜色簡單了些，希望還合葉大哥的胃口。」蕭晗用乾淨的絲帕包了象牙銀筷遞到了葉衡跟前，也不知道她是不是放手放得快了些，還是葉衡接得慢了些，隨著一聲清響，象牙筷並沒有被葉衡接住，轉眼間便落到了地上。

葉衡剛才的確是有些失神，顧著看蕭晗而忘了去接她遞來的筷子，心中不由一陣赧然，此刻反應過來，趕緊彎腰去撿。

蕭晗微微有些驚訝，隨著葉衡的動作伸出了手去，她本意也是想要拾筷，可葉衡是練武之人，動作自然是比她快的。

所以在蕭晗伸出手時，葉衡已然拾起了筷子，就這樣轉過了身來。

蕭晗的手指剛巧就伸到了葉衡的唇上，溫熱的唇貼著冰涼的指尖，兩人一時之間都怔住了。

下一刻，葉衡竟是鬼使神差地張開了唇，舌尖輕輕掃過那根纖細的手指，捲著一抹溫香又吞入了腹中。

整個過程快得如電光石火，蕭晗臉色一變，如燙了指尖一般飛快地收回了手指，整顆心止不住狂跳了起來。

剛才發生了什麼？葉衡怎麼能那樣做？

當著蕭時的面，他居然敢輕薄她？

想到這裡，蕭晗不由狠狠地瞪了葉衡一眼，卻被他那像是貓兒偷了腥時得逞的笑意給怔住了，只能悶悶地將頭轉向一邊。

因為桌子擋著，蕭時沒瞧見剛才的那一幕，只當蕭晗是耍了小孩子脾氣，還與葉衡道歉。「師兄勿怪她，剛才你沒接著筷子，她定以為你是故意的，小孩子脾性就是這般。」

「無妨。」葉衡微微翹起了唇角，又端起酒杯一口飲盡，心裡陶醉不已。

燭光裡，蕭晗眼波瀲灩，似是羞惱、似是震驚的神情當然逃不過他的眼，他沒想著能和她這般親近，本也沒想要輕薄她，可剛才他確實是忍不住了，那冰涼的指尖就在他的唇上，像是在對他發出無聲的邀請。

這一頓飯蕭晗吃得再無滋味，酒倒是喝了幾杯，最後倒在了蕭時的懷中不省人事。

「令妹這模樣眼下恐怕不適合立即回府。」葉衡看了一眼蕭時懷中的人兒，瞧著她雙頰泛紅，一張粉面好似桃花，身子柔若無骨，他恨不得此刻抱住她的正是自己。

「我先抱她去廂房歇歇，一會兒喝了醒酒湯再回去。」蕭時也這樣覺得，他們兄妹倆本是打著來飛雪樓閒坐的幌子，若是眼下見蕭晗喝得大醉回去，只怕少不了一番責問。

蕭時抱了蕭晗起身走了兩步，又轉過身來說道：「師兄有事先走無妨，我們兄妹再在這兒待一會兒。」

「師弟去忙吧！不用管我。」葉衡點了點頭，見蕭時離去後，不由嘆了一聲，本想與蕭晗一起待久一些，不想這丫頭卻是一個勁兒地給自己灌酒，看得他真是心疼不已。

挾了一個小小的菱角粽子放進嘴裡，椒鹽鮮香，倒像是她喜歡的味道，葉衡不由勾起唇角，又瞧見不遠處簾子一動，方才斂了面色，沈聲道：「進來吧！」

梳雲閃身而入，對著葉衡抱拳行禮，道：「世子爺，咱們小姐想請您幫忙查個人。」便將李沁的事情說給葉衡聽了。

「她倒是熱心，連她堂姐的親事都要插上一腳。」葉衡聽了後無奈一笑，這小丫頭就是會物盡其用，而他偏偏還吃她這一套，本想揮手讓梳雲下去，卻見她欲言又止的模樣，葉衡不禁神情一肅。「還有什麼事不成？」

「世子爺……」梳雲猶豫了一下，還是將自己所見的事情，稟報給了葉衡知道。「奴婢瞧著孫二夫人與孫三公子對小姐多有關注，似乎是在相看小姐，而這事還是蕭老太太與孫老夫人促成的……」言下之意便是兩方有了結親的打算。

她是知道世子爺對小姐的情意，忙活了這麼一陣，若是為他人作嫁，世子爺最後不得氣死？若是世子爺不好過了，想來他們兄妹也好過不了。

因此梳雲才大膽將自己的猜測說了出來，再說在她眼裡，也唯有世子爺才能配得上小姐。

葉衡的面色倏地沈了下去，眸中似有冷光閃爍，片刻後站起身道：「告訴你們家二少爺，我先回府了。」也不再多說什麼，越過梳雲便下了樓去。

——未完，待續，請看文創風478《商女發威》2

文創風 477

商女發威 1

國家圖書館出版品預行編目資料

商女發威 / 清風逐月著. --
初版. -- 臺北市 : 狗屋, 2016.12
冊 ; 公分. --（文創風）
ISBN 978-986-328-670-7（第1冊：平裝）. --

857.7 105019237

著作者	清風逐月
編輯	江馥君
校對	黃亭蓁　簡郁珊
發行所	狗屋出版社有限公司
地址	台北市104中山區龍江路71巷15號1樓
電話	02-2776-5889～0
發行字號	局版台業字845號
法律顧問	蕭雄淋律師
總經銷	知遠文化事業有限公司
電話	02-2664-8800
初版	2016年12月
國際書碼	ISBN-13　978-986-328-670-7
原著書名	《锦绣闺途》，由瀟湘書院（www.xxsy.net）授權出版

定價250元

狗屋劃撥帳號：19001626

網址：love.doghouse.com.tw　E-mail：love@doghouse.com.tw